妖精印の薬屋さん

Fairy Pharmacy

Character
Fairy Pharmacy
アーサー
ミズキの店を訪れた、
謎の多い青年。
ある出来事をきっかけに、
ミズキと一緒に暮らすことに。
Fairy Pharmacy
ミズキ
異世界にトリップ
してしまった学校教師。
なぜか、ルルをはじめとした
妖精を見ることができる。
Fairy Pharmacy
カイル
ライラと双子。
好奇心旺盛な性格の少年。

Fairy Pharmacy
ロバート
町医者。
ぶっきらぼうなところもあるが、
面倒見のよい性格。
Fairy Pharmacy
ディック
鍛冶師の息子。
お調子者だが
家族思いな一面も持つ。
Fairy Pharmacy
ルル
ミズキがトリップした先で
はじめて出会った妖精。
植物や薬作りなどに詳しい。
Fairy Pharmacy
ライラ
カイルと双子。
少し引っ込み思案な少女。

妖精印の薬屋さん

Fairy Pharmacy

Contents

プロローグ

物語の始まりは

Fairy Pharmacy

秋山瑞希《あきやまみずき》は先月三十歳の誕生日を迎えた。教師としての職務にも多少は慣れてきて、ベテランとまではいかないまでも、新任の頃のような手探り状態からは抜け出した。依然《いぜん》として学ぶことは多いが、充実した日々を過ごしていると胸を張って言える。

社会人としての自分は嫌いではない。けれど、瑞希には悩みがあった。

というのも、瑞希は非常に童顔なのだ。どうみても中学生ぐらいにしか見えない童顔とぱっちりとした目鼻立ちも相俟《あいま》って、周囲からは妹か娘のように可愛《かわい》がられてきた。

生徒たちからはお姉ちゃんみたいと好評だが、瑞希自身は自身の容姿がどうしても好ましくは思えなかった。好意的に見てもらえるのはとても嬉《うれ》しいことなのだが、これに関しては余りにも弊害《へいがい》が大きすぎた。

まず一つ目は、やはり年相応に見てもらえないこと。

成人を迎えてからしばらく経《た》つというのに未《いま》だに年齢確認なしでは酒類を売ってもらえないし、テストの採点を終えた帰りにヘロヘロと夜道を歩いていたら未成年者の深夜徘徊《はいかい》と間違われて補導されそうになったこともある。慌《あわ》てて免許証を見せても偽造じゃないかと疑われて本気で泣いたのは忘れようにも忘れられない。何度も何度も説明して、いろんな人に連絡して、証言してもらって、どうにか理解を得られたから事無きを得たけれど、それでもだめだったらどうなっていたのかと考えると今でもゾッとしてしまう。

そして二つ目は、異性に恋愛対象に見てもらえないこと。

瑞希の容姿は悪いものではない。特別可愛いというわけではないが愛嬌《あいきょう》があると言ってもらえる顔だ。なのに、誰かに好意を持っても相手は自分を恋愛対象とは見てくれない。誰も彼もが口を揃《そろ》えて「妹としか見れない」と言ってくるのだ。

その中の一握りはさらに「自分に幼児趣味の気《け》はない」とまで言ってくるのだから、これまた泣きたくなるのも無理のないことだろう。

だというのに、それに反して瑞希はその幼児趣味とまでは言わないまでも、思春期程度の年頃の少女を好む人種にはモテる。非常にモテる。そういった人々から声をかけられたことも数え切れないほどある。仮にも教師という身分なのに、やっていられないと何度も思い、その度《たび》に自棄酒《やけざけ》してはまたそういった人達を引っ掛けた。

夜道を歩いていてもそうだ。ちょっと人気《ひとけ》がなくて薄暗い小道に入ってしまったが最後、さらに奥まった路地裏に連れ込まれそうになった。もちろん、そういった馬鹿者どもには情け容赦など一切かけず急所に渾身《こんしん》の一撃をお見舞いしたことは言うまでもない。

とにかく、これらの要因から瑞希には恋人というものがいた例《ためし》がない。二十五を過ぎた頃にはあまりに男の気配がないから親によく心配されたが、その頃には瑞希は「学校と結婚するからいいの」とまで開き直っていた。二人には悪いとは思うが結婚も、ましてやその先で自分の子供を産み育てることも、どうしようもないとすっかり諦《あきら》めていた。

三十の誕生日を迎えてからもやはり周りからの扱いは変わらず、瑞希はよりいっそう自分の容姿が嫌いになった。

しかしそんな瑞希にも、人生の転機というものは訪れた。

＊＊＊

ある日、瑞希のマンションに宛てて届けられた小包み。また実家から釣書《つりがき》でも送られてきたのだろうと思っていたが予想は外れたようだ。部屋へ戻る道すがらにぺりぺりと包みを開ける。出てきたのは、瑞希の予想とは全くの別物だった。

赤く太い銀糸も編み込まれた紐《ひも》で飾られた手のひらより少し大きなそれは、美しい小箱だった。中央にガラスがはめられ、中が細かな格子で区切られているのが見える。その周りを囲うように広がる黒の下地によく映える真珠に近い色味の模様は渦のようにも見えたが、どうやら蔦《つた》や草のようだ。側面には蝶《ちょう》をあしらった金具がきらりと輝いている。

この箱が決して安価な物ではないことは、芸術品に詳《くわ》しくない瑞希にも一目見た瞬間にわかった。

「なにこれ、どこかのお土産《みやげ》か何か？」

綺麗《きれい》な箱だけれど、何に使えばいいのだろう。こんな代物《しろもの》では汚したり傷つけたりするのが怖くて使い道に困る。

外に持ち出すことさえ躊躇《ためら》われるけれども綺麗なものにはやはり心引かれて、魅入《みい》られるように指先で金具を回し、小箱の上蓋《うわぶた》を持ち上げた。

「つきゃ⁉」

蓋を開けた瞬間、中から光が放たれた。目の眩《くら》むほど強烈なそれに、顔を腕で庇《かば》い固く目を瞑《つぶ》った。

それに次いで訪れた、何か強い吸引力に襲われる感覚。ぐるぐると体内から混ぜられる苦痛な感覚に、瑞希は耐えることしかできなかった。

第一話 始まりの場所

Fairy Pharmacy

どのくらい時間が経ったのか、ようやく不可思議な感覚が収まって、瑞希は恐る恐る腕を下げ目を開けた。

「…………え？」

瑞希は茫然《ぼうぜん》と立ち尽くした。声を出せたのが不思議なほど、今の瑞希の頭の中は真っ白になっていた。

ぎこちない動作で首を動かして周りを見回す。そのうちに一点を見つめて、瑞希は今度こそぎしりと音を立てて固まった。

青い空、茶色い大地。緑の草木。この三つが見える時点でおかしいというのに、それよりももっとおかしなものを瑞希の目は捉《とら》えていた。

道端の石に腰掛ける、花と同じくらいの大きさの、花を模《も》したような服を着た人形のような女の子。

「よ、妖精……？」

薄い蝶の翅《はね》に似たそれを背に生やした、童話や何かの絵本で見るような妖精が瑞希の目には映っていた。

あれ、おかしいな。さっきの光で頭やられちゃったの？　それともまだ目がおかしいのかしら？　ごしごしと服の袖《そで》で強く目を擦《こす》って、もう一度石を見る。何度見直しても妖精は変わらずそこにいた。しかもちょっと怯《おび》えている。

「ひっ……！　な、なによ！　なんであんたアタシが見えるのっ？」

「しゃ、喋《しゃべ》った……？」

勝気な目で睨《にら》むように見上げる妖精。瑞希はへなへなと体の力が抜けてその場に座り込んだ。

嘘《うそ》だ。そんな、あり得ない。ぶつぶつと繰り返す瑞希に何かを感じたらしい妖精はヒラヒラと薄い翅で瑞希の許《もと》まで飛び、どうしたのとその小さな手のひらを伸ばした。頭を撫《な》でるように動かされる小さな手が瑞希の栗色の髪を揺らす。

「あんた、ここらじゃ見ない顔ね。しかもアタシが見えるなんて、どうして？」

「そんなの私が知りたいわよ……。部屋にいたはずなのに、気がついたらここにいたんだもの。あなたのことにしたって、私はレーカンなんてもの、これっぽっちもないはずなのに……」

そうだ、三十年間の人生の中で、こんな非現実的な体験は一度としてしたことがない。だというのにいったいなんなのだ、この状況は。この存在は。

もうわけわかんない。吐きだした瑞希の声は震えていた。

そんな瑞希を不憫《ふびん》に思ってか、よしよしと小さな手が慰めるように撫《な》でる。

ありがとう、と手の先で撫で返したら、その妖精はくすぐったそうにクスクスと笑った。

「アタシはね、ルルっていうの。ルル＝イーラ。あんたの名前は？」

「私は秋山瑞希。ミズキが名前よ」

「ふぅん、変わってるのね。ねぇミズキ、あんた行くところないんでしょ？　じゃあ、アタシたちのところに来ない？」

「ルルたちのところ？」

きょとんとして繰り返すミズキに、そうよとルルは陽気に笑った。

「だって、アタシたちが見える人間なんて聞いたことないもの。それに、なんだかここことは違う匂いがするわ。アタシたちのところに住まわせてあげるから、ミズキはアタシたちに人間のことを教えてよ」

「違う匂い？　……よくわかんないけど、私を助けてくれるの？」

「まっ、そういうことになるわね！」

えっへんと腰に手を当てて胸を張るルルに、ミズキはそっかと小さく笑った。

「じゃあルル、私をあなたたちのところに連れてってくれる？」

「もっちろん！」

元気な声で応《こた》えたルルはまた翅を動かして空を飛んだ。

「こっちよ！」

進路を指差してヒラヒラと飛ぶルルの後をついて森の中を進んでいく。道中、希少だからとか粘液でかぶれてしまうからだとかの理由で「その草は踏んじゃだめよ」などと時折注意を受けながらも、ミズキは順調に森を進んでいた。

ルルが気遣って歩きやすい道を選んでくれているのか、服や体に傷はほとんどない。しかし疲労というものはどうしても溜《た》まってしまうもので、すっかり上がり切った息では歩くのも辛《つら》くなっていた。

「ルル、まだ着かないの？」

「あとちょっとよ。ほら、あそこの大きな木が見えるでしょ？　あの木がアタシたちの家なの」

そういってルルが指した木を見る。確かに大きいが、まだまだ先は長そうだ。うわぁ、とあからさまにミズキが嫌そうに顔を顰《しか》めたのを見て、ルルがもうちょっとだからと繰り返す。

しかし、ミズキは先ほどから飲まず食わずでずっと歩き続けているのだ。せめて休憩と、できれば水分補給もしたい。

「ルル、ごめんちょっとだけ休ませて。疲れたし、喉《のど》もカラカラなの」

「ええ？　んもう、しょうがないわね」

あとちょっとだって言ってるのに、と頬《ほお》を膨《ふく》らませるルルにごめんねと謝るが、当分動きたくない。近くの木に体を凭《もた》れかけて本格的に休む体勢を取ったミズキにルルはまた文句を言ったが、仕方ないと渋々納得してミズキの膝《ひざ》の上に腰を下ろした。

「人間って不便なのね。どうして翅がないの？」

「私たちの祖先が猿だからじゃない？」

「猿！　人間は猿だったの⁉」

知らなかった！　と驚くルルに、その言い方は誤解を生むよと窘《たしな》める。間違ってはいないが、あまり良い受け取られ方はしないだろう。ルルは素直に頷《うなず》いた。

「アタシたちはね、植物から生まれるの。アタシは花から生まれたし、草や木から生まれる子もいるのよ」

「へぇ、じゃあルルたちは仲間がたくさんいるんだね」

「そうよ。みんなで集落を作って、そこで暮らすの」

木の実と美味《おい》しい水が妖精の主食らしい。日中は木の実や花の蜜《みつ》を集めたり、薬を作ったりしているのだと語られて、すごくファンシーだとミズキは楽しくなって笑った。

ミズキは可愛らしい物が好きだった。より自分を幼く見せてしまうとわかっていても、可愛いと気に入ったぬいぐるみを見つけたら躊躇わずに買う。それを先輩教師に見つかった時は何とも言えない顔をされてしまった。

くぅ、と小さく腹の虫が鳴く。ミズキは恥ずかしそうに腹に手を当てた。

「ルル、この辺りに果物はなってる？」

「あるけど、なんで？」

「喉渇いたし、お腹も減っちゃって」

「ああ、そういえば言ってたわね」

思い出したらしいルルがやれやれと腰に手をあてる。

「どこ行くの？」

「果物が欲しいんでしょう？　採ってきてあげる」

感謝しなさいよねと宣《のたま》わって、ルルはさっさと何処《どこ》かへ飛んでいった。

あっという間に影も見えなくなった小さな妖精に、意外と世話焼きなのねとミズキは思わず笑ってしまった。

しかし疲れ切った今、ルルの気遣いは有難《ありがた》い。好意に甘えて、ミズキはそのまま体を休めることにした。

目を閉じれば草木が風に揺れる音だけが聞こえた。風が頬を撫でて過ぎていくのが気持ちよかった。

しばらくそよ風に吹かれていると、遠くからルルの呼ぶ声がした。

障害物がないからか瞬《また》く間に距離を縮めて帰ってきたルルは、はい！　と赤く輝く実をミズキに差し出した。

「ほら、持ってきたわよ！」

「わっ、ありがとうルル。こんなにたくさん、重かったでしょう」

ルルは小さな体に見合わない量の木の実を持ってきた。ただのさくらんぼとはいえ大粒のそれは、ルルが簡単に持っていられる大きさではない。持てても二、三個がせいぜいだろうに、ルルは十は下らない数のさくらんぼを持ってきたのだ。

どうやって運んできたの？　とミズキが問うと、ルルは魔法を使ったのよ！　と自慢気《じまんげ》に答えた。

ルルが言うには、妖精はみんな魔法が使えるらしい。重い物を運ぶ時にもそうだが、火をおこしたりと生活の基盤は全て魔法のようだ。

何から何までファンタジー要素満載な話に、さしものミズキもただ頷くしかできなかった。

きっと妖精とはそういうものなのだろう。ミズキは理解するのではなくそのままを受け入れることにした。

何はともあれ、せっかく調達してもらった果物だ。早速頂こうと一粒摘《つ》まんだ。つやつやと照るそれを口に入れて、種を噛《か》まないように咀嚼《そしゃく》する。

「わ、美味しい！」

さくらんぼはミズキの予想以上にみずみずしくて甘かった。ぷつりと皮が破れた瞬間に甘い果汁が飛び出してきて、水などなくても十分にミズキの喉を潤《うるお》していく。

美味しい美味しいと目を輝かせるミズキを満足そうに見ながら、ルルも一粒を両手で持って食べている。

「アタシたちは植物から生まれたから、植物にとっても詳しいのよ」

「ルルはすごいね。私、こんなに美味しいさくらんぼ初めてよ」

素直に褒《ほ》めるミズキにルルは顔を赤くした。恥ずかしそうにしながらもえへへと照れて笑うルルが妹のようで、自然と顔が綻《ほころ》んだ。

さくらんぼをすべて食べ終わる頃には喉も潤っていて、腹も満たされて歩く気力が湧いてきた。

「ほら、早く行きましょ」

ルルに急《せ》かされるまま、ミズキはまた歩き出した。

＊＊＊

日が暮れ出した頃、ミズキたちはようやく大樹の下に辿《たど》り着いた。ずっと目指してきたその木陰には、本当にルルと同じ妖精たちがたくさんいた。

木の根の下を掘って家にしているらしい彼らの集落は完全に自然と共生している。木漏《こも》れ日《び》を翅に受けて妖精たちが輝く光景は幻想的という言葉がぴったりでミズキは自然と見惚《みと》れていた。

集落の妖精たちは人間が自分たちの住処《すみか》にまでやってきたことに驚いていたけれど、人懐《ひとなつ》こい気質のようですぐにミズキの周りを飛び交った。中にはミズキの頭に乗ったり、髪を引っ張って悪戯《いたずら》したりするやんちゃな子もいて、小学校に来たようだと思ってしまう。

「お前さん、人間がワシらの住処に何用じゃ」

「じじさま！」

大樹の木の下から老いた妖精が出てきた。じじさま、と呼ばれたあたり彼がこの集落の長《おさ》なのだろう。当たりをつけたミズキは、まずは膝をついて目線を近づけた。

「えっと、こん……ばんは？　はじめまして、私は秋山ミズキと言います。ミズキが名前です」

「おお、こんばんは、ミズキ。ワシはシモン＝ルクス。ここの長老じゃ」

はじめまして、とにっこりと皺《しわ》が刻まれた顔に笑みを浮かべる長老に、出だしは上々のようだとミズキも安堵《あんど》から笑みを浮かべた。

ミズキは長老に自分のわかることを話した。

箱を開けて、気がついたら知らないところにいたこと。そこでルルと出会ったこと。

わかっていることは本当に少なかったけれど、長老は深く追求することはなかった。しかも何か心当たりがあるのか、難しそうに頭を悩ませている。

「ふ～む……ミズキ、どうやらお前さんはこの世界の人間ではないようじゃの」

珍しいこともあるものだ、と真っ白な長い髭《ひげ》を撫でつけて結論を出した長老に、ミズキは何を言われたかわからなかった。

「こ、の世界の人間じゃない？　って……」

「うむ、それは間違いない。お前さんからは違う匂いがする。恐らくは箱が原因じゃろうが……見てみないことには明言はできんな」

「そんな………じゃ、じゃあ帰る方法は⁉　原因がわかったなら、帰る方法だって……！」

「……残念じゃが、たとえわかっても元の世界に帰ることは無理じゃ。二度境界を越えることはできん。理《ことわり》に反してしまう」

平行世界。パラレルワールドとも呼ばれるそれは、本来交わることはない。木の根のように無数に存在する世界だが、どの世界にも共通している理が唯《ただ》一つだけあるという。それが、万物は境界を一度しか越えられないという理だ。

たった一度でも途轍《とてつ》もない巨大な力が働くために、物質には重大な負荷がかかる。もし二度目を試《こころ》みたところで、物質の許容範囲を超えてしまう。物質の方が耐えきれずに崩壊し、消滅してしまう。

故に、どう足掻《あが》いたとしても境界を越えられるのは結局一度だけなのだ。

ミズキはカチカチとぶつかりあう歯を固く食いしばり、ゆっくりと息を吐き出した。泣き喚《わめ》きたい気持ちでいっぱいだが、そうしたところでどうにもならないのだと、頭の中の冷静な部分が判断を下す。

「本当に、もう戻れないんですね？」

捨てきれない希望をこめて確認する。長老は、やはり肯定《こうてい》した。

「じゃろうな。可哀想《かわいそう》じゃとは思うが、お前さんはもうこちらで生きていくしかないのじゃよ」

「……………そう、ですか」

返した声は震えていた。それをなんとか抑えようと唇《くちびる》に歯を立てる。

脳裏《のうり》に過《よぎ》る、両親や友人、生徒たちの顔。一つ思い浮かぶといくつもの未練が湧き上がり、溢《あふ》れ出た感情が涙となって頬を滑り落ちる。

涙を零《こぼ》したミズキに、長老は哀れんでその頬に手のひらで触れた。望んで越えたならともかく、知らないうちに越えて、しかも帰れないとはこれ以上ない不幸だろう。長老には泣くなとは言えようはずもなかった。

ミズキを連れてきたルルは、口を手で覆《おお》っていた。確かに、ミズキは他の人間とどこか違うと感じていたが、こんなことになるとは思っていなかった。帰りたいと嘆《なげ》くミズキを慰めてあげたいのに、そのための言葉すら思い浮かばない。

他の仲間たちも同じように驚いて哀れんでいるけれど、誰も、何を言って良いのかわからないでいた。

涙を流すたび、ミズキの頭は少しずつ落ち着きを取り戻していった。そして考えるのは、今後のことだ。いつまでも泣いてはいられない。そのためにも、ミズキはもう一度目を開け、前を見据えた。

「長老。集落の皆さんにも、お願いがあります」

ぴんと一本筋の通った声音《こわね》。ふむと長老が静かに続きを促す。小さな風体《ふうてい》だが、しかし人の上に立つに相応《ふさわ》しい気迫と威厳が溢れていた。

「私に、力を貸してください」

「何のために」

「生きるためです」

通貨、風習、制度、伝承――なんでもいい。右も左もわからないこの世界について、一つでも多くを知り、生きる術《すべ》を見出さなければならないのだ。実習でも教職に就《つ》いてからでも、散々扱《しご》かれても負けずに精進《しょうじん》してきた。根性の強さには自信がある。何もなくなってしまったのなら、もう一度初めから積み上げていけばいい。ミズキの人生はまだ終わったわけではないのだから。

力強い目と声音で返したミズキに、長老はほっほっ、と愉快そうに笑った。

「ねえミズキ、これからどうするの？」

話が纏《まと》まったらしいと察したルルが尋ねる。ミズキはうーん、と唸《うな》った。

「どうしよっか……。そうね、まずは住むところを探さなきゃ」

生きていく上で、まずは家がなくては何も始まらない。衣食住は生活の基本だ。お金なんてものは持っていないから一から稼ぐことになる。当面の食事は果物で凌《しの》ぐとしても、その間寝起きするところは探さなければならない。

「あら、住むところならここでいいじゃない」

「うーん、そうしたいのは山々だけど、私とみんなとじゃサイズが全然違うから……」

ちょっと無理があるわよね、と苦笑いするミズキに、それもそうだとルルはしょんぼり沈んだ。

気持ちだけ受け取るね、ありがとう、と優しい女の子に笑いかけると、今度は長老が閃《ひらめ》いたようだ。

「人間の街からは離れておるが、ここから少し行ったところにある街道の脇に荒屋《あばらや》が建っておる。そこを寝床にしてはどうじゃ？」

もう何年も放置されているから誰かが所有している可能性は限りなく低い。当然あちこち老朽しているが、手を入れれば住むのに問題はないだろう。

どうじゃ？　と尋ねてくる長老に、ミズキは一も二もなく頷いた。渡りに船とはこのことだ。野宿を免《まぬか》れるなら荒屋だろうが構わない。

「よかったわね、住むところ見つかって」

「おめでと〜」

次々と妖精たちがよかったよかったとミズキに群がる。随分《ずいぶん》心配をかけたらしいと申し訳なく思う一方で、心配してもらえたことがミズキは嬉しかった。

「そうと決まれば、早速行こうか。人間にこの森の夜は、ちと寒いからの」

「どうせならみんなで行きましょうよ。魔法を使えばお掃除もあっという間だわ」

長老に続けて提案するルルに、それはいいと妖精たちは頷いた。

見ず知らずの自分にここまで良くしてくれる彼らにはどれだけ感謝しても全然足りない。

妖精たちに囲まれて、ミズキは泣きながら笑顔を見せた。胸が熱い。大丈夫だと思えてくる。泣くのはやめようと思うのに、彼らの優しさが嬉しくて勝手に涙が溢れてきてしまう。

「もう、ミズキは泣き虫ね」

ルルが腰に手を当ててミズキの前にやって来る。憎まれ口を言いながらも、小さな手で優しくミズキの目尻《めじり》を拭《ぬぐ》った。

第二話　新しい生活

Fairy Pharmacy

街道の脇の荒屋は、本当に荒屋だった。

荒屋というには随分と広いそれは、しかし屋根に穴は空いているし、窓ガラスは割れている。倒壊していないのが不思議なほどに荒れ果てていて、これは一日二日ではどうにかなるレベルではないとミズキは頬を引《ひ》き攣《つ》らせた。

しかしさすがというのか、魔法を使える妖精たちは逞《たくま》しかった。集落のみんなでやって来たから人手が十分だったこともあるだろう。掃除どころか修繕すらもあっという間だった。

ひょいっと軽快に指が振られると、それに呼応するように柔らかな光が荒屋を包み込んだ。

ぼろきれと成り果てていた布地はすっかり汚れを落として、美しい模様を浮き上がらせる。朽《く》ち果てた壁や床は息を吹き返したように本来の色を取り戻し、穴や傷を塞《ふさ》いでいった。割れたガラスには光が集《つど》い、結晶化して不足が補われる。

そして今、ミズキの目の前には二階建ての綺麗なログハウスが建っていた。

家の裏側には倉庫と、動物を飼えるように小屋も併設されていた。街道から数段伸びる階段の先にはベランダも兼ねた通路と玄関。窓は当然ガラスなんて割れていないし、雨戸まで付いている。

これがあの荒屋だったとは、修繕過程を目《ま》の当たりにしていたミズキでも信じられないほど綺麗だった。

しかも、妖精たちが作ったものはまだある。穴を掘ったら湯が湧いたからと温泉まで作り上げたのだ。

「どーお？　素敵でしょ？」

「素敵なんてもんじゃないわ……もう本当に、最っ高！」

すごい！　ありがとう！　と本当に嬉しそうにはしゃいで喜ぶミズキに妖精たちまで喜んだ。自分たちにとってはちょっとのことなのに、ここまで喜んでもらえるのが嬉しかったのだ。

「どうじゃ、やっていけそうか？」

「それは……まだ、わからないけど。でも、みんながここまでしてくれたんだから、精一杯頑張るわ」

何から何まで、本当にありがとう！　と前を向くミズキに、長老は笑顔で頷いた。

「何かあれば……いや、何もなくとも、いつでもおいで。いつでも歓迎するからの」

「はい！　長老、みんなも、本当にありがとう」

ミズキは最敬礼で感謝を示した。深く下げられた頭に妖精たちは慌てたが、その心を拒《こば》むことはしなかった。

「ねえ、ここに遊びに来てもいい？」

「もっちろん！　大歓迎よ！」

聞かれたことに満面の笑みで返す。

新しいミズキの家は一人暮らしにはとても広い。ぜひ来てほしいと言えば妖精たちは喜んだ。舞うようにヒラヒラと飛び回る彼らの翅に月の光が反射しているのがとても綺麗だった。

「まだわからないことばっかりだけど、頑張るわ」

「それでよい。……が、無理はするでないぞ。何か困ったら……いや、そうでなくても、いつでも集落においで。せっかくワシらが見えて、話せるのだから、ワシらにも人間のことを教えておくれ」

ミズキの決意にも受け取れる言葉。それに長老は、力になろうとミズキの肩に乗り、長く続く縁を約束した。ミズキがきょとりと瞬《まばた》きすると、「ワシらは人間が好きと言うたじゃろう」と長老が拗《す》ねたように言う。それがなんだかおかしくなって、ミズキは堪《たま》らず吹き出した。

妖精たちの舞は続く。場所を変えて続けられた宴《うたげ》に、ミズキはさらに決意を固くした。

（できる限りのことをしよう。この世界で生きていこう。今日からここが、私の世界なんだから）

＊＊＊

月が南天に差し掛かるまでをベランダで楽しんでから、妖精たちは集落へと戻っていった。けれど一人だけ、ミズキの許に留まる妖精がいる。

「ねぇルル、本当に良かったの？」

きっと家族が心配する、と憂《うれ》い顔のミズキに、それでもルルはいいのと言い切った。

「だって、一人は寂しいじゃない」

「それは、そうだけれど……」

煮え切らないミズキに、決定的な否定の言葉が出ないからとルルは頑《がん》として譲らなかった。ひらりとミズキの肩に乗り、早く中に入りましょうと強引に話を断ち切る。ミズキは「気が変わったらいつでも言ってね」と言うけれど、そんなことはないだろうと訳もないのに確信していた。

立て付けのしっかりした扉《とびら》は、それでもすんなりと開いた。ふわりと真新しい木の良い匂いがする。照明のひとつもないそこに、ルルがポッと小さな火をいくつか灯《とも》した。蛍《ほたる》のようにふわふわと動く火が集まって、昼時のように中を照らす。

明るくなった家の中は外観どおり広々としていた。しかし、当然だが家具がほとんどなく、生活感はないに等しい。申し訳程度にある物は棚やテーブルなどといった、本当に最低限のものだけだが、元の有様を思えばよくあったものだと感心するばかりだった。

これならきっとやっていける。そう思ったミズキの心は、しかしあることに気がついて揺らいでしまう。それというのも、あると思っていたものがなかったからだ。

「ライフラインがない……！」

何度家の中を探索しても、キッチンにさえ水道の一つもなかったのだ。

現代社会において、水道・ガス・電気は必需品。ミズキ自身それらの恩恵を受けて三十年の月日を過ごしてきたのに、この世界にはそれらが存在していなかった。

料理はと問えば竈《かまど》があると指で示され、水はと問えば井戸から汲《く》んでくるに決まってると返された。ならば照明はと藁《わら》にも縋《すが》る思いで尋ねると蝋燭《ろうそく》が主流と判明して、あまりの格差に頭を抱えたくなった。

物がなくとも前向きな姿勢を崩さなかったミズキの消沈ぶりが、ルルには不思議でならない。おかしなことを言った覚えもないから尚更《なおさら》だ。

「なぁに、どうしたの？」

「私、アウトドアは経験ないのよ……」

いや、包丁一本すらないからサバイバルというべきか。

聞きなれない言葉にルルは首を傾《かし》げたが、説明を聞いた後には言葉も出なかった。

まさか火をおこしたこともないなんて、さすがの長老ですら思わなかっただろう。

「やっぱりアタシが残って正解だったわね」

「え？」

涙目で見上げてくるミズキに、ルルは竈に向けて指を振るう。ぽっと音を立てて、竈の中に火が点《とも》った。

「火も水も、魔法を使えばへっちゃらでしょう？」

えへんと、小さな胸を拳《こぶし》で打つ。見た目とは裏腹《うらはら》の頼もしさがあった。

「ここでは、アタシがミズキの家族なんだから」

にっこりと花の笑みを見せるルルに、ミズキはその小さな体を両手で抱き締めた。

「……うん、うん！　ありがとう、私、頑張るわ」

「そうこなくっちゃ！」

満足げに笑うルルに、ミズキは目尻の涙を拭いながらしっかりと頷き答えた。

きっと大丈夫。やっていける。ミズキは今度こそ自信を持ってそう思えた。

住む場所は確保できた。そして地下の温泉で疲れを取った頭で考えたのは金策だった。

生きていくにはどうしても必要になる金銭を、果たしてどうやって稼ごうか。何処かで雇ってもらおうにも、一人では火もおこせないミズキでは、すぐに働くということができない。いや、それよりも食糧問題の解決が先か。腹が減っては戦《いくさ》はできぬ。

悩むミズキをルルが覗《のぞ》き込む。一人で悩むなんて、と不満顔で腰に手を当てているルルに、そうだと一つの案が浮かんだ。

「ねえルル、森の中で、植物にはすごく詳しいって言ってたよね？」

「え？　ええ、それがどうかしたの？」

「当面のご飯は果物で賄《まかな》おうと思って。あと、いくつか余分に集めて、街で売れないかなって」

重さのことも考えるとあまり多くは売れないだろうが、少しずつでも稼げるはずだ。

ルルは納得したようで、考えを煮詰めようとミズキの前に腰を下ろした。

「果物はもちろん売れるだろうけど、数に限りがあるわ。一時しのぎとはいえ、生ものっていうのはちょっと不安があると思う」

たしかに、とミズキは頷いた。

そうなると、山菜も同じだろう。あとは何があるだろうか。多少でも日持ちがして、すぐにはなくなりそうにないもの——。

「………草、とか？」

零れ出た一言に、いやいやと自分で首を振る。一方で、それだとルルは目を輝かせた。

「それよ、草よ！　薬草なら生命力の強いものが多いし、果物より腐りにくいわ！　それに、人間が採集してくのも見たことある！」

「でも、いきなりお店に持ち込んで買ってもらえるの？」

「旅人っぽい人がよくやってたから、きっと大丈夫よ。駄目なら露店商でもして売ればいいわ」

このあたりにはめったに来ないが、芸人の一座が副業で物売りをすることもあるらしい。それならすぐにでも取り掛かれそうだと、ミズキは明日からさっそく薬草探しに勤《いそ》しむことにした。

まず集めるのは、傷薬など常備薬に使われる薬草だ。単価は安いが、消費が多い分売れやすいだろうということだった。また、安定して売れるようにいくつかを自分たちで栽培することも決まった。そのための畑も、動物小屋の反対側にルルが魔法で耕して既に完成している。

「なんだかルルに頼りっきりで悪いわ……」

「ミズキったら、どうしてそんなに遠慮しいなの？　言ったでしょう、アタシたちは家族なのよ」

もといた場所の家族にもそうやってたの？　と眦《まなじり》を吊り上げるルルに、ミズキは躊躇いながらも正直に首を振る。

ルルはやっぱりと頬を膨らませた。

「なら、アタシにもそうしてちょうだい」

「……うん。でも、やっぱり何かお礼はしたいわ」

「ん～……じゃあ、食べ物がいいわ」

「食べ物？」

悩んだにしては簡単な答えに、そんなものでいいのかと今度はミズキが不満げな顔をする。

しかし、ルルにとってはそんなものではないのだ。

「アタシたちは人間には見えないから、人間の食べ物はめったに食べられないの。だから、いろんなものを食べてみたいのよ」

「ああ、そっか。うん、なら、そうしよっか。しばらくの間は、私の手作りで我慢してもらうことになるけど」

これでも一人暮らしをしていたから、それなりには料理ができると自負している。

ルルはきらきらと目を輝かせた。

「明日から頑張らなきゃね」

「なら、そのためにも早く寝なくちゃ」

二人はコロコロと楽しげに笑いあって、寝室へと移動した。

ベッドは一つしかないが、二人には十分な大きさだった。

「おやすみなさい」

互いに言い合って瞼《まぶた》を閉じると、気が緩《ゆる》んだのか意識はすぐにまどろんでいった。

（あした……）

明日はどんな日になるのだろうか。起きて、初めて迎える朝は。

不安がないといえば嘘になる。けれど、なんとかなるだろうという予感がミズキにはある。

だからこそ、今は。

ルルの小さな頭をそっと撫でて、ミズキは今度こそ睡魔《すいま》に身を委《ゆだ》ねた。

＊＊＊

ふっと浮上した意識のまま目を開けると、窓の外はまだぼんやりと薄暗かった。目覚ましがなくとも早起きできるのは職業病だろうか。

しっかり眠ったミズキの頭はすっきりとしていて、昨日あったことが現実であるのだと受け入れられるようになっていた。

隣にはルルが小さな体をさらに小さく丸くして小さな寝息を立てていたが、むずがるような声を上げたかと思うとぱっちりと目を開けた。

「おはよう、ルル」

「おはよう。――ちゃんと眠れた？」

「もちろん。久しぶりにこんなに寝たわ」

冗談交じりの口調で言うと、ルルはそれなら良かったと笑顔を浮かべた。本当に心優しい子である。

ルルは果物を探してくるからと、窓から飛んで出て行った。その背を見送って、ミズキは今日の予定を立てる。

まず必要になるのは日持ちのする食料と食器だ。貯蔵棚はあったが冷蔵庫ではないから足の早いものは買えそうにない。そもそも、この家には皿も包丁も、料理に必要な何もかもがないのだ。

あれこれと必要なものを頭の中でリストアップしていると、昨日と同じようにたくさんの果物を持ってルルが帰ってきた。

「たっだいまー。ちょうど薬草が群生してるの見つけたから、いくつか採ってきといたわよ」

「えっ、もう？　ルルったら仕事が速いわね」

「だって、売ってから買い物もしないといけないでしょう？　だから今日は特別。後で一緒に植えましょ」

それとも毎日果物でもいいの？　と問い返されて、利発な子だとミズキは感心した。昨日といい今日といい、こういうのを姉御肌《あねごはだ》というのだろうか。

「頼もしいなぁ」

思わずこぼれ出た感想に、ルルはみるみる顔を赤くして「当然でしょっ」とひっくり返った声で言い捨てた。

顔を背《そむ》けるルルは、丸見えの耳も赤くなっていることに気づいていないのだろう。ミズキはほっこりと心が温かくなるのを感じた。

この反応には見覚えがあった。普段褒められ慣れていない生徒がよく似たような反応をしていたのだ。

微笑《ほほえ》ましいともっと見ていたくなるのをぐっと堪えて、ミズキは立ち上がった。せっかくルルが気を回してくれたのだから、無駄にするわけにはいかない。

さっさと売って、さっさと買って、腕に縒《よ》りをかけて料理を作る。

これしかない。ミズキは一人頷いた。

＊＊＊

ルルの魔法で調えてもらった畑は、家庭菜園にしては少し広いくらいの面積がある。盛り上がった畝《うね》の側に置かれていた薬草は種類ごとに分けられていて、お見事とミズキは思わず拍手を贈った。

ルルが採集してきてくれたのは、薬草として使うにはまだ早い段階の物らしい。あと二、三日で程よい頃を迎えるから、それまでは自分たちで水やりなどの世話をする必要がある。ミズキは家庭菜園は未経験だったが、どのくらい間隔を空けて植えるか、世話の仕方や効能もルルが詳しく教えてくれた。

「こういうのをスローライフっていうのかしら？」

「スローライフ？　なぁに、それ」

「私も詳しくは知らないんだけどね、こうやって自給自足で生活することを言うらしいわ。都市部だと畑とかあんまりないから、余計にこういうのに憧《あこが》れるらしいの」

ルルはふぅんと曖昧《あいまい》な返しをした。自給自足が当たり前な妖精には不思議な感覚なのだろう。ミズキ自身も、テレビで観たことがある程度で興味はなかったのだが、やってみると存外楽しい気がして、額《ひたい》に汗しながらせっせと手を動かし続けた。

いくつかを植えては次の畝に移り、また植えてを繰り返す。その最中、ある畝に置かれた植物にミズキはあら？　と首を傾げた。つる性のそれには見覚えがあった。

「ねぇルル、これってもしかして葛《くず》？」

「ええ、そうよ。知ってるの？」

「うん。『秋の七草』って言ってね、私のいたところでは有名なものだったの」

そういえば根が漢方に使われるんだっけ、と思い出し、今飲んだわけでもないのに口の中に独特の苦味が広がったような錯覚を覚えた。とにかく苦い薬だったが、よく効くことには間違いない。

「ルル、これ多めに栽培したいんだけど……」

「いいんじゃない？　使い勝手もいいから、後で追加で採りに行きましょ」

二つ返事で頷いてくれたルルに笑顔で礼を言って、葛も黙々と畝に植えつけていく。心なしか今までより楽しそうな様子のミズキに、変なの、とルルは首を傾げた。

そうしてルルが採集してきてくれた分の植え付けが終わったところで、もう一度ルルの魔法で地面を耕してもらった。ひょいひょいと軽やかな指の動きに合わせて、ぼこぼこと土が勝手に盛り上がり、柔らかくなり、畝を作っていく様はなかなかに壮観だ。

最初は一列増やすだけにしようとも思ったが、もしかして、と思いついたことがあり、結局もとの二倍の面積が畑に変わった。こぢんまりとしていた畑が、いまや家の面積と同じくらいの大きさになった。

「世話が大変そうね」

「そんなにあれが気に入ったの？　もっと綺麗な花の薬草もあるのよ？」

「あれがいいのよ。ルルもきっと気に入るわ」

そういうミズキの口調はどこか楽しげだった。

泥だらけになってしまった服の汚れを落としてもらい、木の皮で編んだ籠《かご》を背負う。追加分と、今日売る分ももう少し集めるつもりだ。

改めて入った森は、昨日よりも早い時間帯だからか明るく、小鳥の囀《さえず》りもあって賑《にぎ》やかな印象だった。昨日のようにルルに注意を受けながら進んでいくと、葛の群生地にたどり着く。密集した中から根を掴《つか》み、千切れないように慎重に引き抜いては籠に放り込んだ。

それからは散策しながらの薬草採集だ。価格の相場も覚えたいから、今日は種類を絞って採集する。すべては摘まず、半分以上は残すようにして採集していたが、それでも籠はだいぶ重くなっていた。

採集しているうちに随分森の奥まで来ていたようで、帰り道は果物を見かけては捥《も》いで小休憩しての繰り返しだった。籠はルルが魔法で浮かせてくれているが、起きてすぐの畑仕事の疲れもあって体はもう疲れていた。

「ミズキったら、大丈夫なの？　ちゃんと街まで行ける？」

「大丈夫よ。あ、でも帰ったらもう少し休ませてほしいかなあ」

苦笑交じりの言葉に、ルルは仕方ないわね、と呆《あき》れたように溜息《ためいき》を吐《つ》いた。ぽすんとミズキの膝に腰掛けて、そうだと思いついた話を振ってみる。

「ねえ、ミズキの世界には妖精はいたの？」

ルルからの問いかけに、ミズキはどうなんだろうと首を傾げた。

「物語とかの中ではいたけど、見たことあるって話は聞いたことないなぁ」

「じゃあ魔法は？」

「……物語の中かな」

「どこの世界でも私たちのことが見える人間っていないのねぇ」

なんだかちょっと残念、と口を尖《とが》らせるルルに、ミズキは慰めるように頭を撫でた。ルルの大きな目がいっそう大きくなる。何が起きたのかとぽっかり口を開けられて、ミズキは肩を震わせて笑いを堪えようとした。

「ごめんなさい、つい手が伸びちゃって」

「う、ううん。なんだか、その、……びっくりした」

恥じらうように頬を染めるルルに、ミズキはそっかと柔らかく笑った。

ルルはしっかり者だけれど、ふとした拍子《ひょうし》にその外見通りの幼さが垣間《かいま》見える。背伸びとはまた違った微笑ましさがあって、ほかりと胸が温かくなった。

（妹がいたらこんな感じなのかしらね）

実際は一人っ子だからよくわからないが、もともとの子供好きもあってか、構いたい、可愛がりたいという気持ちがむくむくと大きくなる。もう少し、と伸ばした手に、ルルは僅《わず》かに肩を跳ねさせたけれど何も言っては来なかった。

＊＊＊

初めての街は、田舎だと聞いていたわりには人が多かった。大通りを馬車が闊歩《かっぽ》し、それを挟《はさ》んだ商店街は左右とも多くの店が立ち並び、どの店舗にも人だかりができている。

この世界の治安は悪くはないようで、女性一人の買い物客もちらほらと見かけることができた。

あまりの盛況に思わず立ち尽くすミズキに、通りがかった人が声を掛けた。

「お嬢ちゃん、どうかしたのかい」

迷子かい？　と尋ねてくる大柄な男に、ミズキは複雑な心境を押し隠しつつ首を振る。

「最近こちらに越してきたんです。すごく賑やかで驚いてしまって」

「おや、そうなのかい。小さい街だが、活気は王都にも負けねぇよ」

自慢の街だと衒《てら》いなく断言する言葉からは、本当にこの街が大好きなのだと感じ取れる。聞いたミズキもなんだか嬉しくなった。

街の話を聞きたいとねだれば、彼は気を良くしてあれやこれやといろんな話を聞かせてくれた。強面《こわもて》な見た目に反して、人好きのする性格をしているらしい。

その話の中でわかったことは、彼が鍛冶屋《かじや》を営んでいるということだった。武具を扱うことが多いが、その他の金物も扱っているという。

「なら、包丁とかも扱ってますか？　引越しついでに新しいものに買い換えるつもりなんです」

「あるにはあるが…………いや、そうだ、いいことを思いついたぞ。包丁は引越し祝いにプレゼントしよう」

「えっ、……いいんですか？」

思いもよらぬ有難い申し出に、ミズキは目を見張って問い返した。

男はもちろんだと深く頷く。

「ただし、代わりにと言っちゃあなんだが、これから買い換えるって物を、ウチで買ってくれないか」

聞くところによると買ってほしいというのは彼の鍛冶場の一人が拵《こしら》えた物らしい。腕の良さがわかる逸品なのに、経験が浅すぎるせいで敬遠されてしまっているという。

「でも、私あまり持ち合わせが……」

もともと少しずつ揃えていこうと考えていたが、逸品と呼ばれる物を買えるだけの収入を得られるかはわからない。

眉《まゆ》を下げるミズキに、男は「それでもいい」と堂々と言い切った。

「あいつのためにも、ぜひ貰ってやってくれ。本当に良い品なんだ。使えば良さもわかる」

「……じゃあ、お言葉に甘えて。ありがとうございます」

丁寧《ていねい》に頭を下げて謝辞を述べると男はびっくりしてミズキを見下ろしたが、やがて照れくさそうに頬を掻いた。

「オレはダートンってんだ。嬢ちゃんは？」

「ミズキと言います。……今年で三十になりました」

ぽそりと零した言葉に、今まで黙していたルルがとうとう堪らず吹き出した。

ダートンは言葉の意味を捉えかねて放心していたが、はっと我に返ると目を剝《む》いた。口まであんぐりと開かれているのがミズキをやるせない気分にする。悪気はないということはわかっていたからそれ以上は言わなかったが、それが慣れを感じさせて彼はかえって同情してしまった。

ダートンから受け取った包丁は革製の鞘《さや》に収まっていたが、念のためしっかりと包んで荷の中にしまった。

そして訪れた広場にはすでにテントがいくつも張られ、露店市場と呼んでいいほどの賑わいをみせている。売られているのは民芸品や菓子などちょっとした物がほとんどだが、中には鉱石を並べているところもあった。

何を、いくらで売っているのか。どういうふうにやり取りしているのか。つぶさに観察しながら使えそうなテクニックを見つけては記憶していく。

そして一通りの店を見てから、その奥にある薬問屋の戸を叩《たた》いた。

中にいた店員はまずミズキの荷に目を留め、無言のまま物が乱雑に散った席を指差した。

中年、いや初老という頃か。

「なんだか、嫌な感じ～ぃ」

見えも聞こえもしないのを逆手《さかて》に取ったルルが正直に零す。たしかに、とミズキも内心で同意した。

盗み見る店内には、様々な薬草が所狭しと置かれていた。ルルはその中から、今日採ってきたものと同じものを見つけ出す。

「二束摘んだ方が一束二百五十デイルで、五束の方が百八十デイルだって」

つまり、合わせて千四百デイル。ミズキは事前に確認しておいた物の相場を思い出す。

この国ではデイルという通貨単位が使われており、小ぶりな十デイル銅貨と大ぶりな百デイル銅貨、千デイル銀貨、一万デイル金貨の四種類の貨幣が流通している。

通りの店では十個入りの卵一籠が五十デイルで売られていたから、食料を買い込んでも少しの余剰ができる金額になるということだ。

——そのままの値段で買ってくれたら、の話だが。

査定する店員は面倒くさそうにミズキたちの薬草を確認し、そろばんを弾いている。

「八百五十デイルってとこですかね」

「ええっ⁉」

ありえない！　とルルは叫ぶが、ミズキにとっては予想以上の査定額だった。

売り値より仕入れ値の方が安くなければならない。その差額が利益となり、売り手の生活の基盤になるからだ。

ミズキには商売の経験はないが、学祭や文化祭を通じて多少の知識は持っていた。だからこそ、仕入れ値ゼロに対して売り値の半額以上の値がつくなら、手間賃を考えても十分な利益を得られるともわかった。

承諾《しょうだく》したミズキに、意外そうな顔をしたのは店員のほうだった。

「珍しいな。初見はごねることが多い」

「半額以上の値がついたなら良心的でしょう」

「ほー？　嬢ちゃん、旅のもんかい」

「これでも三十です。ここには最近越してきました」

敬語をやめた店員に、ミズキは端的に答えていく。今日がはじめての売込みで、しばらくは薬草を売って日銭《ひぜに》を稼ぐと聞いて、彼はなるほどと愉快そうに笑い立ち上がった。

「来な、嬢ちゃん」

手招きされ、警戒しながらもそれに従う。

店員は大きな薬棚から、あれこれと薬剤を取り出してミズキに見せた。

根の部分を使う薬剤は希少な薬剤と同じく重さでやり取りされる。種の中身を使う薬剤は殻を取って売るほうが良い値で売れるが、馴染《なじ》みにならないと買ってもらえない。

薬剤を一つ一つ見せて説明していく店員に、怒り一色だったルルの目に怪訝《けげん》な色が混じりだす。

「どうしてそんなことを?」

「定期的に買えるってことは、定期的に売れるってことだ」

これも商売なのさと笑って、彼は引き出しから銀貨を一枚取り出した。

「八百五十と伺《うかが》いましたが……」

「訂正だ。初回だけ、千デイルで買い取る」

「ありがとうございます。――また、よろしくお願いします」

「ああ、それでいい。あんた、商売向いてると思うぜ」

にいっと口角を吊り上げた店員の言葉にミズキが面食らう。

それが本心かはわからないが、今そう言ってもらえるのは有難い。

ミズキはしっかりと頭を下げて、薬問屋を出た。


「まあ、情報量と思えば悪くない値段だったかもねっ」

つんとすました口調でルルが言った。不承不承《ふしょうぶしょう》を装っているが、その表情は最初より和《やわ》らいでいる。

素直じゃないなぁと喉元まで出た言葉を上手く飲み込んで、ミズキは商店街に足を向けた。

第三話　ミズキの挑戦

Fairy Pharmacy

ミズキは毎日のようにルルに師事して、薬草や木の実を採集しては薬問屋で金銭に替えた。初日に聞いたアドバイスは抜かりなく実行した。薬草畑も随分と充実して、採集量が増えた分少しずつ家財を揃えられるようにもなってきていた。

今日も商店街に向かう道中で、ミズキは思い切って聞いてみた。

「ねぇルル、薬を作るのって難しい？」

「物にもよるわよ。なんで？」

薬草を売るようになってしばらく、ミズキは何度も考えていたのだ。このままでは必ず行き詰まる、と。

薬草の売れ行きに問題があるわけではない。ログハウスから街までの距離が問題だった。片道さえどう頑張っても徒歩三十分はかかる。晴れの日ならばいいが、雨の日に行くのは厳しいはずだ。

それに、万が一の時のために常備薬くらいは揃えておきたかった。街で売られている薬は、ちょっとした傷薬でさえミズキの日収をゆうに上回る。ミズキだけでなく街の人たちにも、気軽に手を出せる物ではなかった。

たしかに。ルルははっきり頷いた。同時に、ミズキが言おうとしていることも察していた。

「ルル、薬の作り方を教えてほしいの」

予想通りのことを告げたミズキが、真っ直ぐに見つめてくる。ルルは満足そうに目を細めた。

「塗り薬は容器が必要になるから、まずは粉薬からね」

「！　うん、ありがとう、ルル」

ほっと笑みを浮かべたミズキに、これくらいなんでもないとルルはひらひら手を振った。薬作りは妖精の日課。ルルの頭の中にはたくさんの薬譜が刷り込まれている。

ルルは簡単に作れるものを頭の中でリストアップし、それに必要なものをつらつらと挙げていった。

魔法の使えないミズキが作るとなると、薬一つにもいくつもの薬材や器具が必要になる。まずはそれらを揃えることになった。

薬草を売ったばかりだから、手元には多少の金がある。

二人は示し合わせたように頷きあい、目的の店へと足を向けた。

買い物しつつ話し合った結果、まず挑戦するのは風邪薬《かぜ》に決まった。

妖精はたいていのことを魔法でなんとかしてしまえるのだが、病気や怪我《けが》は治せない。薬作りが日課なのはそのためだ。

ミズキは、生活のほとんどをルルに助けられているというのが現状だ。しかしそれをいつまでも続けていて、家族だと胸を張って言えるだろうか。どれだけしっかりしていようとも、ルルはまだ子供。だからこそ、少しでもできることを増やして、比重を近づけたかった。

そしていま、ミズキの目の前には天秤《てんびん》やらビーカーやらといった買い揃えたばかりの器具と、実や葉や根などの薬材がずらりと並んでいる。理科の実験でもするような気分になっていた。

「まずはそれぞれの計量をしてくわよ。まずは天秤で、緑の豆と実が同じ重さになるように量って、すり潰《つぶ》し、汁を搾《しぼ》るの」

ミズキは緑の豆と実の入った籠を手元に寄せた。実よりは、豆の方が調整がしやすいだろうか。言われたように左右の皿にそれぞれを載せて釣り合いをとろうとするが、実の一つ一つが存外重みがあるようで、なかなか調節できない。仕方なく実一つに対して釣り合いがとれるようにして量っていくと、やはり実の方が多く籠に残った。

それからすり鉢に布を敷いて、豆と実を入れて棒で押し潰してみる。木の実はカシュッとりんごのような音がした。一方で、豆は存外水分が多かったようで、ぐちゅりと水っぽい音がした。

ごつごつと棒で潰していき、形をなくしたら布ごと搾る。すると、緑がかった青色の汁が出てきた。それを漏斗《ろうと》でさらに漉《こ》しながらビーカーに移し替えていく。

この辺りは本当に理科の実験のようだと、なんだか懐かしい気持ちになった。天秤も漏斗も、義務教育中のいつかに使った気がする。

棒を伝わらせて少しずつ汁を注いでいくと、濾紙《ろし》が鮮やかな青に染まった。それから、管を伝ってビーカーの中に液が貯《た》まっていく。ビーカーの中の液は緑味が消えて、綺麗な青になっていた。しかし、量が少ない。濾紙を見ると、細かいが多くの不純物が取り残されていた。

「その液はひとまず置いといて、次は葉っぱを量るわよ。トゲトゲの葉っぱとさっきの実を同じだけ量って、みじん切りしてからすり潰して、また搾る」

今度は家庭科の調理実習のようだ。

二度目の計量は先ほどよりはスムーズにでき、実も葉も籠が空になった。

包丁とまな板を手繰《たぐ》り寄せ、また布を敷いて実と葉をみじん切りにする。

先ほどと違うのは、今度は汁の方ではなく残った方を使うということだ。

汁気はなければないほど良いというので力の限り搾るのだが、ミズキはあまり握力の強い方ではない。すり鉢に押し付けて体重をかけたりと、試行錯誤してようやく水気が取れた。

それを太陽光に当てて乾かしている間に、ビーカーの液を小皿に移し、液と同じ分量の丸い葉を量り、量が少ないため焦《こ》げ付かないように気をつけながら小鍋《こなべ》で煮た。

湯気とともに、いかにも薬品のような臭《にお》いが立ち上ってくる。

「なかなか順調ね。料理で慣れてるから？」

「ルルの教え方が上手なのよ」

とはいえ、褒められて嫌な気はしない。

上機嫌なミズキの言葉に、ルルが嬉しそうにくるりと宙返りする。

弱火にかけていると、丸い葉の成分が溶け出してきたのか、青かった液にまた緑が加わった。

漉す前の色に戻ったので失敗したのかとミズキは焦《あせ》ったが、この変化の仕方で正しいらしい。先ほどとは液の成分が違うからこれで間違いないと言い聞かされて、ほっと胸を撫で下ろした。

液が冷めないうちにと乾かしていた混合物を投入し、木べらで焦げ付かないようにまた混ぜる。

色や臭いは全く違うが、見た目はミートソースのようだった。

水気がなくなるまでしっかり加熱したら、あとは乾燥させて粉末になるまで砕き、小匙《こさじ》一杯分ずつに包装すれば完成だ。

「風邪薬って結構材料も手間もかかるのね」

元の世界ではありふれていた身近な薬だが、自分で作ってみるとなかなか疲れる。

強張《こわば》った手の筋肉を揉《も》みほぐしていると、「だから高く売れるんでしょ」とあっけらかんと言われた。

使用頻度《ひんど》の高い薬だから物にしてしまえば主力の商品となることは間違いないが、それまでの道程は長そうだと少し遠い目をしたくなる。

生きるためなのだから、そう簡単にいくはずもないのも当然だ。ゲームのような裏技なんて人生にはないのだから。

「それでもやるんでしょ？」

ミズキは迷わず頷いた。

こつこつと地道な努力を積み重ねていくことには自信がある。この程度でへこたれはしない。

俯《うつむ》かないミズキに、ルルが満足そうに笑う。

「じゃあおさらいよ！　あと十回も作れば覚えるでしょ」

「えっ、十回⁉」

ちょっと待ってとミズキが慌てるより早く、ルルは新しく薬材を作業台の上にどんと載せた。ころりと木の実が一粒山から落ちる。

「とりあえずこれだけ全部薬にしちゃえば、当面の生活費は心配いらないと思うわ。覚えられてお金も稼げて一石二鳥！」

上機嫌に宣うルルだが、その言葉はミズキに恐怖を抱かせた。

先ほど作れたのは僅か五包分。ルルの用意した物を全部使うとなると、果たして何包になるのか――考えるだに恐ろしい。

しかしルルがミズキの動揺に気づく様子はなく、自分も魔法を使って次々と風邪薬を調剤し始めている。

「…………が、がんばり、ます……」

口ではそう言うものの、ミズキの声は微《かす》かに震えていた。


一度通しでこなした手順をなぞっていくなかで、ミズキが特に気にしたのは匂いだった。湯気に乗ってきた草の匂いが強く鼻を突く。

「苦そう……」

「当たり前でしょう、薬なんだから」

思わず零したミズキにすっぱりとルルが切り捨てる。

妖精直伝《じきでん》の薬だ、きっと効き目も折り紙つきなのだろう。でも、できるなら飲みたくないなと心底思う。錠剤ならともかく、粉薬では苦味から逃げようがない。

「ルル、寒天とか、ゼラチンとかって聞いたことある？」

「なぁに、それ？　人間の作ったもの？」

ルルが首を傾げる。予想通りの反応に、ミズキは少しだけ肩を落とした。動物の脂肪から作られるゼラチンはともかく、寒天なら海草から作られるから、もしかしてと思ったのだが、当ては外れてしまったようだ。

「それは何に使うものなの？」

「液体を固められるの。固めるって言ってもプルプルしてて柔らかいんだけどね」

ぷるぷる、とルルが鸚鵡《おうむ》返しする。どうやら興味を持ったようだ。そうなるといっそうないことが悔やまれて、なんとかならないものかとミズキは考えを巡らせた。

そのうちに、ミズキの脳裏に薬草畑が頭に浮かぶ。あれなら使えるはずだ。作ったことはないけれど、作り方だけは知っている。

「時間がかかってもいいなら、作ってみようか？」

「！　できるのっ⁉」

「たぶんね。ルルに手伝ってもらわないといけないんだけど……」

「やるっ！」

ルルの目がきらきらと輝く。頬を上気させて作ってとせがまれて、ミズキはくすりと笑いながら頷いた。

「じゃあ薬を作り終わったら畑に行こうか」

ミズキの言葉にルルは畑？　と首を傾げていたが、好奇心の方が勝ったようだ。ぷるぷる、としきりに口遊《くちずさ》んで浮かれた様子は子供らしく、それがとても微笑ましかった。

＊＊＊

それから、しばらく。ルルのスパルタ指導もさることながら、ミズキの努力にも目を瞠《みは》るものがあった。薬材を採集しては薬問屋に売り、あるいは足りない薬材を買い付けた。そして夜にはルルの指導の下、調剤の仕方を覚えていった。

「どうだい、順調かい？」

「はい、少しずつですが慣れてきて……今度、露店商に挑戦するつもりです」

粉薬から始まった勉強は、懐《ふところ》に余裕ができてきたこともあり、塗り薬も作れるようになっていた。その試作品を日ごろの礼にと贈ったところ、悪くないと次の買い付けの時には色をつけてもらった。

「お前さんとの商売もそろそろ幕かねぇ」

「さあ、どうでしょう。でも、今後があるなら買い付けはこちらにお願いしたいと思っています」

薬売りとしてやっていけるかはまだわからない。けれど、彼には恩がある。商《あきな》いの基本も知らないミズキに、一から知識を与えてくれた。ミズキが生活基盤を整えられるようになったのは、彼によるものが大きい。

あの日「これもひとつの商売だ」と彼は言っていたが、それ以上のものをたしかにもらったのだ。せっかく繋《つな》がれた縁を無駄にするつもりはない。

店員は豆鉄砲を食らった鳩《はと》のような顔をして、ついで大きく吹き出した。豪快な笑い声が店中に響く。楽しそうで嬉しそうな、それでいて、成長を喜ぶような笑い声だった。

「――うまくやんな」

初老とは思えない力強く挑戦的な口調には、背を押すような響きがあった。

＊＊＊

そうして迎えた、初の露店商の日。

ミズキは震える手を言葉もなく見つめていた。テントを張る周囲とは違い、女手一つしかないミズキの店は敷物の上に荷があるだけと浮いている。そして、ルルが傍《そば》にいてくれるとはいえ、実質商売をするのはミズキ一人。今にも心臓が口から出てくるような気さえする。

ちらりと他の店舗の様子を窺《うかが》い見れば、勝手知ったるとばかりに平然と手を進めるものばかり。新参者には目もくれない。

「どうしよう、大丈夫かな……」

「いまさらどうしようも何もないでしょ。やるしかないわ！」

見かけにそぐわず男らしいルルに、けれどミズキの緊張は増すばかりである。

ばくばくと早鐘《はやがね》を打つ心臓を押さえている間にも、広場には人が集まり始めていた。

奥の方にあるミズキの店にはすぐには人は来ない。それでも老若男女問わず押し寄せる人の波に思わず息が詰まった。

彼らはのんびりと歩いているようで、覗く店は選んでいた。客入りがいいのは菓子を売る店だ。

小物を売る店も出ているが、見ていくのは年若い女性のみ。民芸品を売る店は、覗く客は多いようだが購入していく客は少ないようだった。

そのうちに、一人がミズキの店の前で足を止める。

「ここは何を売っているの？」

「はっ、はい。えと、薬を売っています。今日は風邪薬と、胃腸薬と、切り傷に効く軟膏《なんこう》があります」

種類としては多くない。けれどよく使われるだろうラインナップだ。

客は少し考えるそぶりを見せてから値段を尋ねた。そして、ミズキの回答に僅かに目を瞠る。

ルルもミズキも物の相場を知らない。だから価格設定の際は、他のお店を参考にした。けれどそれらは、貨幣価値について曖昧な二人にも高く感じられる値がつけられていた。薬材をわざわざ問屋から卸《おろ》して作る分、どうしても値が張ってしまうのだ。

その点ミズキたちは薬材の多くを自分たちで調達するから、価格を抑えることができた。

「これは、誰が作ったの？」

「私です」

答えると、客は不審そうにミズキを見た。「こんな子供が……」と呟《つぶや》いた声に、またかと慣れきった落胆を覚える。

それでもミズキはめげなかった。年齢が問題ならと自己申告した。頑張れとルルが声援を飛ばす。

ミズキは俄然《がぜん》火がついた。

明確なテーマと、必要となる知識。聞き手と、自分。必要なものは揃っている。——なら、あとは引き込むだけ。ミズキの腕の見せ所だ。プレゼンとは一線を画す、聞き手を動かす伝え方をミズキは知っている。教師として培《つちか》った弁論術を駆使して薬材から説明すれば、通りすがりに興味を持った他の人も足を止めた。一人、一人と立ち止まる人数が増えていく。

「じゃあ、傷薬を一つちょうだい」

「っはい！　ありがとうございます！」

一人が動き出せば、あっという間だった。女性の声を皮切りに、人垣の中から次々に買うぞと声が上がった。単価が安かったのも、一つの要因かもしれない。

もう一つは、どんなに忙しくとも声がすればきちんとそちらを向いていたこと。ミズキにとっては癖《くせ》だったが、そのおかげか数人に名前を聞いてもらうことができた。

そうして薬を全て売り切った後、ミズキは敷物の上で体を横たえた。ルルもくたくたと力ない悲鳴をあげて、大の字になって寝転がる。動き回ったわけでもないのに、薬材採集より疲れた気がする。けれど、それ以上の達成感が二人を満たしていた。

しばらくそうして休んでから、まずはミズキが立ち上がった。売り物がなくなったら立ち退《の》く。ここを使うルールだ。

後片付けをして、いつになく重くなった巾着袋《きんちゃくぶくろ》をしかと握り締める。使い道は決まっていた。

街は相変わらず活気に溢れていて、商店街に入ればそれはいっそう大きくなった。たくさんの人ごみと擦れ違いながら、ミズキとルルはこっそり言葉を交わしては店に入った。

土産を買って集落に行こうと、前もって決めていたのだ。焼き菓子をたんまりと買い込んで、年《と》嵩《し》《かさ》の妖精たちには酒や肴《さかな》になる物を買っていく。露店商をする前より大荷物になったと笑ってしまった。

＊＊＊

そうして集落に顔を出すと妖精たちは揃って驚いた顔をして、それから嬉しそうに二人の周りを飛び交った。あちこちから投げかけられる感謝の言葉に、ミズキたちこそ嬉しくなる。

「今日はね、お土産を持ってきたの」

そう言って買い込んだ紙袋を掲げてみせたミズキに、妖精たちはわっと歓声を上げた。

広場はたちまち宴会場になった。仲間たちに混ざってルルもはしゃいだ。

菓子類はほとんどの女子供が夢中になっていた。それ以外の大人組は随分酒が気に入ったようで、肴を摘《つま》みつつ木彫りのカップで何度も乾杯していた。ミズキも酒を勧められたが、お土産だからと固辞して、みんながはしゃいでいる様子をのんびりと眺めていた。

「素敵な土産をありがとう、ミズキ」

「長老、ご無沙汰《ぶさた》しております」

ほんのりと頬を赤らめた長老がふわふわと飛んできてミズキの肩にとまった。いつもはきらきらとしている目が心地良さそうにまどろんでいる。

「街での暮らしはどうじゃ？」

「だいぶ慣れてきました。……今日は、ルルに教えてもらった薬を売ってきたんです」

それだけを伝えれば、長老は納得したように一人頷いた。それ以上何を言うでもなく、ただひらひらと舞い踊る同胞たちを愛《いと》しげな眼差《まなざ》しで見つめている。

「ここは温かいですね」

「当然じゃ」

言いながらも、長老の表情はひどく誇らしげだった。宝物を見る目が、色を変えずにミズキにも向く。小さな手のひらがぴとりとミズキの頬に触れた。

「根を詰めすぎるでないぞ」

何事もほどほどにの、と幼子《おさなご》に言い聞かせるような口調に、ミズキはこそばゆい思いをしながらも頷いた。

＊＊＊

ミズキたちはそれからも敷物だけの店を開いては露店市場で商いをした。相変わらず敷物を広げただけの店だったが、一人、また一人と客が増えていくのが嬉しかった。

そんなある日のことだ。

「評判の薬売りの店ってここ?」

尋ねてきた青年に、薬売りではあるとミズキが答える。青年はにっこりと笑顔を作った。

「じゃあ風邪薬が欲しいんだけど、ある?」

「はい、ありますよ。粉薬ですけどよろしいですか?」

「うん」

二十歳そこそこだろう青年は、薬包を取り出して紙袋に入れるまでの間、とっくりとミズキを凝視《ぎょうし》していた。また歳を訝《いぶか》られているのかとも思ったが、それにしては視線に熱がこもっている。

「ねえ、君、名前は？」

「ミズキです」

「ミズキか……ねえミズキ、これから私とデートしない？」

「………は？」

たっぷり二秒の間を置いて、ミズキはいかにも怪《あや》しがっていますという目を青年に向けた。

彼はそんな目を気にすることなくミズキの手を取る。マース＝ヒューイットと名乗った青年は、ぺらぺらと口を動かし熱心にミズキを口説《くど》き始めた。

ルルが顔を真っ赤にしてヒューイットを睨む。ミズキも嫌な汗をかきながら、やんわりと相手を拒んだ。

「えっ……と、まだ仕事がありますので……」

「じゃあ終わるまで待つからさ。ね？　いい店知ってるんだ」

それは何の店なのだろうかと、頭の中の冷静な部分が疑問を抱く。それ以外のところでは危機感が警鐘を鳴らしていた。

ルルが噛み付きそうになるのを目で制していると、それを戸惑いととったのかヒューイットはさらに畳み掛けてミズキを求めた。間を埋めるように顔を寄せられて、後退《あとずさ》りしたいのに手を取られていてはそれもできない。ますます強くなる嫌な予感に、ミズキは少しでも距離をとろうと奮闘していた。

「あ、あの、本当に困ります！」

「そんなつれないこと言わないでさ。いいじゃない。私が奢《おご》るから」

そういう問題じゃない！　ミズキの心とルルの叫びは一致した。けれど、ヒューイットは微塵《みじん》も引く気配はない。

そんな時だ。

「おい、済んだなら退《ど》いてくれないか」

「はあ？」

割り込んできた声に救いを求めて振り向くと、旅装束《たびしょうぞく》に身を包んだ青年がさも不機嫌そうにヒューイットを睥睨《へいげい》していた。

鋭い眼圧に怯《ひる》んでかヒューイットの拘束が緩む。ミズキはすばやく手を引いた。赤らんだ手首を庇いながら距離をとる。

ヒューイットは「また来る」と言い残して腹立たしげな様子で広場を去っていった。

「ありがとうございました。おかげで助かりました」

しっかりと頭を下げて礼を言うと、青年は幾分か優しくなった声音で「よかった」とだけ呟いた。

それから、顔を上げたミズキを見てはっと目を大きくする。

一瞬、ルルが身構えた。

「君は……」

彼は何事か言いかけたが、けれど緩く首を振って思い留まり、傷薬をと注文した。数は二つ。

そんなに傷があるのかと見れば、僅かにある露出した部分には細かな傷がいくつもあった。服の下はもっとだろうか。

痛ましげに眉を寄せたミズキに、たいしたことはないと彼はほのかに目元を和らげた。旅をしているにしては軽いほうだと彼は言うけれど、それでもミズキの表情は晴れなかった。

一拍、思案した青年が強制的に話を切り替える。

「君は店番か？」

「……これでもとっくに成人済みでして」

慣れきっているはずの自己申告も、このときばかりは一味違った。先ほど以上に目を丸くした青年が慌てて申し訳ないと詫《わ》びを入れてくれるのだが、それがかえってひどく心苦しかった。

「お礼といっては何ですけど、薬はそのままお持ちください」

「いや、そういうわけには」

「いいから。お願いします」

ね？　と念押しの笑みを浮かべたミズキに、青年は戸惑いながらも有難くと紙袋を受け取った。

それから、そうだと思いついたようにもう一度ミズキを見下ろす。

「俺はアーサーという。しばらくはこの街を拠点にするのだが……その、不快でなければ、また来てもいいだろうか？」

「……さっきのヤツに比べたらよっぽど紳士的ね」

辛口《からくち》に零すルルはいったい何の審査をしているのだろう。

わからないけれど、ミズキとしては拒《こば》む理由はない。二つ返事で答えると、アーサーは柔らかな眼差しをミズキに向けた。

＊＊＊

露店商としても少しずつ名を広めながら、ミズキはこれまでと同じく薬草を採集しては薬問屋に卸していた。薬を調合するのには慣れてきても、売れる状態になるまでは時間がかかるからだ。飲み薬のほとんどは短くても一日は乾燥を待つ必要がある。そういう時にはまた薬草を売って、生活費と次の薬草代を稼いでいた。

その日も、ミズキは露店商の前に薬材を売りに来ていた。持ってきていた薬は量が少なく、その分を補填《ほてん》できればと思って来たのだが、種の売りつけだけは断られた。

驚いたミズキに、薬問屋は小さな匙を投げ渡した。料理用の小匙よりも小さな匙をルルと二人でまじまじと見つめる。

「何ですか、これ」

「量り売りのための匙だよ。種の中身はそれで計量する」

にやりと、店員はいつかと同じような笑みを浮かべた。意味はわかるなと、無言の問いかけにミズキも無言で応えた。

種を詰め込んだ袋はずしりと重い。それでも一歩先に進めたのだという喜びの方が勝って、持ち帰る腕に力がこもった。

「またおいで」

後ろ手にひらひらと手を振る店員に「必ず」と返して、二人は笑顔で薬問屋を後にした。

「今日は買い物して帰るのは難しそうね」

残念がっているのだろうが、それにしてはルルの声は明るかった。素直じゃない様子に笑いを誘われて、肯定しながらもミズキは足を進めていく。今日はまだ露店商があるし、帰ったらやってみたいことがあった。

やってきた広場は、相変わらず大小さまざまな露店が軒を連ね、見物客がごった返している。その人の合間を縫うように空いた場所を捜していると、何人かの顔馴染みになった人が早くもミズキの後をついてくる。

「ミズキ、頭痛薬が欲しいんだけどあるかい？」

「俺《おれ》は傷薬が欲しいんだけど」

移動の道すがらにも尋ねてくる声に一つずつ返して、店と店との間の狭いスペースを見つける。両隣に軽く会釈《えしゃく》して布を広げれば、ミズキの露店の完成だ。

初めに聞いていた頭痛薬と傷薬を売って、ぽつぽつと集まりだした客の注文に応えていく。何人かには今日持ってきていない薬を求められたが、丁寧に謝罪すれば仕方ないとすんなり引き下がってくれた。

そうしているうちに、一人の青年が慌てた様子で駆け込んできた。いや、青年と呼ぶにはまだ若いだろうか。

彼はミズキの姿を認めると、ほっと安堵の表情を滲《にじ》ませた。

「あの、腰痛の薬ってある?」

整いきらない息の中での問いかけに、ミズキは笑顔で頷いた。ディックというらしい青年には腰痛もちの父親がいるらしく、ミズキの評判を聞きつけてやってきたそうだ。孝行息子を持ってさぞ喜ばしいことだろうと返すと、彼はまじまじとミズキを見つめた。

「あの……?」

「あ、いや、……そんなこと、初めて言われたから」

気恥ずかしそうに頬を掻く青年は好ましく、ミズキも自然と笑みを柔らかくする。一方で、青年の目が逸《そ》らされないまま色を変えたのを見たルルが小さく声を零した。ミズキを見る彼の目にはただならない熱がこもっていた。

「ねえ、今の、君からのお誘いと取っていいんだよね?」

「え?」

「だって、あんなこと。オレのこと口説いてるんでしょ?」

「ええ?」

僅かに変わったディックの声音。けれど以前のヒューイットのような威圧感はなく、ミズキには背伸びしようとしているふうにしか思えなくて、ついついくすりと笑ってしまった。

笑われたディックは不満そうに口を尖らせたが、言い寄るのをやめるつもりはないらしい。さらに言い募ろうとした矢先に、別の声が割り込んできた。

「営業妨害だ」

「アーサー!」

ミズキと目が合うと、アーサーは僅かに目元を和らげる。

アーサーの言葉は短いものだったが、ディックは理解するだけの余裕は残っていたのだろう。不承不承にアーサーに場所を譲り、数歩下がった所でまじまじと彼を不躾《ぶしつけ》に観察した。

「アンタ旅の人？　見ない顔だけど」

「ああ。しばらくはここを拠点にする」

アーサーの答えにディックは嫌だという気持ちを隠しもせず顔を顰めたが、さっさと顔の向きを変えてミズキに笑顔を向けた。

「またね、ミズキ」

また来るから、と言い残して、ディックが紙袋を受けとり去っていく。あまりの変わり身の早さに、ミズキもルルも何も言えずその背を見送った。

少しの間放心したまま立ち尽くしていたが、やがて我に返り慌ててアーサーに向き直る。

「あの、アーサーさんでしたよね。また助けて頂いて、ありがとうございます」

「いや。……ああいう客は多いのか？」

静かな目で問われ、ミズキはどう返答したものかと眉根を寄せる。

多い、のだろうか。何人か声をかけてくる人はいるが、あからさまなのはディックやヒューイットくらいのような気がする。

どうなんでしょう、と曖昧な答えしか返せなかったミズキに、アーサーは何ともいえない目を向けた。それからちらりとシートだけの露店に目を落とす。

「ああいう手合いは遠慮すると付け上がる。気をつけろ」

アーサーはそれだけ言い残すと、外套《がいとう》を翻《ひるがえ》し喧騒《けんそう》の中に紛《まぎ》れて消えた。

「なんだか不思議な人ねぇ」

他人事《ひとごと》のように暢気《のんき》なミズキの言葉に、ルルは先が思いやられると一人溜息を吐いた。

第四話 人間と妖精

Fairy Pharmacy

露店商を始めて半月もする頃には、薬材を売るよりも買うほうが多くなっていた。それに伴って、ミズキの仕事は薬売りで定着していた。よく効くという噂《うわさ》が人から人へと伝わって顧客もリピーターも増えていき、評判の薬売りとしてミズキの名前と顔が売れ出すのに時間はかからなかった。

少しずつ生活に必要なものを買い揃え、ニワトリとヤギを一匹ずつ買って食料確保の足がかりにした。

調理や食料の保存では、ルルの魔法の恩恵を多大に受けている。その最たる例が、ミズキが欲しくてたまらなかった冷蔵庫兼冷凍庫だ。残念ながらこの世界ではまだ発明されていないらしいそれは、二段戸棚のそれぞれに魔法をかけてもらうことで完成した。

「みんなに妖精が見えてたら、もっと文明も進んでたと思うんだけどなぁ」

悩ましげに呟いたミズキに、うへぇとルルはあからさまな顔をした。

「やぁよ。そんなの、妖精が働きっぱなしになっちゃうじゃない」

だから嫌、と言うルルに、なるほどとミズキは納得した。そして、なら自分が寄り添えたらとも思った。人間と妖精は、衣食住こそ違うが、歩み寄れないわけではないと知っているから。

妖精は木の実や美味しい水が主食である。森が妖精たちにとって食料の宝庫だったこともあり、ルルはこんな物が何の役に立つのかと不思議そうにしていたが、せっかくできたそれをさっそく使いたかったこともあってシャーベットを作ってみたところ、ルルは冷蔵庫の有難さを理解し共感してくれた。あるのとないのとでは全然違うのだ。

暇を見つけてはこちらの文字を覚え、最近ではたまに果実酒や菓子を手土産に妖精の集落にも定期的に通えるようにもなった。

もちろん、商売を始めて良いことばかりということはない。若すぎると不審な目を向けられたことは一度や二度ではないし、年齢を伝えても信じてもらえなかった。これは元の世界でもよくあることだったから慣れたものだが、それとは違ってミズキはこちらではやたらと言い寄られた。

恋愛対象として見てくれるのは嬉しいことだが、何人かは人目を憚《はばか》らずに堂々とアプローチを仕掛けてくるのが悩みの種だった。

そんなある日のことだ。

「そういえば、ミズキは自分でお店を持つ気はないのかい？」

「お店？」

塗り薬の入った壺《つぼ》を袋詰めしていると、腰痛が悩みだという常連の老婆《ろうば》に尋ねられた。

できないことはないと思う。あのログハウスは広いから、調剤室と販売スペースを確保してもまだまだ余裕はある。

だがしかし、開業したとしても交通の便が悪いのではないだろうか。ゆっくり歩いても三十分もあれば着くが、お年寄りだとかには辛い道のりになりそうだ。

「家でできないこともないですけど、街からは遠いもので」

「あら、そうなの？　残念だねぇ……」

「残念、ですか？」

店を持たないことで何か不利益になるようなことはあるだろうか。思いつかないミズキは老婆の意見を聞いてみた。

「だって、お店があればいつでも薬を買いに行けるだろう？　ミズキは随分頻繁《ひんぱん》に来てくれるけど、次はいつ来てくれるのかわからないからねぇ」

「ああ、なるほど」

そう言われてみれば確かにそうだ。ミズキは納得した。

（私が、店……）

正直にいえば、悪い気はしなかった。ミズキは三日とあけずに街で露店商を営んでいるが、一度に持っていける量には限りがある。なによりその日の客が何の薬を求めているのかは行ってみなければわからないのだ。行ってみても供給量が足りないことはザラにあるし、その日持っていかなかった物を求められることだって少なくない。

あまりに雨がひどい日には街へ行くこともできないから、その分のロスを考えると確かに店を持った方が安定した供給が可能になるだろう。

そう思いはしても、本当にやっていけるのかという思いは拭いきれなかった。

ミズキの不安を感じ取った老婆がしわくちゃの顔に苦笑を浮かべる。

「無理言って悪かったね。でも、ミズキならとも思うんだよ。よかったら考えてみておくれ」

「はい、ありがとうございます」

また来るわね、とお釣りの銅貨を受け取って、老婆は杖《つえ》をつきながら人混みの中に消えていった。

「ねえ、ルルはどう思う？　……その、お店を持つことについて」

周りには聞こえないくらいの声でルルに聞いてみる。広場に背を向けて座るルルは、いいんじゃない？　とあっけらかんと答えた。

「さっきのお婆さんの言ってたことでしょ？　アタシはいいと思うわ。あの家は広いから、お店をやっても問題ないと思う」

ルルの賛同に、ミズキはほっとした。

ミズキとしても、店を持つのは悪くないと思っている。薬の露店商も今では多くの固定客がつき、売上もだいぶ安定してきた。いろんな人が評判を広めてくれたおかげで、今では薬を売り残すこともめったにない。生活費を除いても家財を揃えたり家畜を飼ったりができるほどなのだから、その金額が決して少ないものではないことは明らかだ。それに、安定した供給ができるようになれば、収入も安定する。街にまで行かなくて済む分時間的余裕も増えるし、収入が増えれば集落へのお土産も増やせるだろう。

そう考えると、自分の店を持ったほうがいいのではという気持ちはいっそう強くなった。

この世界の人間も妖精たちとは違って魔法なんて便利なものは使えない。しかも元の世界ほど科学の発展していないこちらでは主な移動手段は徒歩か馬らしい。車の一台も見かけないのだ。自然環境にはいいがその分体には負担がかかる。荷物の運搬もそうだから、職業によってはもっと辛いだろう。

薬を売る度に寄せられるお客さんたちの声は全て感謝のもので、「ありがとう」と聞く度にミズキも嬉しくなった。

ミズキ自身には薬草についての知識などなかった。感謝の言葉を向けられるべきは、ミズキに薬効や薬の作り方を教えてくれる妖精たちなのだ。なのに、自分以外には妖精たちの姿は見えない。

だからこそ、せめてそのお返しを少しでも多くしたいと思うのだ。

次々に零れ出る心の内に、ルルはさもおかしそうにくすくすと笑った。

「なぁんだ、もう決まってるんじゃない」

どういうことだろうと見ていると、「自覚してないの？」と呆れたような目が向けられた。

「だって、ちゃんと言ってたじゃない。こうしたい、ああしたい、って」

できるかどうかを心配してたのは最初だけだったわよ、と上機嫌にルルが笑う。

「ほとんど、『お店を持ったらしたいこと』だったわよぉ～」

ミズキは自分の言葉を思い返して、一気に顔を赤くした。恥ずかしさに顔を覆うミズキをからかいながらルルが笑う。穴があったら入りたい。

でも、おかげで心は決まった。

「お店、持ってみようか」

ぽつりと呟いた言葉には不思議と力強い響きがあった。

ルルはご満悦で、ふんっとやり切った感満載の笑みを浮かべている。

「さあ、そうと決まったら早速準備するわよ。今日は集落に行く日でしょ？　みんなにも報告しなきゃね」

「……うん、そうね」

待ちきれないと飛び回るルルを見ながら、ミズキは今日の手土産は少し奮発しようと決めた。

＊＊＊

ミズキの家は街から少し離れているが、妖精の集落まではわりと近い距離にある。慣れれば十分もかけずに到着できるそこまでの道のりをミズキは両手に土産を持って歩いていた。

今回の手土産は焼き菓子の詰め合わせとワインだ。妖精たちは甘いものをよく好む。ワインは長老をはじめとする少し年嵩の妖精たちに向けたものだ。

最初は謝礼金を渡そうとしたのだが、妖精にとって人間の使う貨幣に価値はないと言われてからは現物を持っていくことにしている。

今日も妖精の集落に辿り着くと、もはや顔なじみとなった彼らはいらっしゃいと快く迎え入れてくれた。

「ミズキー！　今日のお土産なぁにー？」

「焼き菓子と、長老たちにはワインを持って来たよ。みんなは広場？」

「うん！」

すぐ周りを飛び回る妖精たちにぶつからないように注意して広場へと足を向ける。広場は大木の前の少し開けたところにあって、集落のちょうど真ん中になるとルルが言っていた。

広場に着くと妖精たちは集まって賑やかにしていた。ミズキが顔を見せると、気づいた彼らもまたいらっしゃいと喜んでミズキを迎え入れた。

「おお、よく来たの」

「こんばんは、長老。これ、お土産のワインです。こっちは焼き菓子の詰め合わせ」

「ほっほ、いつもありがとう。人間の作る菓子と酒は本当に美味い」

ふよふよと手土産を魔法で浮かせて広場の中心に置く。大人の妖精たちは小さなコップを手にワインに群がり、お酒を飲まない妖精たちはお菓子を選んでいる。

思いがけず長老と二人きりになったミズキは、どきどきしながら長老に話を切り出した。

「あの家で、薬屋を始めようと思うんです」

「そうかそうか、頑張りなさい」

ほっほ、と変わらない笑い声の中で長老はあっさりと返した。あまりにもあっさりとしすぎていて、ミズキはどうしても拍子抜けしてしまった。そんなに簡単に頷いていいのかと戸惑わずにはいられない。

「私、薬草の知識なんて全くないんですよ？　みんなに教えてもらって生計立ててる」

「ふむ、そうじゃのぅ」

「……薬売って得た利益、独占してるんですよ？」

「それは違うじゃろう。ミズキはこうして菓子や酒を持って来てくれる。ワシらにとっては十分対価を貰っておるよ」

長老はそう言うが、それにしたって随分と安すぎる対価だとミズキは思う。

なのに長老は、それでもミズキの土産を対価と言った。

「価値観の違いじゃよ、ミズキ。ワシらに人間の貨幣など何の価値もない。前にも言ったじゃろう」

妖精たちは人間が好きだ。人間の手が作り出す様々なものを妖精は真似《まね》る。彼らが着ている服もそのうちの一つだ。人間が作物を育てているのを見ると嬉しくなるし、笑顔になれるのだ。

人間に自分たちの姿が見えないことは仕方のないことだとわかっていても、認識してもらえないことはやはり悲しかった。しかしミズキと出会ってからは違う。ミズキは自分たちを見て、認識してくれる。ミズキを通じて人間を学び、人間たちの菓子だとかも食べられるようになった。

妖精たちはいっそう人間が好きになった。好きなものをもっと好きになれる、それはとても幸せなことだ。

「全部お前さんのおかげなんじゃよ、ミズキ」

そう語る長老に、そういうものなのだろうかとミズキの心が僅かに揺らぐ。その隙《すき》を見逃さず、長老は今度はぐっと眉間《みけん》に皺を寄せてミズキに指を突きつけた。いきなりの怒り顔に、びくんとミズキの方が小さく跳ねる。

「だいたいのぉ、お前さんはいつまでも他人行儀すぎる。ルルが家族だというなら、ワシらとて家族じゃろうが。甘えすぎなくらいでちょうど良い」

ミズキは思わず声を詰まらせた。ほれみたことか、と長老が拗ねたようにそっぽを向く。

「家族、ですか……」

「なんじゃ、ワシらは除《の》け者《もの》か？」

「えっ、ちが、そうじゃなくてっ」

慌てふためくミズキに、にんまりと長老が笑う。それは勝利を確信した笑みだった。してやられたと気づいたミズキは恨《うら》めしげな目を長老に向けた。

それを物ともしないで、長老がいつものようにほっほと笑う。

「お前さんは優しいから気に病《や》みすぎるのじゃろうな。もう少し軽い気持ちでよい」

そう優しく諭《さと》す長老に、ミズキは躊躇いながらも頷いた。

ほっほ、と長老はまた笑う。

「頑張りなさい、ミズキ」

「はい」

ミズキがしっかりと頷いたのを見届けて、長老もワインを求めて広場の中心へ飛んで行った。

笑い声の響くその光景が、夜なのにとても眩《まぶ》しく映った。

「ね？　言ったでしょ？」

クッキーを齧《かじ》りつつ言うルルに、ミズキは無言で頷いた。

（頑張ろう。みんなの顔に泥を塗ることのないように）

ミズキは深く心に刻んだ。


もはや恒例となっていた宴は、ミズキが店を持つと決めたことで一段と賑やかなものになった。

気の早い者は善は急げとばかりに早速家を作り変えようと言い出したりして、みんながミズキの開業を喜んだ。あまりにも諸手《もろて》を挙げて祝われるものだから、悩んでいたのが馬鹿みたいだとミズキでさえ思ったほどだ。

ちびちびとワインを飲みながら、店をどんなふうにしようかとミズキは考えていた。酒に強い性《た》質《ち》ではないが、程よいアルコールはミズキの思考を前向きにさせてくれた。

薬草を干したりするから、棚や机は多めに用意しなければならない。高齢者や身体を痛めてしまっている人が店まで来るのは骨が折れるだろうから、時々は露店商も必要だろう。

思いついたことを次々と箇条書きにしてまとめていく。今だけでもこれだけあるのだから、まだまだ改善する箇所は多そうだ。

メモを覗き込んだルルがあれ？　と小首を傾げる。

「ねえミズキ、ミズキはどんなお店にしたいの？」

「え？」

どんな店だろう。ミズキはメモに視線を下ろした。

元の世界にあった薬局は病院などの処方箋《しょほうせん》を受け付けるところだ。それ以外にも健康促進食品だとかも置いている。あまり病気に罹《かか》らないミズキには馴染みのない場所だった。

「ルルは、どんなお店がいいと思う？」

「アタシ？　そうだなぁ……明るくて、風通しの良いお店がいいわ」

なるほど、と一つ頷いてルルの要望もメモに認《したた》める。

ルルの言う通り、明るくて風通しが良いというのは大切な項目だと思う。陰鬱《いんうつ》な店に入りたくないと思うのは誰しもだろう。それが薬という苦味の強いものを売る店なら余計に、雰囲気《ふんいき》だけでも明るい方がいいだろう。

となると、混雑した時に休める長椅子だとかもあった方がいいだろう。街から離れているから来客者は疲れているだろうし、サービスとしてお茶を出すのも良いかもしれない。

至れり尽くせりなイメージではあるが、遠いにもかかわらず来てもらうのだからそのくらいしたって罰《ばち》は当たらないだろう。

「なんだか、学級経営案みたい」

「？　なぁに、それ？」

「そうねぇ……。ああ、長老みたいな感じよ。学級を集落と考えて、どんな集落にしたいか、集落の人たちにどういうふうになってほしいのか、そのために何が必要かを考えるの」

ミズキが担任を持つことは少なかったが、だからこそ任された時にはいっそうの力を込めたものだ。

ルルはあまりよくわかっていないようだったが、懐かしいと筆を進めていくミズキの様子に、似ているものらしいとは察してくれたようだ。あれこれと意見を出したり、解決策を一緒に考えたりしてくれた。

少し視点を変えただけでメモはあっという間に文字で埋め尽くされた。書き出したことを全て実現するのは難しいだろうが、できることも少なくないはずだ。

「お店、楽しみね」

「そうね、きっと忙しくなるわ。ルル、これからも手伝ってくれる？」

「もちろんよ！」

任せなさい！　と張り切るルルにミズキは柔らかく微笑んだ。

これからたくさんの準備をしなければならない。それは大変だろうけど、その分期待も多い。

頑張ろう。ミズキはもう一度誰にともなく呟いた。

＊＊＊

ミズキの開店予告は誰もが驚くほど早かった。当然といえば当然だろう、告知を始めた一週間後に開店するというのだから。

開店には妖精たちが惜しみない協力をしてくれた。家の改装はすぐに完了し、実質として準備にかかるのは告知期間として設けた一週間だけだった。店を持ったら？　とミズキに話を持ちかけた老婆もあまりの速さに放心していたが、すぐに我に返って嬉しそうに破顔していた。

「ありがとうミズキ、これで安心だわ」

「お礼を言われるようなことは何にもしてませんよ」

「おやおや。じゃあ、そういうことにしておこうかね」

老婆は笑いを含んだ顔で、いつものように塗り薬を買って帰っていった。

ありがたいことに、もう何人もの人に開店を楽しみにしていると温かい言葉を貰っている。贔屓《ひいき》にしてくれている町医者からは遠くなるのは残念だとまで言われて、頻度は少なくなるが時々は街へ露店商を開きに来ることも抜かりなく伝えておいた。それは良かったと喜ばれたのは言わずもがな、である。

一方で、乗合馬車を出す人たちからは早く開店してくれと急かされもした。街から離れているから乗客が増えると見込んでいるらしい。定期馬車を組もうと企画まで持ちかけられて度肝《どぎも》を抜かれたのは記憶に新しい。

不安がないわけではないけれど、こうも多くの人に望まれていることがミズキは本当に嬉しかった。

「ミズキ、またにやけてるわよ」

「う……ごめんごめん。でも、やっぱり嬉しいんだもの。妖精たちにも、お客さんにも喜んでもらえて。早く開店したくてたまらないわ」

緩んでしまった顔を慌てて引き締めて、でも数秒後にはまた緩めてしまう。楽しみだなぁ、としきりに口にするミズキに、ルルはそれもそうだけど、と口を酸《す》っぱくしながらも笑っていた。しかしそれは、不意に顰められたミズキの顔を見て止まった。

いったいどうしたのだろう。ルルも苦々しいミズキの視線の先を追って、間を開けず腹筋に力を込めた。

道の先からは、ディックが遠目にもわかるほど目を輝かせて向かってきていた。

「やぁミズキ、今日もとっても可愛いね」

店の前に立ちミズキに迫ってくるディックは鍛冶師の一人息子だ。しかもその鍛冶師というのがミズキも世話になったダートンだと知った時には、世間は狭いと二人揃ってしみじみ思った。

あの日以降も、ディックは腰痛に悩む父に代わってよく薬を買いに来る。それだけなら好意的に見られる青年なのだが、事あるごとに口説いてくるものだから、ミズキはいつも笑いを堪《こら》えるのに苦労する。ディックには見えないルルは大笑いしすぎて腹筋を攣《つ》らせたことさえあるほどだ。

二人に変な人と思われているとは露知らず、ディックはミズキにウインクを投げる。ぷはっ、とルルが吹き出した。

「聞いたよ、店を開くんだって？　言ってくれれば手伝ったのに」

「もともと考えていたので準備はしてあったんです。それに、お客様の手を煩《わずら》わせるわけにはいきませんから」

あくまでも事務的に受け答えするミズキにも、ディックはつれないと肩を竦《すく》めるだけだ。彼曰《いわ》く、そんなところも良いのだとか。ミズキはむずむずする口元をごまかすように口を開いた。

「いつもの湿布薬《しっぷやく》でよろしいですか？」

「ああ。それと咳止《せきど》めはあるかい？　最近どうにも喉がいがらっぽくてね」

追加で注文されて、あっただろうかと荷物を確認する。あれでもない、これでもない、としばらく探しているとようやく一包だけ咳止めの薬を見つけた。

「よかった、ちょうど一包だけありましたよ」

「それは良かった。代金は？」

「二つ合わせて……千三十デイルです」

日収千デイルから始まったミズキの生活を基準に考えると薬の価格設定は少し高いだろうかとミズキは不安に思っていたのだが、他の店を覗いてみたところ、材料をわざわざ問屋から卸しているため安いものでも二割増しの価格で売られていた。効き目もあまり良くないらしいと客の誰かが零していたのを聞いたこともある。

商品の薬を紙袋に入れて、代金と交換する。千デイル銀貨が一枚と十デイル銅貨が三枚。ちょうど頂きますね、と確認が終わった後でもディックは帰る素振《そぶ》りを見せなかった。

「？　まだ何かご入用ですか？」

訝しむミズキにディックは笑顔で頷いた。なんだろうと続きを促《うなが》す。

「ねぇミズキ、そろそろデートくらいしてくれてもいいんじゃないか？」

「またその話ですか……お断りしますと、何度も言ったはずです」

隠しもしないで大きな溜息を吐くミズキに、いいじゃないかとディックは食い下がった。スルリと手を取られてルルが「セクハラよー！」と冗談めかして叫ぶが、悲しいかな、ディックの耳には届かない。

「なぁ、いいだろう？　オレは君を本気で……」

続けられるはずだったディックの口説き文句は、横から割り込んできた腕によって阻《はば》まれた。

「そのくらいにしておいたらどうだ？　どう見ても嫌がっているだろう」

ディックの腕を掴んで止めたのは同じく常連となったアーサーだった。

止められたディックはアーサーを見た途端《とたん》不満そうに顔を歪《ゆが》める。

「またお前か……たまにはオレにお鉢を回してくれてもいいんじゃないか？」

「断る。しつこい男は嫌われるぞ」

淡々《たんたん》としたアーサーにディックは「ちぇっ」と舌打ちして、言い返す言葉もなく帰っていった。

ミズキはホッと安堵の息を吐き、それから慌ててアーサーに向き直る。

「いらっしゃいませ、アーサーさん。いつもありがとうございます」

「いや……お前も、いつも大変だな」

僅かに同情を滲ませるアーサーにミズキは苦笑いして誤魔化《ごまか》す。その横ではルルがまったくよね、と大いに頷いていた。

アーサーはミズキにとってとても頼もしい存在だった。いろんな街を旅して回っているという彼は護身術に長《た》けているようで、いつもミズキが絡《から》まれているのを見かけては助けてくれる。腕が立つという噂も広まっているから、アーサーが止めに入れば大抵の人は引き上げていくので、本当に頼りになる存在だった。

「……店を出すと聞いたが」

「ああ、はい。もともと考えていたんです。あ、露店商も回数は減りますけど続けますよ」

「そうか」

アーサーはそれからまた口を噤《つぐ》んだ。相変わらず寡黙《かもく》な人だと思いながら、いつもの薬でよろしいですか？　と確認する。アーサーはこっくりと頷いた。いつもより多めで、と付け加えて。

アーサーが買っていくのはほとんどが打ち身や切り傷に効く薬だ。色々な街を放浪しているから訪問の頻度は多くないが、その分大量に買い込んでいく。

今回は用意している中で一番大きな紙袋に詰めても入りきらないので二つの紙袋に分けて、余ったスペースに、そうだ、と薬以外の物を詰め込んだ。

「それは？」

「試作品なんですけど、ハーブティーです。疲労回復の効果があるので、良かったら旅先で飲んでみてください」

ミズキが詰めたのは、口にした通りハーブティーだ。お店で出そうと作った物の一つでもある。この世界には茶葉もコーヒー豆もあるのだが、意外なことにハーブティーがなかった。そこで元の世界での知識を元に再現させ、ルルと一緒に営業の合間に試飲しようと持って来ていたのだ。

せっかくだからとサービスすることにして飲み方を簡単に説明する。アーサーは幾らだと尋ねてきたが、お礼も兼ねているからと薬代だけしか受け取らなかった。アーサーはそれに困ったような顔をしていたけれど、お礼です！　とミズキが強く念押ししてようやく、それならと薬代だけを支払った。

「今回はどのくらい離れるんですか？」

「遠くて、少し長い。片道で二、三日はかかるから……半月ほどを予定している」

何の目的で行くのかは知らないが、アーサーの旅は多くが一週間を超えるか超えないかという短いものだった。この辺りでは珍しいことに馬に乗れるらしい彼は移動も速い。二つ離れた町へ行った時には三日ほどで帰ってきたし、それを知っているからミズキも確かに長いなと頷いた。

「……すまない」

「え？」

唐突《とうとつ》に謝ってきたアーサーにミズキは困惑した。今までの流れで謝られるようなことはあっただろうか。ルルに目配せしてみるが、ルルにも心当たりはないようで、わからないと無言で首を振っていた。

「えっと、何がですか？」

わからない、困ったと眉を下げて自分を見上げるミズキに、アーサーは店、と沈んだ声で答えた。

「開店は四日後だと聞いた。俺は、今夜にはもう旅に出るから……」

初日に顔を出せない、と申し訳なさそうにまた謝罪を口にするアーサーに、ミズキは理解すると同時に慌てて首を横に振った。この人はどれだけ心を砕いてくれるのかと驚きを隠せない。ルルもぽかんと口を開けてアーサーを見つめている。

「そんな、謝らないでください！　アーサーさんにだって都合はありますよ、ちゃんとわかってますから！」

必死に訴えるミズキに、しかしとアーサーは納得がいかないらしく言い募る。アーサーの気遣いはとても嬉しいけれど、そこまで迷惑をかけるわけにはいかない。大丈夫ですと何度も主張してようやく、アーサーは不承不承に引き下がった。

「帰ったら、必ず行く」

「ありがとうございます、お待ちしていますね」

どこまでも律儀《りちぎ》な彼に苦笑しながら、怪我をしないように気をつけてくださいと紙袋を差し出す。受け取ったアーサーはありがとうと頷いて、もと来た道を帰って行った。ミズキはその背中を見送って、それから在庫の確認を始めた。

「あの人って、どう見ても……」

思うところがあるらしいルルだったが、本人が気づいていないならわざわざ言うまでもないだろうと結局は口を噤み、少し遅れて在庫確認を手伝った。

ルルの内心など知るはずもなく、人の行き交う店の前はいつも通り賑やかだった。

開店まで、あと四日という日のことだった。

＊＊＊

開店の日が近づく中で、ミズキはもう一つ作りたい物があった。二人が覗き込んでいる箱の中には、そのために準備を始め、ようやく使える状態になった真っ白い粉が詰められている。

「これがぷるぷるの素《もと》なのよね？」

「そうよ。葛粉《くずこ》っていうの」

薬作りを始めたあの日、薬草畑で育てていた葛から作ったものだ。根を割ると見える綺麗な乳白色は、たっぷりとデンプンを溜め込んでいる証拠だ。それを砕いて何度も洗っては漉しを繰り返してデンプンを揉み出し、灰汁《あく》を抜いた。知識だけの素人《しろうと》に作れるのか不安が強かったが、植物のエキスパートであるルルが存分に力を発揮してくれたおかげで無事葛粉作りは成功したのだ。

取れた量は少なかったが、嵩増しする物もその間に用意できた。後は、実際に作るだけだ。

出来上がった葛粉に、別の白い粉を混ぜる。ジャガイモから作った片栗粉だ。作り方はほとんど変わらない片栗粉だが、作りやすさは比べ物にならない。それだけでは固めきれないが、混ぜて使えば固さを調節する意味でも便利な代物だ。

小鍋にそれらを溶かした果汁を入れて火にかけ、十分に加熱できたら器に注ぎ、後は冷やすだけだ。

思いの外少ない工程にルルは驚いていたが、その分早く食べられると嬉しそうだった。ようやくだと上機嫌に鼻歌を歌っていたが、あれ？　と首を傾げる。

「これ、お店で売るって言ってなかった？」

「今回はデザートとして食べるけど、これに包んだら美味しく薬が飲めるでしょう？」

喉の細い子供に錠剤は飲みにくい。かといって粉薬にしても、その苦味を嫌って飲むのを嫌がる。何とか薬を飲ませようと奮闘する親は少なくないはずだ。

しかしそれもゼリーに包んでしまえば済むとミズキは知っていた。

あちらから持ち込んだアイディアに、ルルは「ミズキらしいわね」と嬉しそうに笑った。

＊＊＊

毎日を忙しく過ごすミズキには四日という時間はあっという間に過ぎて行った。光陰《こういん》矢の如《ごと》しという言葉が頭を過る。一週間の予告期間もとうとう終わりを迎え、ついに開店の日がやってきた。

露店商の時とは違って店を構えるということで、役所に営業届も提出済み、準備はバッチリだ。

開店時間までもういくらもない中で、それでもできる限りのことをしようとミズキとルルは店内を動き回っていた。

「ミズキ、看板はもう出した？」

「昨日のうちに出したよ。ねえルル、外の様子はどう？」

「どうもなにも、さっきからすごい人よ！　まだ開店時間前なのに、もう列ができてるんだから！」

さっきも言ったでしょ！　と言うルルに、そういえばそうだったとミズキは笑った。

乗合馬車は本当にルートを組んだようで、来ることは難しいだろうと踏んでいたお年寄りの客までもが店の前に並び、開店の時を今か今かと待っていた。

ミズキとルルは予想以上に多い来客数に驚いて、予定していたよりも慌ただしく開店の準備を進めている。何日も前から準備できる物も多いが、当日にしか準備できないものも少なくないのだ。その一つとして、サービスとして提供するハーブティーは作り置きのデキャンターを増やして、追加の用意も多くした。

ショーケースにはたっぷりの氷を敷き詰めた。きちんと中が冷えているかを確かめていたルルが、ふと時計を見て声をかける。

「ミズキ、時間よ！」

いっそう張り上げたルルの声が響く。タイミング良く確認も終わったところで、ミズキはひどく緊張した面持《おもも》ちで出入り口に向き直った。

磨《す》りガラス越しにもわかるたくさんの人影に緊張が増して、ごくりと生唾《なまつば》を飲み込む。

「ルル、こっちに来て。一緒に開けよう」

呼べばルルはすぐに飛んで来て、その小さな手を扉の取っ手に添えた。

「準備はいい？」

「もちろん！　いくわよ？　せーのっ！」

ルルの掛け声に合わせてぐっと扉を押す。途端に差し込む光が眩しくて、二人は思わず目をすがめた。

立ち並ぶ人たちの顔をゆっくり一つ一つ見て、大きく息を吸い込む。

「薬屋《フェアリー・ファーマシー》、開店です‼」

大きな声を張り上げて堂々と宣言すれば、人垣がわっと歓声を上げた。盛大な拍手で迎えられて胸の中が熱くなる。

「さあ、これからが本番よ」

「うん！」

一人、また一人と中に入ってくる客たちが、出入り口脇に置いたワゴンからハーブティーの入った小さなコップを持っていく。それを美味しいと談笑の種にする人もいれば、ゆっくり店内を見る人もいた。早速会計に並ぶ人まで出始めてミズキは慌ててカウンターの前に立った。

「開店おめでとう！」

口々に寄せられる温かい言葉に、ミズキは満面の笑みを浮かべた。

開店から間もなく、店内は人の波でごった返していた。休憩用にと用意した長椅子は早々に満席と早速役に立っていた。

客の中には物見遊山《ものみゆさん》気分で来た人もいれば、誰かから評判を聞いて見物に来たという人もいた。薬以外にも品物を置いていると告知していたから、それを見に来たのかもしれない。

商品として陳列していたゼリーに首を傾げる人は多かったが、用途を説明すれば予想通り幼い子供を持つ母親たちに大人気だった。ゼリーはその日採れたばかりの新鮮なフルーツの果汁を搾って作った物だから、デザートとして買って行く人も少なくなかった。

また、サービスで提供しているハーブティーも小分けにして商品棚に陳列した。その日のサービスティーの茶葉には『本日のハーブティー』とポップを作ってわかるようにして、それ以外のブレ

ンドにもそれぞれの効能がわかるように記載して置いてある。こちらは若い女性陣に人気だった。

では男性客はどうなのかといえば、こちらは通常の薬を買い求める人の方が圧倒的に多かった。中でも湿布薬や傷薬は定番で飛ぶように売れる。家族への土産として店内を見て回る人も少なからずいたが、一家の大黒柱《だいこくばしら》であるという自覚の高い彼らは主に健康な体を維持するための物を選んで買って行った。

次から次へとやってくる客にミズキは目を回しながらも笑顔で接客していた。ルルは見えないことを活かして店内を見て回ったり、裏方で商品補充の準備をしたりと、やはりあくせく動き回っていた。

休む暇などないくらいの盛況に疲れはどんどん積もっていくが、二人が笑顔を崩すことはない。ありがとうと笑顔で帰って行く客を同じく笑顔で見送って、二人は動き回った。

カランコロンとドアに付けたベルがまた来客を告げる。

「いらっしゃいませ！」

声を揃えて笑顔で出迎えて、二人は仕事に奔走《ほんそう》した。

「す、ごいね……！」

「ほんとよ、もう猫の手も借りたいわ！」

話す間も惜しいほど、やることはたくさんある。嬉しい悲鳴とはまさにこのことだ。

薬屋《フェアリー・ファーマシー》は、初日早々大盛況という華々《はなばな》しいスタートを切った。

第五話　二人の子ども

Fairy Pharmacy

開店から一ヶ月が経った。早いとか遅いとかの次元はとうの昔に超越していて、ミズキとルルはその日一日を乗り切ることに死力を尽くした。人を雇おうにもそのための時間すら割《さ》けず、結局は二人で店を回すしかない。そんな地獄なのか天国なのかわからない日々だった。

一月も経てば来客の流れは落ち着いて、人手は相変わらず足りないながらも店は順調に軌道に乗っていた。薬以外の収入源もできて固定客も増えた。馬車組合の人からは売上が伸びたと丁寧に謝礼まで頂いた。

ミズキとルルは新しく買った馬の轡《くつわ》を引きながら、実に久しぶりに露店商を営むべく街へとやって来ていた。馬から荷物を降ろしている時にも行き違う人たちに声をかけられた。その度に少し恥ずかしくなったが褒められて悪い気はしない。

今日は、露店商が終わったらたくさん菓子や酒を買い込んで、妖精の集落に行こうと二人は決めていた。

開店前は露店を開く度に顔を出していたのに、ここのところは店だけで手一杯で行けなかったのだ。

馬に乗ることはできないが、荷運びだけでも十分役に立つ。よく働いてくれる馬の鼻面《はなづら》を撫でてやって、ミズキは久しぶりに露店を開いた。

「おーおー、久しぶりだなぁ！」

大きく手を広げてやって来たのはロバートだった。ぽっこりと前に出た腹を揺らしながら久しぶりだと繰り返すロバートに、本当にとミズキは笑顔で応える。

ロバートはミズキの薬を第一に斡旋《あっせん》した町医者だ。随分冷めた目で商品を見る彼に最初はドギマギとしたことをよく憶《おぼ》えている。

聞いたところによると、ロバートは医者でありながらひどい鼻炎に長い間悩まされてきたらしい。今までにいろんな薬を試してきたがどれもいまいち効果が実感できず、諦めていたところにミズキの噂を聞いて、最後の足掻きと試したらしい。

結果、効き目は抜群。これほど効果を実感できたことはないと、次回興奮して押しかけてきたロバートに顔を引き攣らせたのはルルだけではない。

そんな出来すぎているかのような始まり以降、ロバートは自分の患者をミズキのところへ回してくれるようになった。

他の店より低い価格設定だったことも要因の一つとしてあるだろう。薬は決して安いものではないし、どうしても継続して使う必要がある。一般市民の多くない収入では値の張る薬を買い続けることは難しい。そうとわかっていても、医者としてはやはり患者には病気を治してほしいというのが彼の気持ちだった。

「随分と繁盛《はんじょう》してるらしいな」

「はい、おかげさまで」

世間話を交えながらもミズキの手は慣れたようにいつもの薬を紙袋に詰めていた。くるくると数回口を折って、それからロバートにそれを差し出す。ロバートは、いつもありがとうとぷくぷくの顔に笑顔を浮かべて受け取った。

「相変わらず痩《や》せないわね、あの人も」

「こらルル、失礼なこと言っちゃだめでしょ」

呆れたように言ったルルを見過ごさずに窘める。ルルは本当のことなのに、とぷっくり頬を膨らませた。

ルルはロバートを嫌っているわけではないが、あの丸いフォルムの体型を見るとどうしても意地悪を言いたくなるらしい。あんなに太ってたら体に悪いわ、と会う度に言っている。それについてはミズキとしても否定できなかった。

のんびりと話しているうちにも客はやってくる。見慣れた常連客にもそうでない客にも柔らかい笑顔で接しながら、ミズキは在庫を次々と減らしていった。

ゼリーは今日はないの？　と聞いてくる人もいたが、今日の気候では悪くなってしまうかもしれないからと説明すればすんなりと納得してもらえた。またお店に行くと言ってくれる人もいて、順調だとミズキはふくふく笑った。

「ルル、残りはどのくらい？」

「えーと……ああ、傷薬が二つよ」

思ったより早く減った商品に今日はゆっくり買い物できそうだ。二つくらいなら持ち帰っても大した荷物にはならないと、ミズキとルルは少しずつ片付けを始めた。

「ねぇ、そういえばアーサー、最近見ないわね」

思い出したようにルルが言った。ルルが客を気にかけることは珍しいが、それはミズキも気になって心配していたことだった。

半月と言っていた期間は既に過ぎているのに、アーサーは店にはおろか、今日の露店商でも見かけることはなかった。もとより足繁《しげ》く通う人ではなかったとはいえ、こうも顔を見ない日が続くと心配になる。旅に出ていると知っているからなおさらだ。

「何事もなければいいんだけど……」

「何がだ？」

何気なく呟いた言葉にルル以外の声がして、ミズキは飛び上がって勢い良く振り返った。あっ、とルルも驚いた声を上げた。

「アーサー！」

「ああ。久しぶりだなミズキ、元気そうで何よりだ」

噂をすれば影。ミズキに話しかけた声の主はアーサー本人だった。

「えっ、わっ、どうしたの⁉　傷だらけじゃない‼」

どうやらたった今旅から帰ったところらしいアーサーは馬を引いていたが、その有様を見たミズキはびっくりして露店から飛び出した。久しぶりに会ったアーサーは、何があったのか全身ボロボロだった。

傷の一つ一つをよく見ると、負ってからだいぶ経っていることがわかった。どれも瘡蓋《かさぶた》ばかりだが、手当はちゃんとしたのだろうか。心配そうにするミズキに、ちゃんと薬は塗ったとアーサーは戸惑いながら自己申告した。

「でも本当にどうしたの？　小さいとはいえ、こんなにたくさん怪我なんてして……」

　転んだりした際にできる傷口とは違うそれは人為的なものだ。もしかして野盗にでも襲われたのかと案じるミズキに、野盗よりもずっと手強《てごわ》いとアーサーはしかめっ面をした。

「怪我の原因はあいつらだ」

　むっすりとしたままアーサーが顎《あご》で馬を指す。自分よりもあちらをどうにかしてほしいと請うアーサーに、ミズキもルルも首を傾げて示された方を見た。

　その先にいたアーサーの馬は相変わらず利口で、話している間も大人しく待っていた。こちらは見る限り怪我は見当たらないし、『あいつら』という複数を指す言葉にもそぐわない。ではどういうことかとさらに首を傾げたミズキとルルは、その背に乗せられたものに気づいてギョッと目を丸くした。

「こ、こども!?」

　馬の背に乗せられていたのは、ぐったりしてがりがりに痩せ細った子供だった。髪の長さを除けば鏡合わせのように瓜《うり》二つの顔をした彼らは過言でなく骨と皮しかない。どうみても餓《が》死《し》寸前だった。

「ミズキ、りんごジュース！」

　ルルが叫ぶように声を上げる。ミズキはすでに動いていた。急いで荷物の中からりんごジュースを取り出して、ガーゼで唇を湿らせるように少しずつ与えていく。意識のない、しかももう何日もまともに食事をしていない人にはいきなり水を飲ませるだけでも危険が伴う。この処置は繋ぎでしかないが、これが今できることだった。

「こんなになるまで放っとくなんて、いったい何があったの？」

「何と言われても……見つけた時にはもうこの状態だったんだ」

初めて見るミズキの険《けわ》しい顔にたじろいだアーサーは、困惑しながらも躊躇いがちにそう答えた。

予定より長く時間がかかってしまったから街道を外れて森を駆けていたところを発見したらしい。その時はまだ意識があった子供たちは錯乱していて、保護しようと慌てて駆け寄ったアーサーにも死に物ぐるいの抵抗をみせたという。負った怪我は全てその時のものだそうだ。

まさか子供を、しかもどうみても弱り切っているのに乱暴にするわけにもいかず、随分骨を折ったとアーサーは言葉の端々《はしばし》に苦労を滲ませた。

子供たちが気を失ってからは二人を馬の背に乗せて、木の実を見つけては果汁を搾って与えつつ歩いて帰ってきたらしい。

小さな傷が多いアーサーに比べて、子供たちは汚れてはいたが確かに怪我はしていなかった。ミズキはホッと胸を撫で下ろす。和らいだ表情にアーサーも肩の力を抜いた。

「とにかく、まずは医者に診《み》せないと」

ここからならロバートの診療所が一番近い。そこに連れて行こうと提案すれば、アーサーは安心した表情で頷いた。

どうしたらいいのか本気で困っていたらしい。ありがとうと礼を言われて、ミズキは緩く首を振った。

「私は何もしてないわ。この子たちが今も生きてるのは、アーサーが頑張ったからよ」

「だが俺はどうすればいいのかわからなかった。助けてもらって礼を言うのは当たり前のことだろう」

生真面目《きまじめ》に返すアーサーをくすぐったいと思いながら、ミズキはそれ以上言うのをやめた。今すべきことは押し問答ではなく子供たちを医者に診せることなのだから。

「診療所の場所はわかる？」

ミズキの問いかけにアーサーは否《いな》と首を横に振る。拠点をこの街に移してから短くない時間が過ぎたが、半分以上を旅に出ていたアーサーはミズキ以上にこの街の土地勘がなかった。

「じゃあ案内するわ。すぐに片付けを終わらせるから、こうやって子供たちにジュースを飲ませてくれる？」

アーサーは頷いてミズキから水筒とガーゼを受け取る。ぎこちない様子で子供たちの唇を湿らせる姿を見届けて、ミズキとルルは一気に後片付けに取り掛かった。整理など帰ってからでもどうにでもなる。とにかく荷を纏めることに重点を置いて、ごめんねと乱雑を承知で馬に背負わせアーサーに駆け寄った。

「行きましょ、こっちよ」

ミズキの後に従ってアーサーも一歩を踏み出す。ルルは子供たちの周りを飛び回りながら、もうすぐだからね、頑張るのよ、と必死に呼びかけていた。

診療所に駆け込んできた二人と二人の連れてきた子供たちに、ロバートは飛び上がって慌てて棚から医療道具を引っ張り出した。

「こんな小さな子供がどうして……」

血管の浮き出た腕に痛ましいと顔を歪めたロバートの言葉が耳について離れない。アーサーから事情を聞いたロバートは、二人を恐らく森に置き去りにされたのだろうと言った。

「よく、あることなんですか？」

「ないとは言えないな……。どういう事情なのかは知らんが、学会でもそんな話を聞くよ」

清潔なタオルで汚れを落とされた子供たちの顔色は土のような色をしていた。すっかり瘦せこけてしまった頰を滑るように撫でて悲しげに目を伏せる。

「この子らが保護されたのは本当に幸運だった。こんな……あと数日でも遅れていたらどうなっていたことか」

嘆いて首を横に振るロバートに、二人は黙っているしかできなかった。あと数日……そんなもしもなんて考えたくもない。本当に良かったと心から喜んだ。

極限状態に立たされている子供たちは、しばらく目を覚ますことはないそうだ。今は十分な休息が必要だった。目を覚ますまでは入院させて要介護だというのがロバートの下した診断だった。

「ご迷惑をおかけします」

そう言って頭を下げるアーサーにロバートはいいやと首を横に振る。苦しんでいる患者を助けるのは医者の義務だと言いきったロバートはとても頼もしかった。

「それよりお前さんらは、この子らをどうするかしっかり考えな。里子に出すにしても、まずは行き先を決めてやらにゃならん」

アーサーはほとんど旅に出ていることが多いから子供たちの面倒を見るのは難しい。ロバートの言う通り里子に出すとしても、ミズキでも思い当たる人はいない。里親を見つけるのは難しいだろう。

「ねえミズキ、お願いよ、この子たちを助けてあげて」

ルルが涙を零しながら懇願する。ルルが人間だったらきっと同じくらいの年頃だ。自分と重ねてしまうのだろう。ルルの願いはミズキも考えていたことだから、一つ頷いてミズキはロバートを見返した。

「なら私が引き取ります。幸《さいわ》い私の家は広いし、蓄えもあるから大丈夫だと思います」

「ミズキ⁉」

アーサーがひっくり返った声を上げてミズキを凝視する。ロバートは一瞬表情を和らげたが、すぐにまた難しい顔をした。

「それはそうだが……いいのか？　お前はまだ若いし、店のことだって……」

「若いって、私はもう三十ですよ？　結婚なんてもう諦めてますから、大丈夫ですよ」

この子たちを蔑《ないがし》ろにするような人ならこっちからお断りですと続けたミズキに、確かにお前さんなら安心だからとロバートはようやく頷いた。

「よし、わかった。退院はこの子たちが流動食を食べれるようになってからだ。その間に準備を進めてくれ」

「はい。子供たちをよろしくお願いします」

深々と頭を下げるミズキにアーサーは目を見開いていた。まさかこうなるとは、予想だにしないことだった。

「ミズキ、どうしてそんなことを……お前は自分がどういう選択をしたのかわかっているのか？」

ロバートが席を外した途端、信じられないとミズキに詰め寄ったアーサーに、わかってるとミズキは強く言い切った。

自分が何を選択したのかも、その選択が大変なものだということも、ちゃんとわかっている。それでもミズキは二人を引き取ることを選んで、その選択を後悔することだってない。しないと、もう決めていた。

「私だって身寄りがないわ。……私だって、この子たちのように死にかけていたかもしれない」


あの時ルルに出会っていなかったら。

妖精たちが助けてくれなかったら。

街の人たちが受け入れてくれなかったら。

今は「もしも」でしかないことは、しかしどれも実際にありえたことばかりなのだ。

ミズキが今こうして生計を立てて生きているのは、ひとえに運が良かっただけ。ミズキはそれをよく理解していた。

「私はたくさんの人に助けてもらった。そんな私が今度は誰かを助けたいって思うのは、おかしいこと？」

「違う、そうじゃない。そういうことじゃなくて……」

どう伝えればいいのかわからないアーサーは苛立《いらだ》たしげに額に手を当てた。口下手《くちべた》な自分にこうも腹の立つ日が来ようとは思いもしなかった。

「子供を引き取ったら、お前は親になるんだ。そしたら、お前は」

「結婚が遠のくって？　そんなの今さらよ。それにロバートにも言ったけど、この子たちを邪険《じゃけん》に扱うような人と結婚する気なんてないわ」

三十年。決して長くはない人生だが、ミズキは自分の結婚はもう諦めていた。こちらでならと思わないでもないが、辛くはない。ルルがいてくれるし、これからは子供たちだっている。それでいいとミズキは思ったのだ。

頑として譲らないミズキに、アーサーはどうしてこうなったのかとキリのないことを考え続けていた。こんなつもりじゃなかったのだ。しかし何を言ってもミズキは考えを変える気はないらしい。

アーサーは深く息を吐き出して、ならと口を開いた。

「なら俺も子供たちの面倒を見る。もともと俺が拾ったんだ、そのくらいはさせてくれ」

「それは、構わないし助かるけど……アーサーはこの街の人じゃないでしょう？　いつかは自分の街に帰るんじゃ……」

「それでも、せめてそれまでは手伝わせてくれ」

もう決めたらしいアーサーに、そこまで言うならとミズキは頷いた。教鞭《きょうべん》をとっていたとはいえ、兄弟のいないミズキは子育てをしたことがない。人手がほしいミズキに拒む理由はなかった。

「じゃあ、改めてよろしくね、アーサー」

「ああ、こちらこそよろしく頼む。荷物は全部纏めてあるから、今日からでも移り住めるぞ」

「えっ⁉　一緒に住むの⁉」

「？　ああ。さっきからそう言ってるじゃないか」

「そんなこと言ってなかったわよ！」

口を挟んだルルにミズキはその通りだと頷いた。しかしアーサーはそのつもりで話していたようで、訂正は受け付けないと凄《すご》んでまできた。

空き部屋はたくさんあるから問題はないが、一気に家族が増えたことに驚きを隠せない。

思いがけず大所帯になったとミズキとルルは顔を見合わせた。

＊＊＊

話がまとまってからは早かった。アーサーは本当に荷物を纏めてあったようで、世話になったと宿主に頭を下げてから十分もしないうちに大きな荷物を両腕に提げて出てきた。それを馬に背負わせて、ついでに子供たちの物も買っていこうと二人並んで街を巡った。

アーサーが頻繁に旅へ出ているのは商団の護衛か、お尋ね者を捕まえているからのようだ。あれもこれもと買い漁《あさ》るアーサーに驚いたミズキが慌てて待ったをかける。それにアーサーは金ならあると金貨がぎっしり詰まった袋を目の前にぶら下げてみせたので、ミズキは驚きすぎてもう何も言えなくなってしまった。

金貨一枚で一万デイル――ミズキの一週間分の生活費に等しい額だ。それをいくら何十枚と持っているとはいえ、アーサーはかけらも惜しいとは思わないらしい。

「人は見た目によらないって、こういうことを言うのね」

呆れたルルの声にミズキは無言で頷いた。

アーサーは子供たちにと本を多く見て回った。童話だけでなく大人が読むような政治だとかの難しい本まで選び出して、そんなのまだ読める歳頃じゃないと慌てて袖を引っ張って止めた。

アーサーは随分な読書家らしい。ミズキが止めるのを不満そうにしていたが、何事にも段階があると説けば納得して仕方ないと諦めた。

アーサーには子煩悩《こぼんのう》の素質があったらしい。長くは一緒にいられなくても精一杯のことをしようとするアーサーに、あの子たちは絶対に幸せになるとミズキは確信した。

対して、ミズキが子供たちにと選んだのはお菓子作りの本だった。もちろん子供たちにそのまま与えるわけではない。子供たちのおやつを作れるようにと買い揃えたのだ。

ミズキも簡単な物なら作れるが、それにしてもレパートリーは少ない。料理はさすがにできるがお菓子作りは経験自体がないに等しい。子供たちが菓子を食べられるようになるまでの間に練習しようと決めて、アタシも食べたい！　と言うルルにもちゃんと用意するよと約束した。

ルルはぬいぐるみをとミズキに勧めた。勉強も食事も確かに大切だけれど、遊べる物も必要だと主張した。ルルはすっかり二人のお姉さん気分で、二人がこれを持っていたら絶対可愛いとハートを飛ばす勢いではしゃいでいた。それにはミズキも大いに同意したが、ミズキにしか見えていないとはいえルルのはしゃぎようは凄《すさ》まじかった。

ぎゅうっと自分より何倍も大きなぬいぐるみに抱きつくルルが可愛くて、これに子供たちもプラスされるのかと考えただけでテンションが上がった。

何もないところを見つめて身悶《みもだ》えするミズキを、アーサーは不思議そうに見ていた。

「ミズキはもしかして、俺には見えない何かが見えているのか？」

「えっ？」

唐突に切り出された鋭い指摘にミズキは息を飲んだ。ルルも驚いて、まさか自分が見えるのかと落ち着かないでいる。アーサーにそんなルルの様子は見えていないようで、ただじっと目を逸らさないでミズキの答えを待っていた。

ミズキはアーサーも見えるのかと期待しただけに残念に思ったが、それもそうかとすぐに自分に言い聞かせた。

一緒に暮らすことになった以上、妖精が見えるということは言わなければならないことだとミズキも理解していた。

いつまでもルルのことを隠し通すなど無理なことだ。ミズキ自身もそんなことをするつもりは毛頭ない。しかし所構わず話せる内容でもないため、ミズキは人目を憚《はばか》って頷きだけでアーサーに答えた。

「ここじゃなんだから……家でもいい？」

声を潜《ひそ》めて尋ねるミズキに、今度はアーサーが頷く番だった。

「ミズキ、いいの？　黙ってても大丈夫なのよ？」

「いいんだよ。ルルだって大事な家族なんだから」

ね？　と優しく笑いかけるミズキに、ルルはまだ何か言いたそうにしていたけれど嬉しいとはにかんでそれ以上は言わなかった。

見えないながらもミズキを見ていたアーサーは、ほうと知らず感嘆の息を漏らした。何の根拠もない発言だったのだが、どうやら自分の勘は外れていなかったらしい。

「本当に見えるんだな……」

ぽつりと呟いたアーサーに、ミズキはぎこちなく笑った。

信じてもらえるといいな。緊張して顔を強張らせるミズキの頭をアーサーは励ますように撫でた。

突然のことに驚いて、ミズキは自分よりもだいぶ高い位置にあるアーサーの顔を見上げた。アーサーは仏頂面《ぶっちょうづら》を柔らかく崩して微笑んでいた。

「大丈夫だ。疑ったりはしない」

「……うん。ありがとう」

ぽすぽすと動かされる手に、子供じゃないのにと恥ずかしくなって少し俯く。家までの道がいつもよりも長く感じた。

＊＊＊

家に帰ってきたミズキはグラスを二つとルル用のコップを出して、作り置きのハーブティーを注いだ。いたずらに話を長引かせるつもりはないけれど、短くできるような簡単な話ではない。気持ちを落ち着かせるためにも必要だろうと思ってのことだった。

アーサーは不自然に小さなコップに少し目を大きくして見ていたが、それがすぐに宙に浮いたのを見てなるほどと見えない存在を実感した。ミズキから差し出されたグラスを受け取る時にも目は浮いたコップから離さないで、心なしかきらきらと輝かせてもいた。

興味津々《しんしん》な様子のアーサーに笑いを漏らして、気づいて慌てて顔を引き締める。幸いにも気づかれなかったようで、ミズキは安堵の息を吐いた。

アーサーを椅子に促し自分も座って、どう切り出せばいいのかと糸口を探す。かちんこちんと時計の針の音がやけに大きく響いていた。

「えっと、浮いてるからわかると思うんだけど、そこにルル……妖精がいるの」

トントン、とルルがわかりやすくテーブルを叩いた。ひらひらと手を振ってもいるが、それはアーサーには見えていない。

「そうか。初めまして、アーサーと言う。今日からここで暮らすことになった」

よろしく頼む、とルルに向かって頭を下げるアーサーにミズキはぱちくりと瞬いた。ルルもこうも早く、しかも頭まで下げるとは思っていなくて驚いている。

「信じてくれるの？」

「？　本当のことなのだろう？　それとも嘘なのか？」

「嘘じゃない！　嘘じゃない、けど……」

「ならいいだろう。根拠はなかったが、なんとなく思っていたからな。まさか妖精とは思わなかったが」

そう語るアーサーは相変わらず淡々としていて、やっぱり何かしらの拍子に気づかれていたんだなぁとしみじみ思った。

「妖精なんて物語の中だけの存在だと思っていたが……実在するんだな」

「私も最初は驚いたわ。でもみんなすごく親切で優しいの」

「そうか」

ミズキにとって妖精たちも大切な家族だ。関門を突破したことで気がかりも消えて、嬉しそうに次々と話していくミズキの話をアーサーも楽しそうに聞いていた。

ハーブティーを飲み干すと、その度にルルが魔法でお代わりを注ぎ足した。見慣れているミズキはともかくアーサーは驚いていた。妖精の魔法だよと教えてやれば、それはすごいと感動すら見せて、アーサーのテンションは上がりに上がった。

「ミズキは『最初は』と言ったが、昔から妖精が見えていたわけではないのか？」

「うん……。そのことも話さなきゃね。すごく途方もない話をするけど、私はこの世界の人間じゃないの」

自分でも知らないうちに境界を越えてしまった異世界人。

そう自分を表現するミズキをルルは心配そうに見つめた。少しでも支えになれればとミズキの肩に飛び立つ。ルルの優しさがとても嬉しかった。

ミズキは元の世界に帰れないことをようやく受け止めていた。どうしようもないことを悩み続けていられるほど豊かな出だしではなかったこともあるだろう。

まず生きることを最優先に動き回っているうちに、いつの間にかそういうものなのだと飲み込んでいた。

それに、こちらに来て辛いことばかりでもなかった。

妖精たちは人間のミズキにとても良くしてくれたし、集落を訪れる度に歓迎して温かく迎えてくれる。街の人たちだって身元の知れないミズキを疎《うと》むことなく、慣れない土地は大変だろうと気遣ってくれる。

自分一人ではない。支えてくれるこの世界で生きることを決めるのは、悲しみだけが満ち溢れるものではなかった。

もしも帰れるなら帰りたいと今でも思う。しかしそれで消滅なんて元も子もない結果になるなら、こっちで精一杯生きていく方がずっと有意義だ。

ミズキの話を聞いていたアーサーは辛そうに眉間に皺を寄せることもあったが、ミズキが吹っ切れたように笑うのを見て、それは失礼なことだと自分の反応を恥じた。

「ミズキは、強いな」

「強くなんてないわ。みんなが助けてくれたから、頑張ろうって思えたの」

「ミズキはアタシたちの家族だもの。助けるのは当たり前だわ！」

ルルがぎゅうっとミズキの頬に抱きつく。ミズキはそれをくすぐったそうに受け止めて、私にとってもみんなは大切な家族だとルルの頭を撫でた。

「……ミズキは今、幸せなのだな」

「ええ、もちろん。これからはもっと幸せになるわ、家族が増えるんだから！」

晴れやかに笑って言ってのけたミズキを、アーサーは眩しいものを見るようにして目を細めた。

自分が妖精を見れないことが悔やまれる。もしも見えていたなら、二人とものの笑顔が見れただろうと惜しまずにはいられなかった。

「子供たちには言うのか？」

「うん、あの子たちも家族だから」

信じてもらえるかわからないけど、と僅かに不安を垣間見せるミズキにアーサーは大丈夫だろうと太鼓判《たいこばん》を押した。そうだといいな。子供が夢を語るように呟くミズキにもう一度大丈夫だと重ねて、アーサーは目元を和ませていた。

「ねえ、アーサーは何の仕事をしているの？」

ルルが尋ねた。アーサーは何の仕事をしていたことだ。アーサーには聞こえないその声をミズキが代弁する。

それはミズキも気になっていたことだ。アーサーの旅が仕事によるものだろうと予想はついたが、それにしたって多すぎる。金貨一枚で一万デイル、仕事帰りとはいえそれを袋にいっぱい持っているからには相当な高給取りであることがわかる。

ミズキも時の人となった現在、利益重視ではないとはいえ蓄えは十分すぎるほどだ。しかしそれでもアーサーには及ばないだろうことは想像に難《かた》くなかった。

「それは………今は、言えない」

「危ない仕事ってこと？」

ミズキの声に不安が滲む。ルルも心配そうにアーサーを見上げていた。

アーサーは否定はしなかった。

危なくないとはいえない。けれど人に恥じるような仕事ではないから安心してほしいと不器用に言葉を紡《つむ》ぐアーサーは、まっすぐにミズキを見つめていた。

「隠し立てして本当に済まない。言い訳にしかならないが、どうしても言えない事情がある。迷惑をかけることはしないから、どうかここに置いてほしい」

そう懇願するアーサーを疑う気持ちはミズキにはない。ルルも心配を隠せない顔ではあるけれど、それがアーサーの身を案じてのものであることは言われなくとも見て取れた。

「私は、言ったことを変えるつもりはないわ」

誰にだって言いたくないことはある。それがわからないほど狭量《きょうりょう》な人間ではないつもりだ。働くからには守秘義務が発生することも身に染みて知っている。

ミズキがアーサーを案じるのは、自身や子供たちのこともあるが、何よりアーサーがお金のために無茶をしていないのかが心配だったからだ。

生真面目な性格のアーサーは、一時とはいえ親になったことで今まで以上に精を出すだろう。それがミズキには気がかりだった。

お金はあるに越したことはないけれど、それよりも大切なものがある。ミズキにも収入源はあるのだから、自分一人で背負い込まないでほしい。

「言えないことは言わなくていいよ。でも無理はしないでほしい。怪我や病気を隠したりしないで」

約束してくれる？　と見上げるミズキに、アーサーはわかったと頷いた。

「約束する。無理はしない。ちゃんとここに帰ってくる」

ミズキはようやく顔を綻ばせた。よかった、と大きくはない声は安心と喜びで優しく響いた。

ひらりとルルが二人の間を舞うように飛んだ。

「さあ、難しい話はこれで終わりでしょ。あの子たちを迎える準備をしなくちゃ！」

一日も早く一緒に暮らすのだと今からはしゃぐルルは非常に愛らしい。まずは掃除をしなきゃと張り切って二階に飛んでいった小さな影を微笑ましく見送って、ミズキはコップを片付けた。

「個人部屋は二階にしようと思うの。今ルルが先に行ったから、私たちも行きましょ」

「わかった。荷物はまだ置いたままでいいか？」

「うん、配置を変えるかもしれないでしょ？　明日もお見舞いと、ついでに買い物にも行きたいから、その準備もしなきゃね」

子供たちの着替えも用意しないといけないし、やることは山ほどある。明日はいつもより早く店を閉めることを決めて二階へ続く階段を上がった。

一階よりは狭いそこは、廊下を挟んで向かい合わせに扉が並んでいる。部屋数は六つ。そのうち実際に使えるのは手前の四部屋だけで、奥の二部屋は物置——在庫や薬草を置いているのだと説明した。

広さのわりに少ない部屋数だがドアとドアの間隔は広い。

「随分広いが……ずっとここでルルと暮らしていたのか？」

「そうよ。下でお店を始める前はもっとがらんとしてたから、これでもだいぶマシになったの」

軽く笑うミズキには寂しさは窺えない。それにアーサーはほっとした。

子供部屋に当てることにしたのはミズキの隣の部屋と、その向かいの部屋だ。アーサーにはミズキの向かいの部屋を用意した。どの部屋も客室に使えるようにベッドを備え付けてあったから、簡単な掃除をするだけですぐに使える。

「ここが私の部屋で、アーサーにはそのお向かいの部屋。子供たちは私たちの隣の部屋を一つずつね」

ここ、と指差されたミズキの部屋以外はドアが全開にされていて、覗き込むと窓も同じく全開にされていた。空気を入れ替えるためなのだろう。

部屋の中ではくるくると風が弱く渦を巻いていた。窓を開けているとはいえ今日は風の強い日でもなかったはずだと食い違う記憶にアーサーが眉を上げる。ルルの魔法よ、とミズキに教えられてアーサーはようやく合点《がてん》がいったと頷いた。

「あれは何をしているんだ？」

「掃除よ。ああやって風で埃《ほこり》を一纏めにしてるの。乾拭《からぶ》きが終われば掃除も終わりね」

「手際が良いな。今までも？」

「ええ。もしかしたらお客さんが来るかもしれないから」

むろん店へのではない客のことだが、その可能性が低いことはここに住むミズキ自身がよく知っていた。それでも旅の人が宿を求めてやって来るかもしれないからと簡単な手入れをしてきたが、今回はそれが功を奏した。たった三部屋だ。広いとはいえ簡単な作業、すぐに終わるだろう。

「アーサーも長旅で疲れてるでしょう？　私の部屋でよかったら休んでて。あ、それともお風呂入る？」

お風呂は下なんだけど、と申し訳なさそうにするミズキを断って、世話になるのだからと手伝いを申し出る。

「旅はいつものことだし慣れている。それに、二人でやった方が早く終わるだろう」

「それはそうだけど、本当にいいの？」

「ああ」

さあ、と手を差し出すアーサーにミズキは気が引けたが、押しに負けてそろそろと持っていた雑《ぞう》巾《きん》のうちの一枚を渡した。

疲れた体でさらに疲れることをするのに、アーサーは上機嫌で風のやんだ部屋へ入っていった。入れ違いに、ルルが飛んで戻ってくる。

「ミズキミズキ、雑巾ちょうだい！　あの子たちのお部屋はアタシが綺麗にするの！」

「あれ、風はもうおしまい？　早いわね。はい、ルルの分。広いところは私がやるから、ルルは手の届かないところをやってくれる？」

「まっかせて！」

ぽん！　と胸を叩いてルルは天井に向かって飛んだ。

ルルの小さな手に合わせたサイズの雑巾は細かなところを拭くのに適しているが、その分広い部屋を掃除するには時間がかかる。ミズキは小柄で背も高くないから二人で掃除すると一番早く、綺麗になるのだ。

窓の上の桟《さん》だとかはルルに任せてミズキは壁や床を乾拭きする。窓から吹き込む風が上気した肌を優しく冷やして気持ちがいい。猫のように目を細めていると、窓辺にひょっこりと人影が現れた。

「おお？　ミズキにルル、二人して何しとるんじゃ？」

「長老！」

やってきた小さな客人は集落の長老だった。めったに集落から出ない長老が、ミズキの家とはいえ人里に降りてくるのは珍しい。思わず声を上げたミズキに、どうかしたのかとアーサーが顔を出した。

見慣れない人間に、おやと長老は眉を上げる。

「ミズキ、どうかしたのか？」

「ああ、妖精の集落のね、長老が来たのよ。めったに来ないからびっくりしちゃって。……長老。彼はアーサー、今日から一緒に住むことになりました」

「ほう！　ワシを紹介するということは、もしや彼も妖精が見えるのかの？」

「いいえ、でも話はしてあります。信じてくれて……そうだ。あと二人、子供も家族になるんですよ。今は事情があって預けていますが、きっとルルと同じくらいの年頃です」

ルルと同じくらいの年頃と聞いて長老は嬉しそうに皺くちゃの顔に笑い皺を刻んだ。にこにこしてそれはいいと何度も口にした。

「随分賑やかになったのう、良いことじゃ。ああ、祝い事には贈り物をせんとな、何がいいか……」

「長老、長老。気が早いですよ。それにこれ以上して頂くのは申し訳ないです」

孫にプレゼントを買ってやるおじいちゃんさながらの長老にミズキは苦笑した。見た目としては間違っていないが、子煩悩だけでなく孫煩悩まで現れては子供たちの部屋はプレゼントで溢れかえってしまう。いくら広いこの家でも物には限度があるのだ。

しかしと何度も食い下がる長老をなんとか押し留める。長老はむむむと唸り声を上げた。

「なあミズキ、少しだけ、少しだけなら……」

「だーめです！　そしたら他のみんなまで同じこと言い出しそうですもん、受け取りません！」

「ぐぬぅ……」

これだけは譲れない！　と言い張るミズキに長老は歯ぎしりしたが、ふとあることを思いついてにやりと笑った。

これならば受け取るだろう、そんな確信が長老にはあった。

「いや、子供たちと、お前さんたち二人にイイモノを贈ろう。お前さんたちも気に入るはずじゃ」

「長老、グレードアップしてますよ。贈り物は受け取れませんって……」

「妖精が見えるようになる、と言っても？」

ミズキの言葉に被《かぶ》せるように続ければ、ミズキはピタリと口を噤んだ。それを見て、狙《ねら》い通りと長老はこっそりほくそ笑む。ミズキは長老の言葉に揺れていた。

「妖精が見えるようになるって、どうやって？」

「ほっほっほ、代々の長老に口伝《くでん》される魔法の中にあるのじゃよ」

ほっほといつもの読めない笑い声を漏らす長老に、ルルも聞いたことがなかったようで、「そんなのがあるなんて聞いてない！」と目を吊り上げて詰め寄った。がっくんがっくんと力任せに揺すっている。強く揺さぶられて苦しいのか長老の顔は青ざめていた。気のせいでなければ口の端から泡が零れている。

このままでは老体に障《さわ》るとミズキがルルを摘まんで無理やり引き剥《は》がす。ルルは離してと暴れていたが、ミズキはダメだよと離さなかった。

解放された長老は小さな体を丸めて何度も咳《せ》き込んでいた。苦しそうにしているのを見ていられなくて、丸まった背中を優しく撫でてやる。ありがとう、としばらくして咳が落ち着いた長老はやれやれとばかりに一息吐いた。

「長老、さっきの話は本当なんですか？」

「おお、本当だとも。ものっすごぉ〜く疲れるし時間もかかるから、歴代の中に使った者はほとんどおらんがの。しかし、祝いにこれほど適したものもあるまい？」

違うか？　と悪戯っぽく見上げる長老にミズキはその通りだと首を振った。本当にそんな魔法があるのなら、これ以上の物はない。

「ありがとう、長老！」

小さな体を両手で抱き上げて潰さないようにぎゅうっと抱き締めた。長老はいきなりのことに驚いていたけれど、思い通りに事が進んでしごく満足そうに受け入れた。

「ミズキ？」

話の読めないアーサーが通訳を求める。ミズキの喜びようからして良いことがあったことはわかったが、何があったのだろう。

「長老がね、とっても素敵なプレゼントをくれるんですって！」

アーサーも子供たちもきっと喜ぶわ！　とはしゃぐミズキにアーサーは曖昧に頷いて、窓辺にいるらしい長老へ目を向けた。その姿は見えないが、ほけほけと食えない老人の笑い声が聞こえた気がした。

……長老が今いるのは窓辺ではなくミズキの手の内であることをアーサーは知らない。

「ほれほれミズキ、嬉しいのはわかったからそろそろ降ろしておくれ。そうと決まったなら早速準備に取り掛からねばいかんからの」

てしてしと皺だらけの小さな手がミズキの手を叩く。準備といわれて、ミズキは何をするのかと長老を降ろしながら尋ねた。自分に何か手伝えることはあるだろうか。

よっこいせ、とわざとらしい声を出して長老が窓辺のへりに腰を下ろす。足をぷらぷらと遊ばせる姿をおもちゃの人形のようだと思ったのは本人には内緒だ。

長老がいうには、目に魔力の膜を張ることで妖精が見えるようにするらしい。

銀を清めた水に浸して三晩月の光で照らし、月の魔力を受けて柔らかくなったそれに魔力の結晶を埋め込んで指輪を作る。案外簡単に作れるのかと思えば、埋め込む魔力の結晶を作るのにも時間ががかかるそうだ。しかもその名の通り妖精が魔法を使うための力を凝縮させて作るため、一つ作るにしても一日二日でできる代物ではない。

三人分ともなると、数ヶ月はかかると長老は踏んでいた。

「まぁ、これはあくまでもワシ一人でやった場合じゃがの」

「え？」

深刻そうに聞いていたのに一気に払拭《ふっしょく》されてミズキは戸惑った。長老は長老で、なんと！　と呆れさえ見せて驚いている。

「ワシ一人でやっても良いが、そしたらミズキ、他の妖精たちが納得せんぞ」

集落の皆でやるに決まっておろう。しゃあしゃあと言い切った長老にミズキはあいた口が塞がらなかった。

長老だけに伝わる秘伝の魔法なんじゃなかったのか。じとりと目で訴えるミズキにも長老は飄々《ひょうひょう》として素知《そし》らぬ顔を貫《つらぬ》いている。

「良いかミズキ。秘密というものは、たとえ周囲に知られても、その周囲が口にしなければ何も問題はないのじゃ。公然の秘密と言う言葉は人間にもあるじゃろう？」

それって何か違う。

にやりと得意げに笑って茶目っ気たっぷりに悪知恵をひけらかす長老に物申したい気持ちは強かったけれど、ミズキはなんとか苦言を飲み込んだ。共犯者になったようで――というか紛れもなくなったのだが――自分は判断を誤ったかと後ろめたい心境だ。

ルルはさすがじじさま！　とさっきまでの不機嫌は何処へやら、手放しで喜んで褒めちぎっている。

「アーサー、私、子供たちには純粋なまま大きくなってほしいわ……」

「？　何かあったのか？」

突然のミズキの発言にアーサーが訝しむが、ミズキは何も言えなかった。変な押し付けは子供たちの心の教育によくないとわかってはいても、どうしても願わずにはいられない。

嘆くように項垂《うなだ》れるミズキにアーサーは何があったのかと余計に困った顔をした。幼い子供にするのと同じように背中を軽く叩いてやると、二度三度と瞬きを繰り返したミズキがジトリとした目をアーサーに向けた。子供じゃないんだけど、と訴えてくる眼差しに、どうしたらよかったのかわからなくなったアーサーがさらに慌てふためく。

そんな二人を長老はからかいの色が混じった笑みを浮かべて静かに見守っていた。

「…………長老、一つ聞いてもいいですか？」

「もちろん」

「これまで作らなかったのは、本当に疲れるからってだけですか？」

問うミズキに、長老はおやと目を丸くする。

妖精が見えるようになる――可能性ではなく結果として確定しているのなら、それはすでに実証されているということだ。

小さな手が、たっぷりとした髭を撫で付ける。しばらくの沈黙を経て、長老はようやく答えを返した。

「魔法は、便利なものじゃ。人の手の及ばぬ所にも、手を届かせてくれる」

けれどその利便性は諸刃《もろは》の剣《つるぎ》でもあった。

長老は思い出す。歴代の長老の残した手記、とりわけ、妖精を見る魔法を行使した長老の手記を。両手ほどもないそれらには、喜びも悲しみもあった。

全ての人間が善人ではない。悪用し、利用しようとした者もいた。

それでも、この魔法を絶やそうとする者はいなかった。信じることをやめられなかったからだ。

「妖精には妖精の、人間には人間の進化の仕方がある。妖精《わしら》は、人間と対等でありたいのじゃ」

それは、悲しい末路を迎えた長老の手記の一節。

長老はそれ以上語らなかった。

『やぁよ。そんなの、妖精が働きっぱなしになっちゃうじゃない』

ミズキはそっと目を伏せた。脳裏に過るのは、かつてのルルの言葉。魔法の指輪は妖精からの信頼の証なのだろう。その信頼を、裏切ってはいけない。

「ありがとうございます」

改めて礼を述べるミズキに、長老は優しい笑みを浮かべた。

「さてさて、ワシはそろそろお暇しようかの。子供たちを迎えたら集落へおいで。また皆で宴をしよう」

「はい、必ず。たくさんお土産を持って行きますね」

「それはそれは。楽しみにしておるよ」

またの、と言い残して長老は森へ帰っていった。ミズキとルルはそれを見送る。アーサーはミズキに寄り添っていた。

「長老は帰ったのか？」

「うん、子供たちとみんなで集落へおいでって言ってくれたのよ。楽しみねぇ」

何を持って行こう、と早くも考え出すミズキを見下ろして、アーサーはこつりとその頭を小突いた。きょとんとしている幼い顔に、土産を考える前にやることがあるだろうと教えてやる。

「子供たちと行くのなら、まず迎えなければ」

「そうだったわ‼　ああもうっ、私ったら！　ルルっ、急がなきゃ！」

「あっ、あぁああっ‼」

ようやく元の目的を思い出したミズキたちはそうだったと慌てて準備を再開した。掃除ぃいい‼と叫びながら飛び出すように部屋を出ていったミズキの背中を見送って、一人取り残されたアーサーはぽりぽりと頬を掻いた。

「掃除はもう終わらせたのだが……」

言うより先に飛び出して行かれてしまって、まずはそれを伝えるべきだったかと反省する。隣の部屋からミズキのあらぁっ⁉　という声が何度も聞こえた。

一人暮らし、見た目にそぐわず成人してだいぶ経っているという彼女は、しっかりしているように思えて実はそそっかしく、しかもせっかちなところがあるらしい。

ころころと移り変わる表情には飽きが来ないと、アーサーは喉の奥をくつくつ鳴らした。

「アーサー！　アーサー‼」

完全にパニックに陥《おちい》ったらしいミズキの呼ぶ声がけたたましく響く。やれやれと楽しげに笑ってアーサーは踵《きびす》を返した。

一歩踏み出す度にアーサーの黒髪がさらさらと揺れる。開けっ放しの窓から悪戯好きな突風が吹き込んで髪を吹き上げて弄《もてあそ》ぶ。それさえも高揚を煽《あお》るとアーサーは口の端を吊り上げた。

巻き上げられた髪の隙間から揺れる耳飾りが見えた。日の光を浴びるそれがしゃらしゃらと軽《かろ》やかな音を立ててその存在を主張する。

耳飾りには大粒の青い石が嵌《は》め込まれていた。美しく透き通った湖の水底のような色。その色の奥では何かを象《かたど》ったような、独特の形をした紋章が刻まれて静かに眠っていた。

意外に長く続いた風もついにはやんだ。耳飾りはまた黒いベールに覆い隠された。そして、パタリとドアの閉じる音。

誰もいなくなった部屋ではカーテンが静かに風に揺れていた。

第六話　新しい家族

Fairy Pharmacy

子供たちが目を覚ましたのは、それから二日後のことだった。昼休みの一時閉店の寸前に速達の一報を受け取って、荷物を引っ掴んで店を飛び出した。午後臨時休業と殴《なぐ》り書きの貼り紙を残したのは、なけなしの理性の賜物《たまもの》だ。

「ロバート‼」

乱暴に扉を開けて飛び込んできた人影に、検診をしていたロバートは文字通り飛び上がった。ベッドの上で身を寄せ合っていた子供たちはビクリと二人で寄り添っていた。

「は、早かったな…」

動悸《どうき》の激しい胸を押さえてロバートが口元を引き攣らせる。しかし誰もそんなことを気にしなかった。

ミズキとルルは子供たちが本当に起きていることを確認して万歳三唱で喜んだ。今にも突進して抱き締めに行きそうな様子に、せめてミズキだけでも止めようとアーサーはさりげなく服を掴んでおく。しかし一人静かで落ち着いて見えるアーサーも、いつになく表情を和らげていた。

ロバートはやれやれと呆れたように肩を竦めたが、その顔は優しい笑みを湛《たた》えていた。たった二日とはいえ、二人がどれほど子供たちの目覚めを待ち焦がれていたのか知っている。まったくと口ではいいながら、その声音は優しかった。

「ほれ、さっき話したろう。女の方がミズキ、男の方がアーサーだ」

「ミズキ……アーサー？」

髪の長い女の子が噛み締めるようにゆっくりと繰り返す。子供特有の高い声が舌足らずに口にするのを聞いて、ミズキとルルは勢大ににやけた。みっともないほど相好を崩したその様に、親バカ・シスコンここに極まれり、とは誰の言だったたか。

しかし女の子とは反対に、短髪の男の子はミズキとアーサーを睨みつけた。顔を険しくさせて「嘘つき」と吐き捨てる。

「どうせ、あんたたちも僕たちを捨てるんだろ。……あいつら、みたいに」

あいつら、というのが双子の肉親たちを指すことはすぐにわかった。

ロバートがそれは違うと口を挟もうとするのを手で制して止める。ミズキは静かに子供たちを見つめていた。

「な、なんだよ……」

睨んでいた子供がそれに怯む。ぎゅうっと片割れを守るように強く抱きしめて、騙《だま》されるものかと必死になって拒絶していた。

「ミズキ……」

ルルが頼りない声でミズキを呼んだ。泣きそうなルルに安心してと柔らかい目を向ける。

ミズキはにっこりと笑いかけて、二人の前に膝をついた。近くなった目線に、なんでと男の子の目が揺らぐ。

「はじめまして、私はミズキよ。あなたたちの名前を教えてくれる？」

「なんで……どうして怒らないんだよ……」

「カイル……？」

わけわかんない、と首を振る男の子は混乱していた。どうしていいかわからなくなってしまった彼を女の子が心配そうに見上げる。女の子はしきりにミズキと、カイルと呼んだ男の子を見比べていた。

ミズキは今度は女の子と目を合わせた。

「あなたのお名前、教えてくれる？」

「ライラ。……ミズキ、怒ってるの？」

「怒ってないわ。だって二人とも、悪いことしてないじゃない」

だから怒らないわ、と笑顔を浮かべるミズキに、ライラはホッとしてはにかんだ。ふにゃりとしたライラの笑顔にミズキはさらに笑みを深めた。

「ミズキ、ママって聞いた。ライラ、カイルと一緒がいい」

カイルと一緒じゃなきゃ嫌だと拙《つたな》い言葉でも懸命に訴える。ライラはとにかく離されることを恐れていた。二人にとって互いが支えなのだとよくわかる。わかってるわ、とミズキが頷いてみせてもその不安が消えることはない。

カイルも、そしてライラも、自分たちの置かれている状況をよく理解していた。それがわかるからミズキも慎重に言葉を選んでいた。

辛かったね、頑張ったね。

そんなわかりきった言葉より、少しでも二人を安心させられる言葉がほしかった。

「お願い……っ。ライラ、カイルと一緒がいい……！」

「ライラ………」

ついに泣き出したライラを、カイルは躊躇いがちに抱き締める。そして葛藤《かっとう》と逡巡《しゅんじゅん》を繰り返して、ようやくミズキと目を合わせた。答えは決まったようだ。

決意を固めた目は力強く、ミズキを惹《ひ》きつけてやまない。教師として多くの生徒を見守ってきた中でも数えるほどしか拝んだことのない、何よりも澄んだ瞳《ひとみ》。

ミズキはそっと手を伸ばした。ピクリと震えた小さな子供たちはそれ以上は反応しなかった。

「大丈夫、よ。二人を離れ離れになんかしないわ」

柔らかい髪をゆっくりと撫でる。拒まれないことに一安心して、そのまま頭を撫で続けた。

ルルはとうとう我慢の限界を迎えたらしい。感極まった様子で涙ぐんで双子の頭を撫でている。

足音とともにアーサーが背後に立つ。アーサーも、ぎこちない動作で膝を折って、恐る恐る手を伸ばした。壊れ物を扱う時のように慎重に触れるアーサーは子供に慣れていないことが丸わかりだったが、彼なりに距離を縮めようとしていることもよくわかった。

きゅっと、小さな手がミズキとアーサーの服を頼りなく掴む。

「あり、がと……」

「助けてくれて………ありがとう」

ぱっと手が離される。寂しく思ったが、それ以上に嬉しかった。

「これからよろしくね」

そう言った途端、飛び込んできた子供たちをミズキは驚きながらも受け止める。勢いを殺しきれずよろめいた体をアーサーが抱き留めた。

「一件落着、かな」

独りごちて、ロバートは静かに部屋を去って行った。

新しい家族が生まれた瞬間だった。

ライラとカイルは、予定を繰り上げてその日に退院した。まだ看護を必要とすることは大人たちの誰もが理解していたが、子供たちはそれを拒んだ。

もう置いてかれるのは嫌だと咽《むせ》ぶ声に、それでもとは言えなかった。

「いいか？　まずは飲みやすい果汁から始めて」

「慣れてきたらとろみをつけたものを小分けに飲ませて栄養補給、でしょ？　ロバートったらもう十回目よ」

いい加減耳だこだわ、と戯《おど》けるミズキに、ロバートはぐっと言葉を詰まらせた。アーサーにしがみつく子供たちにもクスクス笑われて、わざとらしい咳払いを一つ。

「……わかった、もう言わん。だが必ず週に一度は検診に来ること。いいな？」

「ええ」

はっきりと答えたミズキにロバートはようやく肩の荷を下ろし、改めて子供たちに向き直った。二人の前にしゃがみ込んで、ぽんと頭に手を置いたかと思えばそのままぐしゃぐしゃと掻き混ぜるように撫で回す。カイルもライラも警戒心からか挙動不審になったが、アーサーもミズキも笑顔で見守っているのを見てされるがままに大人しく受け入れた。

「ミズキもアーサーもいい奴らだ。幸せになるんだぞ」

ありったけの慈《いつく》しみを目に宿したロバートに、カイルはこっくりと頷いた。ライラはキョトンとして、ややあって小さな口をそっと開いた。

「ライラ、もう幸せだよ？」

ママも、パパも、優しいの。

ふにゃりとはにかんだその顔はほんのりと赤く色付いていた。庇護欲をそそる言葉と笑顔につられて相好を崩す。ルルはひとっ飛びでライラに抱きついた。突如《とつじょ》として胸元に訪れた衝撃にライラは首を傾げていたが、そこに何もないことを知ってさらに首を傾げた。

(帰ったらまた説明会ね……ご飯食べながらでいいかしら？)

長老からの連絡はまだないが、里の総力を挙げると言っていたから遠くないうちに魔法の指輪は完成するだろう。それまでは見えなくて実感も湧かないだろうがミズキが通訳すればいいし、見えなくてもできる交流もあるはずだ。

見えるようになったらお祭り騒ぎになるだろうと、その光景を想像するのは難しくなかった。

「さあ、そろそろ帰りましょう。たくさん話したいことがあるの」

ルルに手を伸ばせば、心得ていると何も言わずにミズキの肩に乗った。それを目で追ってからライラの手を握って、アーサーに目配せをすれば、アーサーはぎこちない動作でカイルの手を握った。

二人がそれぞれに見上げてくるのに笑顔で返して、もう一度帰りましょう、と言うと子供たちは互いの手を握って大きく頷いた。

「じゃあロバート、また来週お邪魔します。医療費もその時支払うってことでいいかしら？」

「ああ、それまでに請求書を送ろう」

その他にも二言三言言葉を交わして、五人は乗合馬車の停留所に向かって歩き出した。

次第に小さくなっていく影をロバートは優しい目で見送った。

この街の乗合馬車は、田舎ということもあって大きなものではない。定員は大きく見積もっても十人強。それでも本数が多いのか、すし詰め状態にまでなることはない。

ミズキたちが乗り込んだ馬車は他の乗客もおらず、ゆったりと座れるだけのゆとりはあったのだが、ミズキもアーサーも子供たちを膝の上に乗せて座っていた。軽々と持ち上がってしまう小さな体に良い気はしなかったが、照れ臭そうにはにかむのを見てしまえばそんなものも吹っ飛んだ。

「ミズキの親戚《しんせき》の子かい?」

馬車の御者《ぎょしゃ》が問う。ミズキはいいえとそれを否定した。

「私の子供たちよ、可愛いでしょう?」

ふふふ、と笑い声まで漏らして自慢気にするミズキに御者は虚《きょ》を突かれた顔をしたが、すぐにそうかと闊達《かったつ》に笑った。カイルとライラは恥ずかしいのかもじもじと落ち着きをなくして、それを宥《なだ》めるようにアーサーが無言だが頭を撫でた。

「あいつらがこのこと知ったらどんな顔をするか! きっとみっともなく泣き崩れるだろうよ!」

「うぇっ! もう、幸せ気分に水差さないでくださいよぉ……」

嫌なことを思い出したと隠しもしないミズキに御者はまた笑ったが、ミズキにとっては笑い事ではない。嫌だわ、と溜息を漏らしたミズキを子供たちは不思議そうに見上げた。アーサーの方も見上げてみれば、彼も複雑そうな面持ちでいる。

「おっちゃん、アイツラって?」

カイルが尋ねる。ミズキは狼狽《うろた》えて止めようとしたが、それよりも早く御者は答えてしまった。

「お前らの母ちゃんは、それはもうモテモテでなぁ。街の若い奴らはこぞって言い寄ってんだよ」

「ミズキだもの、トーゼンよっ!」

美人な母ちゃん持ってお前らは幸せモンだよ、と声高に笑い飛ばす御者と、自分のことでもないのに高笑いするルルに、ミズキは恥ずかしいからもうやめてと顔を覆った。

「母さん、イイヨルってなぁに？」

ことりとカイルが首を傾げた。可愛いし、何にしろ興味を持ってくれて嬉しいのに、素直に喜べないのはどうしてだろう。

「うぅ……アーサー……」

お願い助けて、とミズキが救いを求めて目を向ける。

アーサーは一瞬息を詰めたが、すぐにしどろもどろながらも助け舟を出すべく言葉を模索した。

「その……つまりだな、ミズキは人望が厚いが、しかしそれは男に限ったことではない………と思う」

「最後で台無しねぇ」

ていうかもっと言葉砕きなさいよ。ルルが冷静に突っ込む。ミズキもそれはフォローになってないと言いたかったが、子供たちの注意は逸れたので結果としては良いのだろうと渋々口を噤んだ。

「ジンボー？　なにそれ？」

「わかんないよぅ……」

頭の上に疑問符を飛ばすカイルはともかく、ライラは難しいと頼りない顔をした。

どういうこと？　と戻ってきてしまったお鉢に頭を抱えたくなるのを必死に堪える。

「みっ、みんなと仲良しってことよ……うん、仲良し……うん………」

ものすごく無理のある言い方だと自覚している分、言葉の後半は蚊《か》の鳴くような声になった。嘘を教えているわけではないが胸が痛い。

しかし子供たちはミズキの心中など知るはずもなく、母さん人気者！　と嬉しそうにはしゃいだ。

「…………親って大変なのね……」

何処か遠くを見るミズキに、アーサーは何も言わずただその肩を叩いた。

「さあ、ここがお家よ！」

帰ってきた我が家の前で大きく手を広げて見せる。子供たちは目を見開いて家を見上げていた。

「おっきい……」

「きれー……」

ぽかんと口を開けて立ち尽くすカイルとライラ。

本当にここ？　くるりと振り返った子供たちにアーサーは頷いた。

「ママ、すごい」

「母さん、オジョーサマってやつなの？」

まだ驚きの抜け切らない様子の二人に苦笑いして、まさかとお嬢様説を否定する。お嬢様だなんてとんでもない話だ。

「このお家は、妖精のみんながお手入れしてくれたのよ」

「妖精？」

ぱっくりと開いた子供たちの口がようやく閉じられる。その目は疑うように細められていた。

「妖精はお話の中にしかいないんだよ？」

「あら、本当に？」

少しだけ意地悪をして尋ね返す。カイルは戸惑っていたが、だって見たことない、ともごもご答えて頷いた。

それをふっと小さく笑って、くしゃりとカイルの頭を撫でる。

「じゃあ答え合わせをしましょうか」

にっこり笑ってカイルの背に手を回す。玄関へと促すと、ゆっくりと小さな足が動いた。

子供には重い木製の扉を開けて、入っておいでと手招きする。子供たちは躊躇ったが、アーサーが淀《よど》みない足取りで入って行くのに続いて恐る恐る足を踏み入れた。

開いたままだった扉が見計らったように音を立てて閉じる。

「おかえりなさい！」

満面の笑みを浮かべるミズキにライラもカイルもぱちくりと目を瞬いたが、すぐにじわじわと顔を赤らめて、嬉しそうに口元を緩めた。

「た、ただいま……」

「ただいま！」

口ごもりながらもちゃんと言う二人にもう一度おかえりなさいと返す。

ちゃんと言えたね、偉い偉い。二人を抱きしめながら頭を撫でていたミズキが、不意にアーサーを仰《あお》いだ。

「ほら二人とも、アーサーにも、ね？」

子供たちを促すミズキにアーサーはぎょっと目を剥いたが、子供たちは素直にアーサーに向き直り、期待に満ちた目を向けた。

「んと……たっ、ただいま！」

「パパも、ただいまっ」

二人はキラキラとした目でアーサーの反応を待つ。アーサーはそれにたじろいだが、数秒ももたずに根負けして寡黙な口を開いた。

「……おかえり」

ようやく返した一言に、体当たりするように抱きついてきた子供たちをしっかりと受け止める。どうしたらいいのかわからず、とりあえず、ぽすぽす双子の頭を撫でるアーサーに、ミズキは笑いを堪えるのに必死だった。じろりと物言いたそうな目を向けられるが、それは笑いを煽る結果にしかならなかった。

「アーサーも、少しずつ慣れていかなきゃね……っ」

せり上がるものを必死に押し殺すミズキを、アーサーは無言で睨むだけに留めた。

ふつりふつりと不規則に湧き上がる笑いを堪えつつ、さて！ と一度手を打つ。するとどこからともなくきゅるりと可愛らしい音が聞こえてきた。誰かと思えば、カイルが恥ずかしそうに顔を赤く染めている。

「恥ずかしく思うことはない。生きているなら腹が空くのは当然だ」

アーサーはカイルの頭に手を置いたまま、腹は減っているかとライラにも尋ねた。ライラは自分のへそのあたりに手を置いて少しの間首を傾げたが、やがてたぶんと曖昧に答えた。もしかしたら空腹の実感がないのかもしれない。

アーサーはそれでも素直に答えた二人を褒めるように頭を撫でた。くしゃくしゃと頭を掻き回されて猫のように目を細める子供たちを温かい目で見守って、ミズキはおやつにしようとにっこり笑った。

「アーサー、コーヒーと紅茶どっちがいい？」

「紅茶」

「了解。ミルクたっぷり？」

最後の問いにアーサーがこっくり頷いたのを確認して、ミズキは今度こそキッチンへ足を踏み入れた。

アーサーは厳しい性格に反して甘党だった。紅茶には必ず角砂糖を三つは入れるし、コーヒーはミルク多めのカフェオレを好む。それでいて舌は肥えているらしく、コーヒー豆の煎《い》り具合や紅茶の蒸らし加減だとかにはよく気がつく。ピンポイントで評価の欲しい所を褒めてくれるから、手間はかかるが作り手としてこれほどやり甲斐《がい》のある相手もない。

（ミルクたっぷりって言ってたから、今日はチャイにしようかしらね）

毎日搾る新鮮なミルクと、良質な茶葉。美味しい物ができるに違いない。

ミルクパンにミルクをなみなみと注ぎ、ルルが魔法で火をつける。焦がしたり膜が張ったりしないように手を加えて、ふつふつと熱されてきたタイミングを見計らって茶葉を直接投入した。

「ルル、今のうちに果物を捥いできてくれる？　栄養価高めのやつ」

「まっかせて！」

ぽんと胸を叩いたルルに、じゃあお願い、と食材調達を頼んで、ミズキは手元に目を戻した。

弱火で茶葉の色が出るまで煮立たせて、火を止める。そして砂糖と、シナモンやカルダモンなどのスパイスを加えてからもう一煮立ちさせて、沸騰する直前でまた火を止めた。

これを茶漉しで濾してカップに注げばマサラチャイの完成だ。

ほかほかと湯気を立ち上らせるそれをトレーに載せてリビングへ運ぼうとしたところで、息を切らしたルルがたくさんの果物と一緒に帰ってきた。

「ただいまー！　さくらんぼがちょうど食べ頃だったのと、ブラックベリーも摘んで来たわよ！」

「おかえりなさい、ルル。ありがとうね、すごく美味しそう」

さくらんぼもブラックベリーもつやつやと瑞々《みずみず》しくて、まるで宝石のようだ。

幾つかをお茶請《う》けにと拝借して、ミズキはジューサーに洗った果物を次々と投入していった。ぐっと力を加えれば、ぐちゅりと特有の音を響かせながら果汁が搾られていく。出来上がった物を濾して、こちらは氷を二つ浮かべたグラスに注いだ。

「ルル、チャイとフルーツジュースどっちがいい？」

どっちもルルの分あるわよ、と添えると、ルルは悩んだ末にチャイを選んだ。

余ったフルーツジュースは葛粉を加えてデザートにしようと別容器に保存して、ミズキは五つの器が乗ったトレーを持ち上げた。

「お待たせー。アーサーにはチャイ、ライラとカイルはフルーツジュースよ」

ひょっこりと顔を出して、ぱたぱたスリッパを鳴らしながらリビングに入る。リビングでは何故《なぜ》か気まずい緊張が漂っていた。

大方アーサーが鉄面皮《てつめんぴ》の下でパニクって、子供たちもどうしていいかわからなかったと、そういうことだろう。ざっくりとしたミズキの予想は案外的を射たものだった。

ひとまずトレーをテーブルの上に置く。それから一つ一つ配ろうとしたら、手を伸ばした先のカップがふわりと宙に浮いた。それだけではない。グラスも自ずから浮かび上がって、ふわふわと子供たちの前に進み出て行った。

目の前の出来事に、子供たちの目は点になっていた。もう少しはしゃいで驚くかと思ってたのに、とミズキは理不尽な物足りなさを感じた。

「ありがとう、ルル」

「かたじけない」

ルルはアーサーの堅苦しい言葉遣いに腹を抱えて笑った。ミズキも、いつの時代の武士よと笑いを押し殺せずにいる。

アーサーは妖精は見えないがどんな反応をされているのか察しはついたようで、ごほんとわざとらしい咳払いをしてから言葉と一緒にチャイを一口分嚥下《えんか》した。ほっこりと思わず漏れた笑みにお気に召したらしいとホッとした。

「ママ、いまのなぁに?」

「今のはね、一緒に暮らしてる妖精のルルの魔法なの。妖精は魔法が使えるのよ」

「…………まじ?」

「大まじです」

神妙な顔つきで頷けば、まじかぁ……と二人は何とも形容し難い反応を見せた。まじかまじかと何度も繰り返してトレーとグラスを見比べていた。

「ほら二人とも、ルルに『ありがとう』は?」

あ、ちなみにここね。ぱたぱた宙を飛んでいたルルの足元に手のひらを皿のようにして出す。ルルがそれに腰掛けて、こっちだよーとぴこぴこ手を振った。

双子はなんとなく、ミズキの手のひらの上に何かがいるらしいことを感じたらしい。見えない相手にぎこちなくお礼の言葉を紡いでいた。

「今度ね、妖精が見えるようになる指輪を貰えるってお約束をしてるから、その時にまた挨拶《あいさつ》しましょうね」

はーい、と良い子のお返事をしたカイルとライラの頭をかいぐり撫で回して、じゃあのんびりしましょうかというミズキの音頭《おんど》で緩やかなティータイムが幕を開けた。

＊＊＊

使い終えたグラスやカップを流し台に戻して水につけておく。夕飯がまだだから、洗うのはその後にしよう。

カイルはアーサーとお風呂に入っている。全身ぴかぴかにしておいでと背中を押したら張り切って駆けていった。

ライラは女の子だからミズキと一緒に次に入る。この家の風呂はかなり大きく、ルルが浸《つ》かるには危険が多いので桶風呂だ。

浴場の方からはカイルがはしゃぐ声が響いてくる。はしゃぎすぎて疲れないといいけれど、と案じてしまうのは紛《まが》うことなく親心だろう。

「カイル、楽しそう……」

ほにゃりと目を細めたライラは嬉しそうだ。

ライラは今ミズキの手伝いをしている。といっても調理に関わらせることはまだしていない。テーブルを拭いてもらうだけの簡単な作業だ。

「ライラは、ご飯の後に私と一緒に入ろうね」

言いながらもミズキの手は止まらない。

一人暮らしだった期間も長く、もともと料理の得意なミズキの動きはスムーズだ。パンを焼いている間にスープの材料を調え、スープを煮込んでいる間にサラダも用意する。

ライラはそんなミズキを幸せそうに見ていた。

「ママ、机終わったよ」

とことことやって来たライラがミズキのエプロンを引く。褒めてほしいな、と口には出さないが控えめに訴えてくる小さな娘を褒めない道理などあるはずもなく、ミズキはありがとうと言葉を添えてライラの頭を撫でた。

ライラの目が猫のように細められて、もっとと手のひらに頭を押し付けられる。

（可愛いわ〜。私の子供たちったら、本当に可愛いわぁ）

にこにこと表面上は大人しくしているが、内心では子煩悩全開だった。

しばらく二人してふにゃふにゃとはにかんでいると、火にかけたままだった鍋がカタカタと揺れた。

ハッと我に返って鍋を取り上げる。吹きこぼれや煮詰まりを避けられたことにほっとした。

パンの様子はどうだろうと覗くと、こちらもちょうどいい具合に焼きあがっていた。

「さて、じゃあテーブルに並べて行きましょうか。パンをバスケットに入れるから、ライラはそれをテーブルまで持って行ってくれる?」

できるかな?　と頼んでみると、ライラはうん!　と少しだけ大きな声で答えた。

じゃあお願いしようかな、と二人分のパンをトングで柔らかく挟み、紙ナプキンを敷いたバスケットに移していく。両腕を伸ばしたライラにお願いね、と声をかけて、テーブルへ運んで行く後ろ姿を見守った。


一方その頃、アーサーとカイルは温泉浴場を前にして立ち尽くしていた。カイルが目の前の光景に茫然自失《ぼうぜんじしつ》している。

広いとは聞いていた。家の大きさからみて、ある程度の推測もしていた。しかし、これはさすがに予想外だろう。

自身にも覚えのある衝撃《しょうげき》に、アーサーは哀れみにも似た感情を抱いた。

この家の風呂はかなり大きいとは、アーサーの時にも言われたことだ。しかしこれは大きいというか、風呂は温泉だった。しかも天然の。

ミズキも驚いて聞いたようだが、植物から生まれる妖精たちは地質などにも敏感らしい。見渡す限り木、木、木という森の中だというのに、いきなり水の気配がすると言い出して、地面に穴を開けたのだ。そして、出てきたのが温泉の源泉。

これはいいと妖精たちは湯を引いてきて、ログハウス内に温泉を作ってしまった。タイルを敷いて、湯船を作って、溢れる分を逃がす水路も整えた。

そうして完成したのが、目の前に広がるこの光景なのだそうだ。艶《つや》出し加工の施された石膏《せっこう》タイルと、石を組み上げて囲った浴槽――もとい、温泉。

どこからどうみても、一般人の家の物ではない。

「………ねぇ、母さんって何者？」

息子になったばかりの子供に尋ねられて、アーサーは答えることができなかった。

何の打ち合わせもなく、互いに互いの顔を見合わせる。それからもう一度浴場を見た。光景は、やはり変わらなかった。

「………このままでは風邪を引く。早く入るぞ」

催促という逃げの一手。

カイルもその意図に気づいていたけれど、やがてゆるゆると頷いた。突っ込んじゃいけない。頭の中でそんな声が聞こえた気がした。

促されるまま木造りのバスチェアに腰掛けて、カイルはちらりと養父を見た。

水気を帯びた髪は乾いていた時よりも長くなっている。体は意外にも筋肉質というか、引き締まっていた。鍛えているんだな、とはわかったが傷跡が一つもないのが不思議だった。

大人というものを目の当たりにしていると、ふと異質な物に目を留めた。

「ねぇ、それ。なに？」

それ、とカイルがアーサーを指差す。何のことかとアーサーはしばし心当たりを模索し、ふと気づく。

カイルが言った『それ』とは、アーサーの耳飾りだった。

「外し忘れていたな……。ありがとう、カイル。よく気づいてくれた」

温泉に浸かる前に気がついてよかった。金属と硫黄《いおう》は相性が悪く変色してしまう。他の物ならば特に気にしないが、この耳飾りだけは絶対にだめだ。これは特別な、大切な物なのだから。

ちゃりちゃりと細い金属の触れ合う音が浴場内に響く。

カイルはじっと凝視して、アーサーの所作《しょさ》をつぶさに観察した。

カイルは知らないことが多いが、決して頭が悪いわけではない。今まで機会を与えられなかったというだけで、これから頭角を現すだろうことをアーサーは予想していた。

カイルにとって、アーサーとミズキは『よくわからない』部類だった。

ミズキは妖精や仕事、経歴――というか年齢。しかし、聞けば大概《たいがい》のことは教えてくれる。

それに反して、アーサーは何がわからないのかもわからない。街から遠出しては稼いで帰ってくるらしいということは馬車で聞いた。しかし、それにしては所作が自分たちの物とは違うように感じられる。

もちろん、それは自分たちに学だとか教養だとかという物が備わっていないからなのかもしれない。その証拠というべきか、ミズキの所作もアーサーのそれに近い。けれど、何かが違うのだ。

「ねぇ、父さんって何者？」

先ほどは養母について投げかけた問いを、今度は養父に対して投げかける。

アーサーは虚を突かれた顔をして、その後困ったように苦笑した。外し終わった耳飾りをタオルに包んで浴槽の縁《ふち》に置き、それからカイルの頭を少し乱暴に撫でる。

「すまない。今はまだ、言えない」

カイルはどうしてと不満そうにしていたが、それ以上の追及はしなかった。しかし、やはり気に食わないとは思うようで、ざぱんと勢いよく温泉に飛び込む。水飛沫《しぶき》がアーサーの体を濡らした。

アーサーは拗《す》ねさせてしまったと苦笑したが、カイルを叱《しか》ることはなかった。

「カイル、先に洗ってからだ」

後でミズキたちも入るのだからと窘めれば、カイルが逆らうはずもない。素直に温泉から上がってきた。

とすっ、ともう一度アーサーの隣のバスチェアに腰を下ろして、何を言うでもなくアーサーを見上げる。

アーサーは仕方ないというように笑って、洗髪水を手に取った。

わしゃわしゃとカイルの髪を泡立たせる。水拭きなどはしていたが洗髪は久しぶりなのだろう、なかなか泡立たなかったが、何度か洗っては流してを繰り返すうちに、ようやく泡立つようになっていた。

アーサーがカイルの頭を洗っている間に、カイルはせっせと体を洗っていた。こちらも、やはり泡立ちはよくないが、水拭きの成果もあって頭よりは少ない回数で済みそうだ。

ふと、カイルが何を思ったのか、アーサーの体に手を伸ばす。いきなりのことにアーサーの手が止まった。

「どうした？」

「父さんも」

そう言ってこしこしとアーサーの脇腹だとかを泡立ったタオルで擦る小さな手に、なんとも言えない感情が芽生えた。

いつもの硬い表情を崩したアーサーにカイルが気づくことはなく、せっせと手を動かしている。

アーサーも、止めていた手を再度動かした。

「上がったら……」

上がったら、五人で夕食だ。ライラがミズキの手伝いをしているはずだが、何が出てくるだろうか。

いきなり口にした話題に、カイルはわからないと首を傾げていた。

「カイルは何が好きだ？」

アーサーが問いかける。

甘い物か、辛い物か。

しかしその問いにさえ、カイルはわからないと首を傾げた。

「わからないけど、でも母さんの作ったものは、きっと美味しいよ」

だって、すごく優しい味がしたから。カイルは擽《くすぐ》ったそうに笑った。

ただ果物を搾っただけのジュースでもそう感じるのは、きっと母が作ってくれたものだからだ。

だから他の何を口にしても同じことを感じるだろうと、カイルは根拠はなくとも確信していた。

わからないと言われて失敗したと胸を痛めたアーサーだったが、その回答にほっと目を細める。

「きっとこれから、たくさん好きなものができる」

「そう、かな?」

「ああ」

そっか、とカイルが小さく呟く。そうだといい、という願いがそれに込められている気がした。

「さあ、流すから目を瞑れ」

声をかけて、カイルが目を瞑ったことを確認して湯で泡を流していく。ついでにと体の泡も流しきって、先に入ってこいと温泉へカイルを促した。

「……父さんは?」

「俺はまだ頭を洗っていないからな」

答えるとカイルは少し残念そうにしたが、早くね、とアーサーを急かして大人しく温泉に体を浸した。

アーサーはカイルの頭の時より些《いささ》か荒く自身の頭を泡立てた。

(悪くないな……)

微かに唇が弧を描く。

早々に泡を流して、アーサーも温泉に体を浸した。

＊＊＊

風呂を出てから、カイルは真っ先にミズキとライラのところまで駆けつけた。ほかほかと湯気を微かに立ち上らせて、ライラの頭を撫でてからミズキに抱きつく。ぽすっ、と軽い音を伴った衝撃を、あらあらとミズキは笑顔で受け止めた。

「カイルは甘えん坊さんね」

「……だめ?」

不安そうに揺らいだ瞳に、そんなわけないじゃないと笑って返す。

すごく嬉しい、と抱きしめて返せば、そっかとカイルが照れ臭そうに笑った。

二人してしばらくぎゅうぎゅうと抱き合っているとミズキの腰のあたりにまた先ほどと同じようなぽすっ、という衝撃。今度はライラが抱きついていた。

子供たちに挟まれるようにして抱きしめられて、堪らなく幸せを感じる。甘えてくれることはもちろんだが、その前提にある心を開いてくれていることが何よりも嬉しかった。

子供たちの好きなようにさせていると、遅れてアーサーがリビングにやって来た。

アーサーは三人の様子を見るなりきょとんと豆鉄砲を食らったような顔をしたが、すぐに微笑ましいと目元を和らげた。

「カイル、まだ髪を拭き終わっていないだろう」

カイルの後ろに回ったアーサーが、その小さな頭をタオルで揉むように拭いていく。カイルはそれを擽ったそうにしたが、ふと何を思ったのかくるりと体の向きを変えて、今度はアーサーに抱きついた。

ぽふっ、と小さな衝撃にアーサーの動きが一瞬止まる。その隙にライラも同じくアーサーに抱きついて、アーサーはどうしたらいいのかとミズキに困ったような視線を向けた。

「したいようにさせてあげて」

「む……それは、構わないが」

見ている分には微笑ましいが、されると何やら気恥ずかしい。

そんなことを口にするアーサーに、それでいいのだとミズキは思った。

親になったばかりの自分たちなのだから、慣れないことも知らないことも星の数ほどある。だからこそ、その空白を子供たちと埋めていかなければならないのだから。

「はーい、お父さんと遊ぶのはここまでよ。続きはご飯食べてからね」

パンと手拍子を打つことで注意を自分に向けさせる。子供たちはもう少し構ってほしそうな様子だったが素直に体を離した。

その時のアーサーの心持ち寂しそうな様子には苦笑を禁じ得なかった。自分も大概だが、彼も負けず劣らずの溺愛《できあい》ぶりだ。

「カイルとライラはもう何日かフルーツジュースがご飯なんだけど、お腹空いてる？」

「オレ空いてる！」

「んと……ちょっとだけ……？」

溌剌《はつらつ》と答えるカイルとは対照的にライラはやっぱり控えめだ。これも性格の違いによる差なのだろうか。

さっきはフルーツだけのものだったから今度は野菜を使ってミックスジュースにしようと決めて、アーサーに子供たちを託し、ミズキはまたキッチンに籠《こも》った。

するとタイミングよく勝手口の扉が開いて、ルルが帰って来た。魔法で浮かせていた野菜や花の蜜の詰まった瓶を見せつけて、大漁大漁と宣《のたま》い胸を反《そ》らす姿に、どこの漁師だと内心で突っ込んだ。

ルルは愛らしい見た目をしているのに豪快と言うか、豪胆《ごうたん》なところがある。それもルルの個性だと思うのだが、いかんせん、どうしても不協和音のように思われて何とも言えない気持ちになるのだ。

「ミズキ、ミズキ。ジュースは私が作ってもいい？」

「いいけど、でも疲れてない？」

「ぜーんぜん！」

ルルはミズキの頼みでジュース用と、明日のゼリー用の材料も採りに行ってくれた。いくら魔法があるとはいえ、力を行使すればその分疲れることは自然の摂理だ。それを気遣っての言葉だったのだが、ルルはそんなことはないと元気をアピールするためか、ひょんひょんとミズキの目の前を飛び回って見せた。小さな体がすばしっこく右へ左へ動く。

それはミズキがもう良いと止めるまでの間続いた。

「あ、そうそう。ついでだったから集落にも顔を出して来たんだけどね、例の指輪作り、順調に進んでるみたいよ」

この調子なら予定通り明後日に渡せそうだ、という長老からの言伝《ことづて》に、有難いと思う一方で、かなり張り切ってるんだなぁと推し量る。

妖精たちが陽気で人好きな性格をしていることは身に染みて知っていたが、なんとなくそれに拍《はく》車《しゃ》がかかっている気がしてならない。ルルも、私もちょっとだけどお手伝いして来たのよ、と言うものだからひとしおだった。

「あー、お腹空いた！　ね、ね、ミズキ。今日のご飯はなぁに？」

「野菜たっぷりのミネストローネとライ麦パン。サラダもあるよ」

答えながらも器に取り分けた物からリビングのテーブルに運んで行く。アーサーが立ち上がりかけるのを目で制して、二度三度とそれを繰り返した。

そうしているうちにルルが双子用のジュースを作り終わった。

「準備もできたことだし、みんなでご飯食べよっか！」

準備の整ったテーブルの前でミズキが手を打った。

食事トレーニングを開始したばかりの子供たちの前で普通食を食べるのは心苦しいものがあるが、大人の心境に反して子供たちは特に何かを思うことはないらしい。美味しいね、と仲良く笑いあっている姿は見ている者をほっこり和ませた。

「かんわぃいいいいっっ!!」

きゃあきゃあと憚りもせずに黄色い悲鳴を上げるルルをもはや慣れたものと見なして、苦笑を誤魔化すようにミネストローネに口を付けた。

子供たちは、話し声は元気そうでも食欲はまだあまり湧かないらしい。数口飲んでは間をあけて、と小休止を挟んでいる。半分も腹に収めた頃には休憩の方が長くなっていた。

「お腹いっぱいになったなら残してもいいのよ？」

無理して完食する方が体に良くないと心配するミズキに、威勢の良かったカイルはしょんぼりした。ライラも頑張っていたが、今はもう辛そうに口元を押さえている。

ミズキがルルに目配せする。ルルは心得たと一つ頷いて、飲み残したグラスを引き下げた。

あ、とライラが声を漏らす。だめよ、とミズキは彼女の小さな額を突っついた。

「あのね、食べれない時は食べれないって言っていいの。残したって、誰も怒ったりしないから」

「でも……」

カイルがか弱い声を上げる。アーサーも、黙ったままだがミズキに同意しているようだ。そのまま、わしゃわしゃと不器用に頭を撫でてやる。

「ゆっくりでいい」

アーサーが発したのはその一言だけだった。カイルが不安そうにミズキを見る。ミズキは言葉足らずなんだからと苦笑して、その通りだとカイルに頷いてみせた。料理というものは、誰かに美味しく食べてもらうからやりがいがあるのだ。苦しいのを我慢して完食されても、そんなものちっとも嬉しくない。

「さて。ご飯の後に言う言葉は？」

何て言うんだっけ？　と笑って待つ。カイルとライラは二人見合って、それから何となく恥ずかしそうに「ごちそうさま」と呟いた。

言いなれないのか、もじもじとする様子がまた可愛らしい。

「はい、お粗末さまでした」

にっこりと笑ったミズキに、二人もふにゃりとはにかんだ。

夕食も終え、今度はミズキとライラが風呂に入る番だ。洗い物はやっておくと申し出てくれたアーサーたちに甘えて、ミズキとライラ、それにルルは着替えを抱えて風呂、もとい温泉へとやって来た。

アーサーもカイルも驚いていた温泉は、ミズキとルルにとっては見慣れたもの。動じることもなく、体が冷えてしまう前にと浴室に入る。それを見て、ライラもこれが普通なのだろうかと考えているのだが、残念ながらそれについて正しい知識を与えてくれる人はこの場にはいなかった。

もうもうと湯気の立ち籠める浴室は、温泉独特の硫黄の匂いがした。湿度が高く、湯に浸かる前から温かい。

「ライラー？」

そんなところに立ち止まってどうしたの？　とミズキが不思議そうにするので、ライラは慌ててミズキの傍に寄った。

走ろうとした途端つるつるのタイルに足を取られそうになって、転びこそしなかったものの驚く。どうしてなのかわからずきょとんとしているライラにミズキたちはつい笑った。

「お風呂場で走っちゃダメよ。転んだら怪我しちゃうから」

急がなくていいから、と窘められて、そういうものなのかとライラは頷いた。

今度は走らないで、滑らないように慎重に一歩一歩を踏みしめる。そうしてようやくミズキの許まで辿り着いて、頑張ったとミズキを見上げた。

ミズキはクスクスと細く笑って、ライラの頭を撫でてやった。

「さて、全身ぴっかぴかにしましょうか！」

腕が鳴るわ、と意気込むミズキに、ライラがわからないと首を傾げる。張り切っているということとはわかるのだが、これからいったい何をするつもりだろう。

「ライラ、お手伝いする？」

ミズキに尋ねてみる。ミズキは一瞬だけ目を瞠って、それからまたふふ、と笑った。

「大丈夫よ。ライラは、バスチェアに座っててくれればいいの」

かこん、と浴室に音が反響する。

ライラはまだ首を傾げていたが、大人しく示されたところに腰を下ろした。

ルルがもしゃもしゃと魔法でしっかり泡立てた泡を山のように用意する。

「じゃあ、目を瞑ってじっとしててね」

掛けられた優しいはずの声には、言葉にはできないがどこか不穏な空気が漂っている。

ライラにとっては、これからが正念場《しょうねんば》だった。

＊＊＊

ぐったりと疲れきったライラが浴槽の縁にしがみついている。ミズキとルルはそんな少女を達成感に満ち満ちた笑みで見ていた。

「ママぁ……」

疲れたよ、とライラが目を潤ませてミズキを見上げる。それをいい子いい子と撫でてやって、こっちにおいでと手招きした。

ライラは素直にミズキとの距離を詰めたが、疲れの方が勝《まさ》るらしい。自分で体を支えることもやめて、甘えるようにミズキにもたれ掛かった。ぺったりと触れ合う肌は栄養失調のせいで肌理《きめ》が粗く、治りかけの痣《あざ》の痕《あと》がいくつもあった。女の子なのにと痛々しく思うが、これからゆっくり治していけばいいのだとミズキはそっと小さく痩せ細った体を抱きしめた。

湯船に浮かべた木桶《きおけ》の中から、いいなぁとルルの羨《うらや》ましがる声がした。

「ルルは本当に甘やかすのが好きね」

「当然よ！　だって、私はお姉ちゃんだもの！」

ふふん、と胸を張って言うルルに、思わず笑いが零れでる。二人のやり取りをなんとなく察しているのか、ライラがくすぐったそうに笑った。

「ママ、お風呂出たら、何するの？」

「そうねぇ……本を読むのもいいし、そのまま寝ちゃうのもいいわねぇ」

とりあえずのんびりするつもりだと伝える。ふぅん、とライラは聞いていた。

「ライラ、一緒がいい」

ぽつりと呟いた。

一緒というのは、カイルとだろうか。それぞれに個室を用意してあるが、本人たちが望むならそれもいいだろう。

しかし、ライラの言う一緒とはそうではないらしい。

「ママと、パパも……見えないけど、ルルちゃんも。みんなで一緒がいいな」

ダメかな、と不安そうにライラが見上げる。ミズキは答えに困った。

ライラの可愛らしいお願いを、もちろん叶《かな》えてあげたいと思う。親子となったからにはそんなおねだりもあっていいだろう。

ミズキは迷いに迷って、最後の判断をもう片方の親に任せることにした。

「アーサー……パパが良いよって言ったらね」

苦し紛れの返しにも、ライラはきらきらと目を輝かせる。

きっと、彼もこの目に負けて頷くのだろう。ミズキは確信して乾いた笑い声を響かせた。

（ごめん、アーサー……）

ミズキは内心だけで、責任転嫁してしまった彼に詫びた。


風呂から上がってすぐに、ライラは早速アーサーへとおねだり特攻を仕掛けた。何の邪気もないおねだりがアーサーの体を固く強張らせる。

「おねがい……パパ……」

うるうるとしたつぶらな瞳に見上げられて、しかも内容が内容なだけに断るなどということもできるはずもなく、アーサーはミズキの予想に違《たが》わず、呆気《あっけ》なく陥落した。

「まったく……子供ながらに末恐ろしいな……」

はぁ、と物憂《ものう》げに息を漏らすアーサーに、確かにとミズキはくすくす笑った。

あれで無自覚なのだから尚更だろう。

今、彼らはアーサーの部屋にいる。

配置されたベッドは部屋の広さに相応しい面積を誇っているが、さすがに四人も乗れば窮屈さは否《いな》めなかった。

養母と養父に挟まれて寄り添って眠る双子たちは、すよすよと早くも可愛らしい寝息を立てている。あどけない寝顔を見てしまうと文句を言う気もなくなってしまうから、子供の無邪気さというのは侮《あなど》れないのだ。

「意外と寝付きが良くて安心したわ。慣れない場所では神経質になってしまう子も多いから……」

「あれだけはしゃいだ後だ、緊張しているゆとりはないだろう」

ミズキがそっと子供たちの肩までシーツを引き上げる。

「ルルは？」

まさか子供たちに埋れてはいないかと心配したアーサーがミズキに尋ねる。ミズキは大丈夫よと朗《ほが》らかに答えた。

ゆっくりと、子供たちを起こさないように慎重に上体を起こす。

すると、先ほどまではミズキの体に隠れて見えなかったが、枕《まくら》の隅あたりに不自然なへこみと、ハンカチがシーツのように掛けられていた。

「ルルも随分張り切っていたから、今はもうぐっすり夢の中なの」

ふふ、とまた笑い声を零す。ふわりと柔らかい微笑は慈愛に満ちている。

僅かにでも身動《みじろ》ぎすれば、それにつられてさらさらと髪が揺れ動いて、白い肌との色彩の対比に目が離せなくなる。

「アーサー？」

突然名前を呼ばれて、ハッと我に返る。ミズキは心配そうに眉間を狭めてアーサーを覗き込んでいた。

不自然に渇いた口の中を湿らすように生唾を飲み込む。

（……おねだりに負けるべきではなかったな………）

そんな心にもない後悔をしてしまうほどに、アーサーは動揺していた。

どうにも様子がおかしいアーサーに、ミズキは体を乗り出した。体重のかかり方が変わって、ベッドのスプリングが軋みを上げる。

細く白いその指は、音もなくアーサーの額に添えられた。

アーサーの息が止まる。

ミズキはそれに気づくこともなく、心配そうな表情を崩すことはなかった。

「熱はないみたいだけど……アーサーも疲れたのね」

「あ……ああ………」

平然と告げるミズキに、アーサーはそう答えるだけで精一杯だった。

ミズキの指は体温を感じた後もまだ離れることはなく、ゆるゆるとアーサーの前髪を揺らすように撫でている。それがアーサーにはむず痒《がゆ》く、そして不本意だった。

「………ミズキは」

ミズキの指が動きを止める。

「ミズキは、どうして了承したんだ？　その……俺も、一緒というのは……」

言いにくそうに口籠るアーサーに、ああとミズキは察した。

アーサーが気にしている躊躇いを、ミズキも抱かなかったわけではない。いくらもう結婚は諦めたと口で言おうともミズキが成人した女であることには変わりなく、同じくアーサーも成人した男――異性だ。迷いは少なからずあった。

アーサーにしてみれば、ミズキの決断は侮辱《ぶじょく》とも取れるものだ。男として見られていないのではないかと思わせる。

自分とは違う理由で眉間に皺を寄せるアーサーに、ミズキは力を抜いた。

「だって、アーサーはそんなことしないでしょう」

確信を持って答えるミズキに、アーサーの目が見開かれた。

躊躇いは、確かにあったのだ。ただそれ以上に、彼への、彼の人柄への信頼が勝っただけのこと。それだけのことなのだ。

侮っているのではない。これはミズキのアーサーへの信頼の形だ。

「参ったな……」

そんなことを言われたら、応えないわけにはいかないではないか。

やられたと天井を仰ぐアーサーに、してやったりとミズキが勝ち誇って笑った。

「さぁ、私たちももう寝ましょう?」

「そうだな」

眠る双子たちの頭をそれぞれに優しく撫でて、ゆっくりと目を閉じる。

深まった闇《やみ》は速やかに、密《ひそ》やかに眠気をもたらした。

第七話
変化

Fairy Pharmacy

ミズキの朝は早い。アーサーとの同居が一足早く始まったが、ミズキの起床が二人の後手に回ったことは一度たりともない。それは、早朝から職員会議があった教師の頃からの癖でもあった。店で販売している薬は夜や、営業中の少し手の空いた時に作製しているし、サービスティーは寝る前にデキャンターに水を張って水出ししている。時間の節約も慣れたものだ。子供たちを迎える前、アーサーとの同居が始まる前までは、ミズキはこの朝の時間も薬作りに当てていた。

朝早く起きることができるとはいえ、まったく苦を感じていないわけではない。寝起きは良い方だからすんなりと目を覚ますが、食欲はほとんどないため、朝食は新鮮なフルーツかスープが主だった。

しかし、今はそういうわけにはいかない。自分と違ってアーサーは朝からでもしっかり食べれるようだし、なにより子供たちがいるのだ。

子供というものは、大人が思うよりもずっと物事をよく見ている。親が嫌いな物を子供も嫌うことが多いのは、子供が親を見て、あれは美味しくないものだと先入観を抱いてしまうからだ。

親として、子供たちにそんな理《り》不《ふ》尽《じん》な好き嫌いをさせるわけにはいかない。

さらに、朝食とは一日の基本である。朝食を摂《と》るのと摂らないのとでは体の動きも頭の回転速度も随分変わってくるし、子供というものは毎日の活動が激しいためエネルギー不足などということがあっては将来の健康にも差し障る。

使命感のようなものさえ感じ、それに突き動かされて、ミズキは朝早くからパンを焼き、スープを煮込んでいた。

子供たちには、イチゴとキウイ、花の蜜を加えた甘いジュースを用意した。

通常食組にはコーンポタージュとエッグトーストとサラダだ。アーサーには物足りないだろうからハムエッグも作っている。これも、一分としないうちに完成するだろう。

（随分と手慣れたものねぇ……）

あちらでも、もともと一人暮らしをしていたから料理ができないということはなかったが、あまりレパートリーは豊富でなかった。レシピ自体は知っていても、作るのは簡単なものばかりだったのだ。それに加えて、作っても女一人が食べれる量などたかが知れていて、二日かけてなんとか食べ切るということが多かった。

だが、今はどうだろう。

こちらに来てしばらく、ルルと二人暮らしになってから、ミズキのレパートリーは増えだした。ルルが作ったものを美味しいと喜んで食べてくれるのが嬉しかった。

余り物だけど、と余分を集落に持っていくと、集落の妖精たちも喜んで食べてくれた。

アーサーが来てからは、さらに勢いを増した。言葉は少ないけれど、きちんと一つ一つを味わってくれる。

どれも、あちらでは感じられなかったものだ。

「ミズキ」

スッと音もなくアーサーが現れる。今日はアーサーに軍配が上がったようだ。

寝起きとは思えないしっかりとした足取りでやって来て、ミズキの隣に立ち止まる。何か手伝えることはあるかと尋ねる彼に、ミズキは少しだけ考えた。

「じゃあ、子供たちを起こしてもらえる？　朝ご飯、もうすぐ出来上がるの」

「わかった。……ルルは？」

「たぶんまだ寝てる、かな？　子供たちを起こす声で起きると思う」

ルルは寝起きはあまりよくない。機嫌が悪いとかではなく、うとうとした感じがしばらく後を引くのだ。

それを伝えると、アーサーは少しの間を置いてから、わかったとまた頷いた。

アーサーが階段に向かう背を見送って、再び手元のフライパンに目を戻す。ハムエッグはちょうどいい具合に焼けていた。火を消して皿に移し替え、テーブルに運ぶ。

あとは、みんなが揃って席に着くのを待つだけだ。


子供たちがやって来たのは、ミズキの予想より少し早かった。

元気いっぱいなカイルはともかく、普段からのんびりとしているライラはもしかしたら朝に弱いのではないかと思っていた。

しかしどうやら実は逆だったようで、カイルの方が朝に弱かったらしい。アーサーの服を掴みながら、眠そうに目を擦っている。アーサーと手を繋いでいるライラには、普段と変わった様子は見受けられない。

「おはよう、ライラ、カイル、ルル」

「ママ、おはよ」

「ん～……ぉ、はよ～……」

むにゃむにゃと喋るカイルに、これは完全に目を覚ますまで時間がかかりそうだと苦笑する。

「顔、洗っていらっしゃい。そうしたらすっきりするから」

くしゃくしゃと二人の頭を撫でてから、ぽんと背中を押して洗面所へと促す。それからちらりとルルに目配せをすれば、その意図は容易《たやす》く汲《く》まれて、彼女はぱたぱたと忙《せわ》しなく双子の後を追いかけた。

子供たちがいなくなったキッチンで、アーサーがひょっこりとミズキの手元を覗いた。

「いい匂いだな……」

ミズキの耳元での呟き。しかしそこに色気というものはなく、料理への期待だけがあった。

(あらあら、ここにも大きな子供がいたわ)

それも随分と大きな。

ミズキがそんなことを思っているとは露知らず、アーサーは待ち遠しそうにそれらを見つめている。その様子がどうにも幼く見えて、ミズキには堪らなかった。

「お皿、運ぶの手伝ってもらえる?」

やんわりとお願いすれば、アーサーはこっくりと頷いた。

その後ろで、ぱたぱたと子供たちの足音だろう軽い音が聞こえてくる。

新しい家族の毎日が始まる。


朝食の後、ミズキは店にかかりきりにならなければならない。これはルルもなのだが、人目に触れる分、店主という立場も加味するとミズキの方にやや天秤が傾く。

ミズキとルルが手を離せなくなるということは、双子の世話をアーサーに頼むということになる。

アーサーはもちろん自分も親なのだからと快く受け入れた。

しかし、予想外な行動に出たのは子供たちだった。

「ん……と、いらっしゃい、ませ」

「いらっしゃいませ……」

たどたどしい言葉の後に続く、恥ずかしさを隠し切れていない口調。

それらの発信源は店の出入り口の近くにいて、サービスティーを手渡ししてお客様を出迎えている。

「おやまあ、随分と可愛らしい店員さんだねぇ」

湿布薬を買いに来た老婆が微笑ましげに子供たちを見ている。他の客も同じく、子供たちを温かい目で見守っていた。

「ママの、お手伝い」

「母さん大変だって、父さんが言ってたから」

交互に話す双子に、話しかけた老婆はますます目元を和《なご》ませて、良い子ねぇ、としわくちゃの手で二人の頭を優しく撫でた。

「ミズキ、ゼリーも二つ、売ってくれるかい？」

「もちろん。種類がありますけど、どれになさいますか？」

この老婆には、開店のきっかけだったりとなにかと世話になっている。お礼も含めて幾らか値段を勉強させてもらおうと考えていると、老婆は何を思ったのか、おいでおいでと子供たちを呼びつけた。

呼ばれた子供たちは不思議そうに老婆に近よって、自分たちの目線よりも高い位置にある顔を見上げる。

「二人とも、好きなのをお選び」

子供たちをショーケースの前に立たせてそう言う老婆に、ミズキは驚きの声を上げた。子供たちだって、思いもしなかったことにどうしようと戸惑っている。

「こんなに可愛らしい店員さんが頑張ってるんだから、ご褒美《ほうび》くらいあげたって罰は当たらないよ」

違うかい？　としたり顔で聞いてくる老婆に、反論の余地などないミズキは苦笑いして頷いた。

「……いいの？」

カイルがミズキと老婆とを見比べながら問う。老婆はもちろんと答え、ミズキも頷いて応えると、カイルは照れ臭そうにはにかんだ。

「オレ、これがいい！」

「ん……あ、これ」

子供たちがそれぞれに決めた物をショーケースから取り出して、二人に手渡してやる。

「ほら二人とも、おばあちゃんに言うことがあるでしょう？」

くるりと一人ずつ老婆の方を向かせて、言うことは？　と繰り返す。最初はキョトンとしていたが、二回目で何のことか気づいて、ふにゃりと笑って言った。

「ありがとう、……ございます！」

老婆が嬉しそうに笑ったのは、言うまでもない。


早くも店のアイドルと化した子供たちは、驚くほどに人気だった。

まだ人慣れしていない、おっかなびっくりといった接客は見ていて微笑ましくもあり、自然と見守ってしまう。二人が可愛がられているのを見るのは嬉しいし、疲れた心を癒《いや》してくれる。

しかし、毎日が毎日、大盛況と言っても過言ではないほどの来客数と売り上げを誇るこの店の仕事は、やはり子供たちには負担も大きいようだ。少しでも手が空くと抱きつきにやってきて、ぐいぐいと額を押し付けてくる。仔猫のような甘え方が愛しいと思う反面、申し訳なく思っていた。

「カイル、ライラ。手伝ってくれてありがとう。疲れたでしょう？　アーサーのところに行って、三人でお昼寝しておいで」

昼食にも、昼休みの閉店にもまだ早い時間だが、不慣れなことをしてふらふらになっている二人をこのまま店に置いておくわけにはいかない。

固形物はまだ食べられないが、アーサーもお茶だとかは淹《い》れられるし、疲れた体が一番求めるのは睡眠だろう。

そう思っての提案だったのだが、双子はそれが気に入らないのか、むうっとしてミズキの服の裾《すそ》を握りしめて離さない。

「……やだ。まだ手伝うの」

もっと、と言い張る声に、どうしてそこまで頑《かたく》なになるのかわからなかった。

カイルもライラも、誰の目から見ても疲れているのは明らかだ。二人の食事情を知るミズキからしてみれば、あれだけのエネルギー量でよくここまで動けたものだと思えて仕方がない。無理をしていないか不安でたまらなかった。

しかし二人は聞き分けなく、まだ手伝うと言って聞かない。

ミズキはルルと顔を見合わせた。

「気持ちは嬉しいけど……無理したら元も子もないのよ？」

「無理じゃないもん！」

身を寄せ合った双子が、揃いの目で見上げてくる。きっとつり上がった目は、なのにどこか頼りなく、弱々しい。

「無理じゃ……ないもん……」

ついに潤み出した目に、ミズキとライラは慌てて二人を抱きしめた。ぐずぐずと鼻を鳴らす子供は、無理じゃないとしきりに繰り返している。

「母さんは……僕たちが邪魔？　いらない？」

「そんなこと！　あるわけないじゃない！」

何を言い出すのかと叫びにも近い声でミズキが否定する。

まだ日は浅くとも確かに子供たちを愛しているし、今後もそれが変わることはない。ぎこちなくても、二人もそれを受け入れてくれていると思っていたからこそ衝撃も大きかった。

「ミズキ、この子たちはどうしてそんなことを言うの？」

「わからない……。ねぇ、どうして邪魔だとかって思うの？」

ミズキにもルルにも、今ここにはいないアーサーだって、子供たちを邪険に扱うことはない。それぞれがそれぞれのやり方で愛情を示している。それを疑う余地などないと勝手に思っていたが、もしかしたら子供たちにとってはそうではないのだろうか。

「だって……」

ポツリとライラが口を開く。ぼそぼそとした声は不安と涙で揺らいでいる。

「だって、いらないから、どっかいってほしいって……」

「僕たちは、母さんの傍にいたいだけなのに……っ」

きゅう、と眉を下げて、ダメなのと問いかけてくる無垢《むく》な瞳に、どうしてもこれ以上の言葉をかけられるはずはない。

「……無理はしないって、約束してね」

「っうん！」

本当に嬉しそうに顔を輝かせる子供たちに、現金なものだと、二人して苦笑した。

泣いてしまったからなかなか赤みの引かない目元に濡れたタオルを押し当てて冷やす。喉も渇いただろうし、時間も時間だったから、この日は早く昼休みを取ることにした。

生活スペースに繋がるドアを開けると、すぐそこにアーサーが落ち着かない様子でいて、双子を見た瞬間にホッとしてみせたものだから笑えてしまった。もしかしたら一番過保護なのは彼なのかもしれない。

「ミズ……母さんを手伝いたいという気持ちは素晴らしいが、何事にも限度がある。それを弁《わきま》えた行動をしなさい」

わざとムッとした顔をして子供たちに言い聞かせるが、言葉が難しいようで二人とも首を傾げている。きょとんと見上げられて、叱っているはずのアーサーは困惑顔になった。

威厳も何もあったものではない、新米パパの可愛らしい一面を見て、ミズキはついつい小さく笑った。

「二人のことが心配だったのよ。あとは、一人だけ仲間外れにされたヤキモチかしら？」

「ミズキっ！」

ミズキの言葉に、何を言うんだとアーサーが顔を真っ赤にする。しかし否定しないあたり、あながち間違ってもいないらしい。

「アーサーは意外と子供っぽいわね」

そう言ってしまえば、アーサーはもう何も言えなかった。いつになく養父の見慣れない様子に傍観に徹していた子供たちは首を傾げた。

とりあえず、養父が養母に逆らえないということはわかる。しかし何故逆らえないのかまでは、さすがにわからなかった。

悔しそうにするアーサーに、とことことカイルが歩み寄った。

「父さん、寂しかったの？」

カイルの問いは——というか、子供の問いは無邪気なものである。無邪気だからこそ、余計に心を抉《えぐ》ってくるのだ。

「……お前たちはまだ病み上がりなんだから、いつ倒れやしないか、心配なんだ」

加工を施した答えを返す。大人の小賢《こざか》しい術《すべ》だが、カイルはなるほどと理解を示していた。

「じゃあ、父さんも一緒にやればいいんだよ！」

名案とばかりに言うカイルに、アーサーは戸惑いを隠せなかった。

どうにもテンションの上がっているカイルに、ミズキとライラはどうしたのかと首を傾げた。

その中で一部始終を静かに見ていたルルだけが、小さな体を震わせて必死に悶えていた。

危なっかしい様子で目の前を浮遊するルルを、手のひらを受け皿のようにして受け止める。ルルは小さな手でペチペチミズキの手のひらを叩いた。

「ルルまで、いったいどうしたの？」

ミズキにはわけがわからない。

「ママ、ルルちゃん、どうかしたの？」

「わからないけど、とりあえず笑ってるわ」

体調不良ではないとわかるから一安心なのだが、これはこれで心配になる。

不思議そうにするミズキに、カイルはタックルのような勢いで抱きついてきた。少なからず揺らいでしまったが、堪えきれないほどのものではない。

目をぱちくりとさせているミズキを、カイルはキラキラと目を輝かせて見上げている。

「母さん、父さんも一緒に手伝いたいんだって！　だから、お昼からはみんなで一緒！」

「うん……？」

何がどうしてそうなったのか、ミズキにはわけがわからずますます首を傾げる。そんなミズキに、ライラもさらに首を傾げた。

ルルはますます腹を抱えて一段と大きく笑い声を上げた。

＊＊＊

「さて。そろそろお昼時なわけだけど……」

ちろ、とミズキは落ち着かない子供たちを窺った。

子供たちはご褒美がよほど嬉しいのか、先ほどからずっとそわそわして、口にするその時を今か今かと待ちわびている。興奮もあって、その頬は健康的に色づいていた。

楽しみにしている二人には悪いが、ミズキは複雑な心境だった。

食に興味を示してくれるというのは、ミズキにとっても嬉しいことだ。しかも、子供たちが自分で働いた報酬《ほうしゅう》として与えられた物なのだから、養母とはいえミズキにそれを取り上げる権利はない。そんなことをしようとも思わないが。

そんなことより、ミズキが心配しているのは当然子供たちのことだ。二人とも、まだ食事トレーニングを始めたばかり。グラス一杯も飲みきれないほど胃が縮んでしまっているのに、大きくはないといっても負荷を与えないだろうか。

せめてルルやアーサーに一言でも相談できればいいのだが、二人とも微笑ましげに子供たちを見守っているから水を差すのも気が引ける。

《フェアリー・ファーマシー》で販売している商品は、どれも健康を意識した物ばかりだ。件《くだん》のゼリーひとつをとっても、新鮮な果物に含まれるビタミンやクエン酸、ポリフェノールなどは疲労回復や代謝の向上に一役買ってくれる。ゼリーとは名ばかりで葛粉や片栗粉を使っているそれは胃にやさしく滋養もある優れものなのだが、それでも心配してしまうのは母親の性《さが》だろう。存外に母親が板についてきたことを喜ばしく思うが、こうも気苦労が絶えないとは、世の母親たちには本当に頭が上がらない。

「ミズキ？　顔色が優《すぐ》れないようだが……大丈夫か？」

思い詰めるミズキに気がついたアーサーが、子供たちの目に止まらないようにこっそり窺ってくる。不意に間近に迫った黒曜石のような瞳に大袈裟《おおげさ》なほど驚いた。

「なっ、なんでもないの！　ちょっと疲れちゃっただけだから！」

咄嗟《とっさ》に思いついたごまかしに、アーサーが怪訝な顔をする。ルルも驚いていたし、子供たちは先ほどまでの上機嫌はどこへやら、一転して心配そうに服の裾を掴んできた。

「ミズキ、調子が悪いなら早く言ってくれなきゃ！　大丈夫？　頭痛いとか、気持ち悪いとかはある？　それともお腹とか？」

待っててね、すぐによく効くお薬を用意するから！　と今にも薬剤保管庫にすっ飛んで行きそうなルルに慌てて待ったをかける。それから所在なさげな子供たちと目を合わせるべくしゃがみこんで、安心させるような笑顔を作った。

「二人も、心配してくれてありがとう。私は大丈夫だから、ね？」

「……本当に？」

「本当に。お母さんは嘘なんて吐きません！」

わざとおちゃらけて言い切ると、二人はあからさまにホッとして、よかった、と表情を柔らかくした。思わず漏れたその呟きが、どうしようもなくミズキの心に染み渡る。胸がぽかぽかとして温かくて、なんだか面映《おもは》ゆい心地がする。

「――さ、お昼にしましょう。ゼリー食べるんでしょ？　つるんってしてるからって、ちゃんと噛んで食べるのよ？」

一呼吸してから、くしゃくしゃと双子の頭を撫でつつにっこり笑う。不安の影は全部その下に隠しこんだ。

ゼリーと聞いて、子供たちの顔がまたパッと明るくなった。

「アーサー、ルル。私たちはベーグルサンドでいい？」

朝のパンを焼くついでに焼いたのだと添えて確認を取れば、二人の反応の仕方はそれぞれ違ったが昼食の献立が決まった。

「じゃあ、今度こそいい加減にお昼にしましょうか。みんなお腹減ってるでしょ？」

たくさん動いたのだから減らないはずはない。四人とも即答してそれを肯定したことに思わず笑いが込み上げたが、その潔さは小気味いい。

ミズキは小さく笑って、昼食を用意すべく立ち上がった。

キッチンに立ったミズキは、まずベーグルサンドの製作に取り掛かった。双子のゼリーをいったん冷蔵庫に入れて、それからベーグルを上下半分にスライスする。

中身が無難なハムとチーズのサンドは一つ確定したが、他にも野菜を多く取り入れたものが欲しいし、アーサーはもっと食べ応えのあるものも欲しいだろうからそれも考えなければ。

冷蔵庫の中に野菜はたっぷりある。そういえば貰い物のエビがあることを思い出して、それも使ってしまおうと決めた。

先にエビをボイルして、その間にレタスを千切り、アボカドをスライスする。ベーグルに特製マヨネーズを塗って、野菜とボイルしたエビを挟めば二品目が完成だ。

次に取り出したのは卵と厚切りのベーコンとケチャップ。作るのはもちろん、ハムチーズに並ぶ鉄板、ＢＬＴサンドだ。

これだけあれば十分だろうと、用意したベーグルサンドたちを焼いていく。

ほどほどの焼き目がつくまで待つ間にお湯を沸かし、ティーポットを準備する。今日のお茶はカモミールティーだ。リラックス効果で広く知られているそれは整腸作用もある。これが少しでも子供たちの胃を守ってくれることを願って淹れた。

ここまでして、ようやく気がついた。

（料理ってこんなに楽しかったっけ……）

地球にいた頃も料理はしていたが、こんなに楽しんでやっていた記憶はない。作るのも食べるのも自分一人で、億劫《おっくう》とすら思っていたほどだ。

でも、こちらの世界に来てからはいつもルルが傍にいた。アーサーが来てからは彼も一緒だった。カイルとライラがやって来てからは、キッチンはさらに賑やかになった。

常に誰かがいることが当たり前になっていたことに少なからず驚く。教職に就くようになってから始めた一人暮らし。その期間の方が比べようもなく長いのに。

「ミズキ？　何か手伝うことは――……って、何してるんだ？」

顔を覗かせたアーサーが、ミズキを見た途端不思議そうに目を瞬いた。

それも当然の反応だ。忙しなくしているだろうと思っていたのに、ミズキは必死に笑いを噛み殺しながら蹲《うずくま》っているのだから。

「いったいどうしたんだ？」

手を差し伸べながらもアーサーはどうしようもなく戸惑っている。そんなちぐはぐで優しい彼に、ミズキはまた笑った。

「私、みんながいなくなったら生きていけそうにないかも」

そんなことを言うミズキの顔は、意外にも晴れやかだった。

ドアの向こうから、ぴょこんぴょこんと子供たちが覗いている。随分可愛らしいお団子《だんご》に幸せがまた溢れた。

「あー………笑ったらお腹減っちゃった」

じゅうっと熱い音がする。見れば、チーズがとろけてぶくぶくと泡を膨らませていた。

ミズキの心配は喜ばしいことに杞憂《きゆう》で終わった。はらはらする心境を押し隠して見守っていた子供たちは最初から最後まで美味しいと言って幸せそうに食事を終えたのだ。

しかも、ゼリーも完食。からになった器を見た時の感動はとても言葉で言い表せる程度ではなかったし、ルルは涙で滝さえ作り上げていた。感無量と打ち震える母姉を他所《よそ》に、アーサーは寡黙に双子の頭を撫でて褒めていた。

「今日はいい日だわ！　カイルもライラも本当にいい子！」

いまでも興奮の冷めやらないルルがぴゅんぴゅんとあちらこちらを飛び回る。たとえ大声を上げて喚き散らそうがじたばたとはしたなく暴れようが、ミズキと同族にしか見えないのに、そうしないのは、やはり女の子だからか。

せめてもの発散をしているルルはなんだか恋する乙女のようにも思えて、ミズキは達観して苦く笑う。

若いわねぇ、なんて思うにはまだ早いだろう。

不意に、こつこつと窓を叩く音がした。ガラスの向こうには小さな人影。

妖精のお客さんだとすぐにわかった。

「こんにちは、いらっしゃい。今日はどうしたの？」

窓を開けて迎え入れると、小さな客人はひらひらと翅をひらつかせてミズキの肩に止まった。

集落の妖精たちは、時々誰かを使いに立ててお菓子を買い込みにくる。買う、と言っても通貨でやりとりをするのではなく、新鮮な木の実や貴重な薬草だったり、水産物だったりを対価にした物々交換が主だ。昼食に使ったエビもそのひとつである。

今日も集落のみんなは甘いお菓子をご要望なのかと思ったが、どうやら違うらしい。お使いにやって来た妖精はくすくすと悪戯っ子のような笑みを浮かべていた。

「あれ、ココ？」

「ハァイ、ルル。ひっさしぶり〜」

お使いの妖精はココと言うらしい。お調子者さながらに手をひらつかせて、顔見知りらしいルルにニンマリとした笑みを向けている。

「何しに来たの？」

遠慮などない言葉に、らしいといえばらしいがミズキは苦笑した。ルルの飾らない性格は好きだが、もう少し柔らかい物言いをしても良いと思うのだ。

ココはそれに気分を害したふうもなく、また同じ調子で「お使いだよ〜」と軽く答えた。

「お菓子？　今日は焼き菓子だとクッキーとマフィンと……」

「違うよぉ、じじさまから伝言〜。『例の物ができたぞいっ！』ってさぁ」

伝言部分だけ物真似したそれに、ミズキとルルはまず顔を見合わせた。

例の物？

一瞬、何のことだかわからなかった。例の物、例の物、と心当たりを列挙して、それでようやく何のことか思い至った。

「指輪！」

ミズキとルルの声が揃う。ココはせ〜いか〜いとまた間延びして告げた。

「うわぁ、じゃあ早く貰いに行かなくちゃ！」

やっとカイルとライラと直接お話ができるとはしゃぐルルに、アーサーも忘れないであげてね、と口添えしておく。

冷静なようで、ミズキもなかなか浮かれていた。

なんといっても、指輪は待ちに待った物なのだ。

アーサーたちとルルとの中継役は決して苦に思うようなことではなかったが、コミュニケーションの質を考えるなら、やはり直接向かい合って話すのが一番だ。

ミズキは知っている。アーサーたちがルルを、もう一人の家族を早く見てみたいと思っていることを。

「あれ、でも早くない？　完成は明日じゃなかった？」

昨日のルルの話ではそうなっていたはずなのだが、と思い返していると、ココが実に明確な答えを打ち出した。

「じじさまが老骨折ったからね～」

よっぽど嬉しかったんじゃない？　曽孫《ひまご》。

ちょっと怖い表現をしながらもあっさりとした言葉に、ミズキもルルも何も言えなかった。ミズキに至っては、自分は孫扱いされているのかとちょっと照れ臭いような、悲しいような、微妙な気分である。

でも。

「みんなもきっと喜ぶわね」

その様子が容易く目に浮かんで、ミズキは柔らかい笑みを湛えた。

喜びのあまりぱたぱたと飛び上がって見事な宙返りを決めてみせたルルが、はっとして、恐る恐るミズキを見上げた。

「……ねぇ、ミズキ……今日のお店のことなんだけど………」

言い出すルルの気持ちは、皆まで言われなくとも察しがついていた。

ちゃんとわかってる、と小さなほっぺたを人差し指でつつく。プニプニとして弾力のある感触がなんとも言えない。

「またいきなり臨時休業するわけにはいかないけど、今日は早く店じまいして、みんなで集落に行こうか」

バスケットにお弁当を詰めて、集落のみんなと一緒に食べるのも楽しそうだ。

にっこりと微笑むミズキに、ルルはやった！　とその頬に抱きついた。

「ミズキ、大好き！」

「私も大好きよ」

そう言って親しい様子の二人を、お使いのココは幾らかやさぐれた気持ちで見つめていた。

「伝言したのはあたしなのにぃ～」

＊＊＊

食後のひと時、のんびりお茶やコーヒーを各々《おのおの》啜《すす》っている時に、ミズキは三人に向けて口を開いた。

「アーサー、カイル、ライラ。例の指輪が出来上がったそうだから、今日は早めにお店を閉めて集落に行こうと思うの」

ライラとカイルがぱっと顔を上げた。今から零れでる笑みに、ルルが少し恥ずかしそうにしている。

アーサーは表情にこそ出てはいないが期待しているのはよくわかる。何度も一人で頷きを繰り返していた。

「わかった。では店の後に、街で何か手土産を見繕ってこよう」

アーサーの申し出は助かるものだった。

営業を終えた後に菓子を作ったりする時間もあるにはあるのだが、それだけの体力が残っているかと考えると躊躇いが生まれる。自分たち五人分の弁当と、おそらく食べるだろう集落の妖精たち用の軽食も用意するのだから。

妖精たちは甘い菓子と、年長者は酒も好むことを伝えて、お金を渡そうと引き出しから硬貨の入れてある巾着袋を引っ張り出す。銀貨を一掴みほど出そうとしたところで、アーサーに止められた。

「食事も育児も任せきっているのだから、せめてこのくらいは俺に出させてくれ」

「え、でも……」

「いいから。それに、酒は俺も飲みたいからな、こだわらせてくれないか」

そう言われてしまえば、ミズキが言葉を重ねることは難しい。

ミズキは下戸《げこ》と言うほどではないが、それでも酒に強くない。それは日本人の大概が当てはまるが、その基準の中でもさらに弱いのだ。打ち上げなどで生ビールを飲む時も、グラスに三分の一飲めれば上々。酒の美味さを知らないのだ。

アーサーの言葉が本音か建前か、ミズキには判断できない。仕方ないと諦めて、銀貨を巾着袋に戻し、引き出しにしまった。

「じゃあ、お願いしようかな」

「ああ、任せてくれ」

こくんとひとつ頷いて、話は終わった。

時計を見れば、午後の営業開始まで後三十分ほど。洗い物を終わらせた頃にはちょうどいい時間になるだろう。カップに残っていたコーヒーを飲み干して立ち上がる。

「母さん？」

どうしたの、とカイルがとたとた歩み寄る。

「洗い物を済ませちゃおうと思って」

だからカイルはまだ座ってて、と言おうとしたところで、カイルが「僕も！」と先に言葉を遮った。

「ライラばっかり母さん手伝ってる。僕も母さんのお手伝いしたい」

ね、いいでしょ？　お願い、とおねだりする時の目で見上げられる。

確かに同じ女だからかライラと一緒に何かをすることが多い気もするが、ばかりというほどでもないし、洗い物だって多いわけではないから、少し迷ってしまう。

（ん～……これも親子交流の一環、かな？）

それに、せっかくやる気があるのに無下にしてしまうのも心苦しい。

ちらりとライラの様子を窺い見る。

ライラはアーサーにじゃれついて、もといい、甘えている。アーサーの膝の上に抱えられて、旅の話を聞いているようだ。

「じゃあ、今日はカイルにお手伝いしてもらっちゃおうかしら」

にっこりとしてカイルと目を合わせると、カイルはやったと両手を挙げた。

「母さん、僕、頑張るよ！」

「あら、じゃあ私も頑張らなきゃ。一緒に頑張ろうね」

キッチンはすぐそこだというのに、カイルはミズキと手を繋いで十数歩分の距離を楽しそうに歩く。

繋いだ手の温《ぬく》もりに胸が温かくなって、その擽ったさにミズキはふふ、と幸せな笑い声を溢れさせた。

幼いカイルには、キッチンの流し台は高かった。背伸びをしてみても蛇口から流れ出る水には手が届かず、ぴょんぴょんとカエルよろしく飛び跳ねてみてようやく指先が触れた。

「こーら。ダメよ、イスの上に上がりなさい」

危ないことはしないの、と叱るとカイルは素直に跳ねるのをやめた。

その傍に運んできたイスを下ろして、今度はカイルを抱き上げる。その時カイルは驚いていたけれど、暴れることはなかったからミズキは一安心した。

抱き上げたカイルは軽かった。ライラと比べれば重みはあるが、身の丈を考えるとやはり足りない。体感してしまったことにミズキは心を痛めた。

「母さん？」

「んー？」

不思議そうにするカイルにミズキはわざとらしく首を傾げた。

今、二人の間の距離は短くなっている。カイルは一気に近くなった目線にぱちくりとしているが、すぐに嬉しそうに笑った。

「お皿は私が洗うから、カイルは布巾《ふきん》でそれを拭いてくれる？」

「ん、わかった」

任せてと頷いたカイルに布巾を渡して、袖が濡れてしまわないように折って捲《まく》る。

身長に合わせて購入したはずの服はカイルの体型にあっていない。異様な捲りやすさに、ミズキだけがやるせない思いを感じていた。

「母さんの手、おっきいね」

ふとカイルが呟いた。じいっと食い入るように見つめる手は確かにカイルのそれより大きいが、水仕事をするせいで綺麗とは言い難い。年齢を考えれば手入れができている方だと言えるが、若《じゃっ》干《かん》なりともささくれができているから触り心地はよくないのだ。

「カイルもこれから大きくなるわ。アーサーの手、私の手よりもずっと大きかったでしょう？」

「僕も父さんみたいに大きくなれる？」

「もちろんよ。ライラも……もしかしたら私よりも大きくなるかも。私はあまり背が高くないから」

そうなったら悲しいものがあるが、いつかはこの子たちも立派に成長を遂げる。大きくなった二人がどんな大人になるのか――その時が今から楽しみだと思った。

いつかは父のように、と言われたカイルは一気に高揚を見せた。男の子にとって父親とは一番身近な目標となり得る人間なのだ。アーサーはその可能性をしっかり掴んでいた。

「ねぇねぇ、どうしたら父さんみたいになれる？」

「そうねぇ……まずはたくさん食べて、たくさん遊んで、たくさん寝ることかしら」

子供のうちは何もかもが勉強だ。大人が軽視しがちな遊びだってその例外ではない。

コンピュータゲームの発達によって衰退の一途《いっと》を辿っているが、遊びというのは大人が思う以上に有意義なものなのだ。

外を走り回ればその分体力が身に付く。ルールは規範性を学べるし、他者と触れ合い交流することでコミュニケーション能力が養える。遊びを通して身に付くものは、どれも社会生活を送る上では欠かせないものばかりなのだ。

しかし、カイルがそんな意図を知るはずはない。遊ぶという予想外の言葉に豆鉄砲を食らった鳩のような反応が面白くて、堪えきれずくすりくすりと笑い声が零れ出た。

「遊びじゃなくても、何でもいいの。いろんなことに挑戦して、いろんな経験をすれば」

どんな経験が、どんな場面で役に立つのか――それは誰にもわからない。遠回りが本当に遠回りなのか、誰にも定義できないように。

「さぁ、洗い物を済ませちゃいましょ。お昼からまたお仕事があるから」

ぱちんと手を合わせるミズキを見上げて、カイルはこっくり頷いた。その頬が、ほんのりと色づいていた。

「そういえば、カイルとライラはいくつなの？」

ミズキは、実は自分の年齢しかわからない。

ルルに歳を尋ねたことがあるが首を傾げられた。妖精に年齢についての概念はないらしい。「そんなもの数えてどうするの？」と逆に問い返された時には言葉に詰まってしまった。

アーサーの年齢は、ただ聞く機会がなかったから知らない。しかしこちらの世界でも人間には年齢の概念はあるらしく、初めて会った時には歳を言ったらひどく驚かれたため、聞き返すタイミングを逃してしまったのだ。

彼にも今度聞いてみようと決めて尋ねたことに、カイルは「九」とあっさり答えた。

九歳――それにしては、やはり同じ年頃の子供と比較すると一回り以上も小柄だ。慢性的な栄養失調が主な要因と推測できるが、それが解決してもやはり後手に回らざるを得ないだろう。

（学校で変にからかわれなければいいけれど……）

ミズキはぴたりとその動きを止めた。どうして今の今まで気づかなかったのだろう。当たり前だと思っていたからか、それともただ単に忘れていたのか。

（この世界って、学校、あるの……？）

ぞっとして、ミズキは嫌な汗をかいた。

「母さんはいくつなの？」

ミズキの不安など知る由《よし》もないカイルが素直に尋ねる。

「三十。たぶんアーサーよりも歳上かしらね」

「そうなの？　全然見えないや」

子供の真っ直ぐな言葉がミズキの胸にぐっさり深く突き刺さった。痛恨の一撃である。

自分自身重々自覚していることなのだが、家族——それも我が子に指摘されるのは予想以上に突き刺さる。周りからさんざん言われて苦汁を舐《な》めたどの言葉よりも辛い一言だった。

どんよりと目に見えて落ち込むミズキの傍《かたわ》らで、なぜかカイルはにこにこと満面の笑みである。しかも嬉しげだ。

「母さんすごい！」

きらきらと期待の眼差しで見上げてくれるのは嬉しいが、この子が果たして何をすごいと言っているのかわからない。こんなにも反応に困る「すごい」は初めてだった。

「母さんはずっとお店してるの？」

「ううん、お店はこっちに来てから始めたから。その前までは教員してたの」

「きょーいん？」

なぁに、それ？　と知らない言葉にカイルは首を傾げた。

先生のことよ、と言い換えてみても、今度は逆の方向に首を傾げられる。

まさかの予感的中かとミズキは口元が引き攣るのを自覚した。

（まさかそんなはずは……）

一縷《いちる》の望みをかけて、ミズキはアーサーたちがいるリビングに飛び込んだ。腕にはカイルを抱えて。

どうしてこうなったのかわかっていないカイルはもちろん、突然のことに誰もが唖然《あぜん》としてミズキに注目した。

「ミ、ミズキ?」

どうしたんだと言外に問うアーサーは驚きのせいか声が僅《わず》かに震えている。そんな彼をミズキは凄まじい迫力をもって見た。アーサーの膝の上ではライラが驚きすぎて固まっていた。

「アーサー。正直に答えてちょうだい」

何をだ、と問える雰囲気ではなかった。言葉を発することも憚られて、こくりと躊躇いがちに頷きを返す。

それを見て、気を落ち着けようとミズキは数度深呼吸した。大きく息を吸うごとに、体温よりも冷たい空気が頭の中まで冷やしてくれるような錯覚。

気の済むまでそれを繰り返して、ミズキはやや据《す》わった目でもう一度アーサーを見た。

「この国——いえ、この世界でもいいわ。学校って、あるわよね?」

お願い、あると言って。当たり前だと言って。不安を杞憂で終わらせて。

ミズキの願いは、アーサーによる否の返答で儚《はかな》く散った。

「全くない、というわけではない。王族や貴族階級のための学習施設として学問院が設置されているが、極めて狭い門だな」

そもそも、一般的な国民は学問を必要としていない。算術と文字の読み書きができれば十分生活を営めるからだ。

また政府の思惑《おもわく》として、民草《たみくさ》に余計な知恵をつけられて反乱でも起こされては堪らないというのもある。

ミズキは気が遠くなりかけた。

た。

「あ、あり得ない……」

よろめいて、危ないからとカイルを床に下ろす。それから自由になった手で額を押さえた。

アーサーは戸惑いを滲ませた目でカイルを見る。カイルもカイルで、戸惑い気味に養父を見返した。

「母さんに、きょーいんって何、って聞いたら……」

こうなった、とは最後まで続けられなかった。カイルが不安げにアーサーの傍に寄る。

子供たちに一人頼られるアーサーは、意外なことを知ったと改めてミズキを見た。

ミズキが、少女と違わない可憐《かれん》な見た目に反して実は成熟した年齢であることは聞いていた。

知った当初こそまさかと疑いもしたが、付き合いを重ねていくうちに確かに彼女には年齢に相応しい知識――それだけでなく、一般人とは考え難い教養を身に付けていることを知った。

誰に対しても分け隔てなく親切に接し、相手への敬意を忘れない謙虚な姿勢は人として見習うべきだとアーサーは常々思うほどだ。

薬を調合するから、商売をしているから、と思っていたその理由に違和感を感じていたが、彼女が教鞭をとれるほどの人間であるならばそれこそ納得がいく。

「父さん、きょーいんって何？　良くない言葉なの？」

カイルが腕にしがみついて見上げてくる。にわかに揺らぐ瞳に、そんなことはないという意味を込めて頭を撫でてやった。

「教員とは、人々に学問を教える立場の者のことだ。教師、先生とも言うな」

「ん……と、それってすごいの？」

「もちろんだ。誰にでもなれる仕事じゃない」

この国の学制では富裕層しか高度な教育を受けることはできない。統制のため、というのも確かに理由だが、それ以上に、かかる費用が生計に差し障るからだ。もし仮に受けられたとしても、教える対象が高位階級ということもあり、教員になるには幅広い知識と高い教養が求められる。

だからこそ、教員という職は相当高位であり、名誉職でもあるのだ。

「だが、ミズキが落ち込む理由はわからないな。知らないことを悪く思うような人柄でもないのに……」

知らないことは知ればいい、という態度を崩さない彼女が、息子に前職についての知識がなかったからといって落ち込むとは思えないし、経歴を誇るような人物ではないとも知っている。

いったい彼女を悩ませているものの正体は何なのだろうか。

考えれば考えるほど込み上げてくる不快感に、アーサーは心がささくれ立つのを感じた。

頭を抱えながら、ミズキは必死に脳を働かせていた。

ミズキにとって、教師とは才能なんてものを必要としない職業だ。たとえ必要だとしても、知識と経験――努力次第で十分補完できるもの。だからこそ日頃からの積み重ねが大事だと思って行動してきた。けれどそれは、ミズキにとって教師も学校も当たり前のものだったからできたことだ。

しかし、違った。

自分が当たり前に与えられてきたものが、子どもたちには与えられない。カイルの言葉で初めて気づかされた。

この世界においては、ミズキが思うほど教育は一般的に必要とされていないのかもしれない。しかし、子供たちが自らの力で物事を考えて判断できるようになることは、二人の将来にとって大切なことだとミズキは考えていた。

こういう時、どうすればいいのだろう。何か手立てはあるはずなのに、考えても考えても妙案は浮かばず、歯痒さに涙が滲む。

「ミズキ」

「アーサー……？」

不意に、アーサーがミズキの前で片膝をついた。言葉を模索するように彼の口が動く。

心持ち近づいた目と目の距離は、図らずも一人ではないという安心感をミズキに与えた。そしてそれは同時に一つの閃きをもたらした。

（っそうだ……!!）

挫《くじ》けるにはまだ早い。学校に通えなくとも、打つ手がないわけじゃないのだ。国が教育の機会を与えないなら、自分が、自分たちが与えればいい。学校という施設がなくとも、教育はできるのだから。

涙にぼやける視界を強く拭う。再びかち合ったミズキの瞳には力強い光が宿っていた。

僅かとはいえ涙を滲ませた目元は赤くなり熱を持っていて、少し腫《は》れぼったくなっている。睫毛《まつげ》に残る雫をそっと指先で拭ってやれば、ミズキが擽ったそうに笑った。ようやく元の調子を取り戻したようで、アーサーはほっと胸を撫で下ろす。

「ミズキには笑顔が一番似合う」

素直に思ったことを口に出せば、本人は恥ずかしそうに肩を竦めた。

「アーサーの言葉は飾りがないから強烈ね」

年甲斐《としがい》もなくときめいちゃった、と冗談っぽく白状するミズキだったが、本当にそうとは見えなくて、アーサーは物足りなく思った。あっさりと意識を子供たちに移してしまったのも理由の一つだろう。子供たちを可愛がるミズキも好きだが、それでも気に入らない。

「ミズキ」

硬くなってしまった声に、なぁにと見上げられる。子供たちを抱きしめる彼女をそのまま腕に閉じ込めると、ミズキは驚いた声を上げた。

「もう、アーサーったら寂しかったの？」

からかうような口調。

寂しかったのか？　ああ、そうだとも言える。だがそれに勝るものがあった。

「俺には無縁のものだと思っていたんだがな……」

こんな感情を宿す日が来るとは思わなかった。酸《す》い甘いと聞いていた物は、実は苦くもあるらしいと初めて知った。

観念したようなアーサーの言葉に、ミズキはまたも驚いて、しかしすぐに嬉しそうにした。落ち込んでいるようにも見えるアーサーの背まで手を伸ばして軽く叩く。

「いいじゃない。アーサーも家族なんだから」

優しい声音は捉え違いをしている。ここまでくると昨夜のこともやはり油断ではないのかと思えてくるが、せっかくの機会を逃すつもりはなく、アーサーは抱きしめる力を強くした。

「父さん、苦しいよーっ」

楽しそうな悲鳴を、我慢しろと無茶を承知ではねのける。うきゅ、とライラが鳴き声のような声を出したがそれでも緩める気はさらさらなかった。

「あらあら、困ったお父さんねぇ」

「愛ゆえのことだ、文句は聞かん」

言い切ると、ミズキはさらに愉快そうに笑った。見かけによらず熱愛家なの？　と楽しそうにしている。

「ミズキが言うなら、そうなんだろう」

「なぁに、それ」

変なのとくすくす笑ってちっとも気づく様子のないミズキには、いっそすごいと感心してしまう。大胆だと自負しているのだが、まだ積極性に欠けているのだろうか。

「ミズキ」

今度は硬くならなかった。真剣味を意識して発したのだが、反応はあまり変わらない。結果は手に取るようにわかった。

「好きだ」

「私もよ。アーサーも、ライラとカイルも、ルルも。みんな大好きよ」

あまりにも純真に返されては苦笑するより他にない。間に挟まれた子供たちも、嬉しそうにはしゃいで自分も好きだと便乗《びんじょう》している。

新たに加わった小さな手に、まぁいいかと思わされてしまった。

いつまでも腫れた目をそのままにしておけず、思い出したようにミズキが小さく声を漏らす。すると、やっと思い出したわね、とルルが腕組みして現れた。

「お店をお休みにしても私は全然構わないんだけど。でも、そんな顔で帰ってもみんなを心配させちゃうだけだから」

勘違いしないでよね、と濡れたタオルを浮かせて必死に言い繕おうとしているルルは、正しく子供が大人ぶっている様子そのもので微笑ましい。礼を言って気遣いを受け取るが、それでもまだ機嫌が悪そうだった。

「どうしてそんなに怒ってるの？」

ミズキが尋ねて初めて、他の三人もルルの様子を知る。まだるっこしいと思うが今はそれはいい。問題は、鈍感なミズキにあるのだから。

「ミズキの鈍チン！」

「ええっ？　なんでいきなり？」

心底驚いた反応をされて、ますますもどかしさが募る。本当に、どうしてあれやこれやに鈍《にぶ》いのかルルにはさっぱりわからなかった。

何を言われたのかと気にしていたアーサーは、ミズキの通訳を聞くと気恥ずかしそうにしながらも納得していた。

ますます首を傾げるミズキに、アーサーが濡れタオルを奪い、赤い目元にそっと押し当てる。教えてくれる気はないらしいと、ミズキは大人しく諦めた。

濡れタオルで視界を覆っていても、誰かの動く物音は聞こえてくる。カイルとライラのものだろう。

真っ暗な中で、ミズキは頭に置かれた温かい存在を感知した。撫でるようにゆっくりと動くそれは手のようだ。傍には小さな温もりもいる。

「ねえアーサー、ルル。私ね、新しい目標ができたの」

「どんな？」

内緒話でもするような口調で切り出したミズキに、アーサーが手を止めず先を促す。甘やかしたがりなのかしらとミズキは新たな一面を発見した心境になった。

答えたら、きっと彼らは驚くだろう。その時にどんな顔をするのか見たくなった。

「子供たちに、教育の機会を与えたいの。この場所で」

アーサーの手が止まる。ああ、やっぱり。ミズキは悪戯っぽく口角を上げた。

けれど、ミズキの心は変わらない。

勉強だけが教育ではない。知育、徳育、体育——教育の三本柱。それをここで、《フェアリー・ファーマシー》で育《はぐく》んでいくことが、ミズキの新しい目標だ。

人を知り、人と通じることで学ぶことは多い。自分たちで直接見聞きしたそれらは、きっと子供たちの未来を広げてくれるだろう。

「ねえ、もし私が力を貸してってお願いしたら、迷惑かしら？」

聞いた途端、ぺしんと額を弾かれる。

「ミズキの遠慮しいは、ちっとも変わらないわね」

困ったものだわ、と言う呆れたような声はルルのものだ。それに同意するように、大きな溜息が一つ。

「家族を助けるのは、当たり前のことだろう」

わかりきったことを、と言うアーサーに、ミズキはそっかと笑った。

この家族でなら、きっとやれる。ミズキはそう確信した。

＊＊＊

「い、いらっしゃいませ！」

「…………ませ」

カイルの陰に隠れるようにして、ぽそぽそとライラが客を出迎える。まだ小さな子供たちの懸命な姿に客は目を瞠るが、それもすぐに綻んだ。

「可愛い店員さんね。子供さんかしら？」

「えと……うん。ママは、今日はお休みなの」

雰囲気の柔らかい女性に話しかけられて、恥ずかしがりながらもライラが答える。ちらちらとカイルを窺っているが、それにも女性は優しく微笑むだけだった。

カイルは、自分は男だからとたくさんの商品をカゴに詰めて品物の補充をしている。成長期もまだ迎えていない体では高いところに手は届かないが、それでも背伸びし仕事を全《まっと》うしようとする姿は微笑ましい。

それぞれのやり方で一生懸命になっている子供たちを見守りながら、アーサーは会計をしていた。スペースの奥から覗いてはらはらしているミズキに苦笑しながら、大丈夫だからと何度も宥めている。

「ミズキは過保護すぎる。子供たちにも冒険させなければ」

「でもアーサー、あの子たちはまだ病み上がりなのよ？　もしものことがあったら……」

「午前の仕事では何もなかっただろう。それに、そうならないように俺が見守っているのだろう。……俺はそんなに信用ならないか？」

わざと少し気落ちした様子で問いかけるアーサーに、そうとも知らずミズキは慌てて首を振った。ぎょっとして、本当に驚いているのだろう、ぶんぶんと手まで振り回している。

「違う！　違うの、そうじゃなくて。アーサーのことはもちろん信用っていうか信頼してるのよ。優しくて、しっかり者で、子供たちにとってすごく素敵なお父さんだと思ってる。でも、それでも気になっちゃって……だから、その、つまり……」

ええと、ええと、と何度も繰り返して言葉を続けようとするミズキの必死な姿に、からかいがすぎたかと反省する。しかし、好評価だと確信できたことは喜ばしく、顔の筋肉が解《ほぐ》れていく。

ゆっくりと浮かんできた微笑を受けて、ミズキは誤解は解けたらしいと安堵し、落ち着きを取り戻した。咄嗟の時に冷静でいられないのは自分の悪い癖だ。教師として経験を積んでいくうちに、生徒の前では何とか平静を取り繕えるようになったが、いったん仕事から離れるとどうしても地が出てしまう。

「ごめんなさい、こんな落ち着きのないところを見せちゃって……。いつまでも稚気《ちき》が抜けなくて、嫌になるでしょう？」

「そんなことはない。それだけ必死だったんだろう、俺には嬉しい限りだ」

落とされた肩に手を添えて、わずかに深まった笑みを向ける。ミズキは、そう、と曖昧に苦笑した。

「ミズキの出番は店が終わってからだ。俺が街に出ている間、子供たちと準備を進めていてくれ」

「もちろんよ。任せて、アーサー」

ミズキの表情に凛々《りり》しさが加わる。ぴんと伸びた背筋に、彼女の責任感の強さを感じた。

「ミズキは、人助けだとかにやりがいを感じるタイプだろう」

唐突にアーサーが言い切る。

いきなりなぁに？　とミズキは首を傾げたが、否定することでもないし、そうであることを嫌ってもいないから素直に頷いた。

「それがどうかしたの？」

「……いいや。でも、あまり優しくしすぎないようにしてくれよ」

どういうことかわからずまた首を傾げるミズキに、意識して笑みを向ける。

今はまだ、知らなくてもいいことだ。

アーサーの企《たくら》みは、本人だけが知っている。


定時よりも二時間早く店を閉めて、出入り口のプレートを閉店中のものに替える。

プレートの鎖にわずかに錆《さび》が浮いていて、もうそれだけの時間が経っていたのかと気がついた。

毎日が怒濤《どとう》のように過ぎていくから、待っている日々もあっという間だった。振り返る暇も、名《な》残《ごり》を惜しむ暇もなかった。

（これは、いいことなんでしょうね……）

元の世界で教師という仕事にやりがいを感じて生きていた頃も、日々はあっという間に過ぎ去っていって、毎日が戦いのようだった。でも、あの日々と今は違う。今の方がずっと充実していると思えた。

元の世界での日々を充実していなかったとは思っていない。仕事は楽しいし、思うようにならないことはたくさんあったが、それもまた人生だから。

しかし、あの頃とは自由度が違う。学歴ではない、本当に自分自身の能力で生計を立てるという今の生活は、保証がないという不安もあるが、それ以上に自分の努力次第でもっと上を目指せるのだとやる気が出る。自分が、思っていた以上に野心家だったのだと初めて知った。

「ミズキ……やっぱり、元の世界に帰りたい？」

肩に乗ったルルがおずおずと尋ねる。その表情は見るからに寂しげで、別れを嫌がってくれているのだとよくわかる。

「帰れるならそれもいい――ずっと、そう思ってたわ」

ミズキの答えにルルはショックを受けて、込み上げる涙をぐっと堪えた。

仕方のないことなのだ。いきなり、望まないトリップを果たして、たった一人異世界に放り出されてしまったのだから。家族にも、友人にも別れを告げることもできなかったのだから。

もし、理さえも超えて無事に元の世界に帰れる方法が存在するなら――。

「でもね、もう思えないのよ」

強いミズキの声にはっと顔を上げる。

ミズキは笑っていた。悲しみや寂しさを覆うように、その微笑みには溢れるほどの慈しみが浮かんでいた。

ルル、アーサー、ライラとカイル。集落の妖精たちみんなに、街の住人たち。誰一人としてかけがえのない、大切な人たち。

今思えば、この世界に来たことは人生最大のチャンスなのだろう。

何の柵《しがらみ》もない世界で、自分自身の力で縁を結び、未来を切り拓《ひら》く。これ以上の充実感も達成感も、あちらでは感じることができなかったことだから。

「ミズキ、そろそろ街に行ってくる。……どうかしたか？」

ただプレートを返すだけにしては重々しい雰囲気を感じて、アーサーが問う。

アーサーとルルとを見比べて、ゆっくりと口を開いた。

「もし、理さえも超えて無事に元の世界に帰れる方法が存在するなら」

ルルはどきりとした。それは、さっきルルが思ったことだ。

アーサーも表情を強張らせる。続く言葉を彼は予想してしまっていた。

わかりやすい二人に、ふふふと楽しげな笑いが溢れる。必要とされているのだと、温かい気持ちが溢れてきた。

「もし見つかっても、いらないわ、そんなもの。捨てて帰るには、大切なものが増えすぎちゃった」

困っちゃう、と嘯《うそぶ》きながらも、その微笑は苦しくなるほど優しくて、愛おしい。

アーサーはミズキの体を引き寄せた。バランスを崩したミズキの体を追うようにルルが飛びつく。

「こんなに必要とされるなんて、冥利《みょうり》に尽きるわよねぇ」

冗談めかした言葉がミズキの本心だった。

「ねぇ。私は、ここにいてもいい？」

「あったりまえでしょ！」

ルルが叫ぶ。

アーサーは何度も頷いて、華奢《きゃしゃ》な体を抱きしめた。

「ああ、ああ。もちろんだ。ずっとここに――傍にいてくれ」

かすかに掠《かす》れた声に、幸せだと感じた。

第八話　父と母

Fairy Pharmacy

しばらくの拠点として見慣れた街は、まだ明るいからか人通りも多かった。無用な事故を起こさないようにと馬を降り、手綱《たづな》を引いて石畳を歩く。

（まずは、酒と菓子だな）

ミズキが言っていた、妖精たちの好物。どのくらい買っていけばいいのか聞き忘れてしまったが、多く買って困ることはないだろう。

菓子は酒より傷みやすいから、まずは酒屋に入ることにした。近くに手綱を掛けておけるところはないが、十分に躾《しつけ》が行き届いているから問題はない。

「すぐ戻る。待っていてくれ」

まるで人間に話しかけるように言い置いて、アーサーは酒屋のドアを開けた。

ガランガランとけたたましくドアベルが鳴る。普通の店はこんなに大きな音のするベルは括《くく》りつけないのだが、この店の店主は年老いた老人だからこのくらいの音でないと気づけないのだ。しかし、長年の経験からか酒を選別する目は確かで今もなお衰えず、どれも質が良く、種類も豊富で、少なからず拘《こだわ》りを持つ者は大抵この店を利用する。

「おや、久しぶりじゃないか」

店の奥から現れたご老体に目礼する。老人はホッホッと好々爺然《こうこうやぜん》として笑った。いつものことだ。

「人への土産を探している。何がいいだろうか」

さっそく用件を告げるアーサーに、老人は気を悪くすることもなくふぅむと唸る。考え事を始める時の彼の癖だ。

「相手の好みにもよるがのぅ……ああ、最近良いブランデーが入ってきたでな、それならどうじゃ?」

ちぃと待っておれ、と老人がまた店の奥へと消えていく。仕入れたばかりらしいそれに期待しつつ、アーサーは他に目ぼしい物はないかと店内を見て回った。

アーサーは、どちらかというと酒を好むが、そういえば、ミズキが酒を飲むという話は聞いていない。下戸とも聞いていないが、実のところはどうなのだろうか。土産の品だけでなく自分の物も買っていく心積もりではあるが、どうせならミズキとも楽しみたいと思う。

何か良い物はないかと探していると、見慣れない色の酒が飛び込んできた。中には丸い物が入っていて、よく見るとそれは果物のようだった。

（果実酒か……これなら下戸でも多少は飲めるだろうか？）

瓶《びん》を手に取った時、ちょうど老人が奥から戻ってきた。

「おお、ここにおったか。ほれ、これじゃ、これ。ロンネルバルト産の三十年物じゃぞ」

自慢気に見せられたそれは言われた通りブランデーで、有名な領の刻印が押されていた。年代物ということで多少値は張るが、対価を考えればむしろ安いだろう。

「これもいいだろうか？」

アーサーは先ほど見つけた果実酒を出した。

「ほう、それに目をつけるとは」

なるほど、なるほど。老人が一人頷く。

何か特別な品物なのかと首を傾げていると、偶然手に入れた珍しい逸品なのだと告げられた。

「名前は何じゃったか忘れたが、変わった果実を使った酒での。美味いぞ。お前さんには物足りんかもしれんがな」

「かえって好都合だ。これも一緒に貰おう」

言い切るアーサーに、毎度あり、と老人が紙袋にそれらを入れて渡す。瓶の重みもあってズッシリとしたそれを軽々と受け取って、アーサーは酒屋を出て行った。

ワインより重い大瓶を抱えてドアノブに手をかける。少し力を込めただけでドアベルは大きく揺れた。

「まいどありー」

ゆるい調子の口上を背に、今度は菓子を見繕おうと馬の背に荷を積んでいると、ふと、街道の方から声をかけられた。

「おお、やっぱりお前さんだった。調子はどうだ？」

「……問題ない」

数拍の間を置いて、アーサーは無難な答えを返した。素っ気ない返事だが、それさえも彼らしいとロバートは豪快に笑い飛ばした。

「まったく、お前さんはどうにも大雑把《おおざっぱ》だなぁ！」

「人のことを言える立場か？」

「違いない！」

大きな体を丸めて腹を抱えるロバートだが、前にも増して肥満しているような気がしてアーサーは眉間に皺を刻んだ。

「医者の不養生」

一言厳しい声音で指摘する。

ロバートは途端に笑いを収めたが、やがて仕方ないのだと苦く笑った。

反省の見られない反応に、頭痛がする、とアーサーが溜息を吐いた。

「おいおい、問題ないんじゃなかったのか？」

診察するか？　とロバートが首を傾げる。

「ない。ないったらない。俺の個人的なことだ、気にしないでくれ」

放っておいてくれ、とは言わず手で空を払う。

ロバートは納得がいかない様子だったが、「あんまり溜め込むなよ」と注意を促すだけに留めた。

「問題ないならいいが……油断するなよ？」

「何？」

一転、ぴりっとした雰囲気を醸《かも》し出したロバートに訝しむ。

ロバートは素早く周囲に目を走らせた。つられてアーサーも同じく警戒するが、辺りには街の住人たちが変わりなく行き交うだけだ。

「ミズキが他の店と一線を画してるってのは、よくわかってるだろう」

アーサーは無言で頷いた。旅をしていた頃何度も世話になった身だ。が、だからこそ余計に解《げ》せない。ロバートの口振りは、まるでそれが問題だとでも言っているようだ。

アーサーの感覚は間違ってはいなかった。

ロバートは困ったように首の後ろに手を回して、むにゃむにゃと言葉を模索する。

「何かあったのか」

ロバートに、もしくは街に。

少し街から離れただけのはずなのに、随分と情報に疎くなったと今初めて気がついた。あの場所があまりにも居心地が良いから、自分の本分を忘れていたようだ。

威圧にも似た気迫がロバートに押し寄せる。

「ごっ、誤解だ！」

ロバートは慌てて腕を振り回した。どっと冷や汗が噴き出して止まらない。近づきすぎて、忘れていたのだ。

アーサーと名乗るこの男は、人の形をした抜き身の剣に等しい。無害なものは気にも留めないが、一度敵と判断すれば即座に牙《きば》を剥くだろう。

素性《すじょう》も生い立ちも、何もかもがあやふや。そういう男なのだ。

「とりあえず、そのおっかない顔はやめてくれ。心臓に悪い」

若干白が増した顔色に、意識していなかったが強張っていた表情筋を少しだけ緩める。しかし眼光は変わらず冷え冷えとした鋭さを孕《はら》んでロバートの上から動かない。

ロバートは改めてミズキのすごさを感じていた。

「ロバート、俺はあまり気の長い方ではないんだが？」

「んなこたわかってるよ！　……ったく、寿命が縮んだ気分だ」

未だばくばくと荒ぶる心臓に手を当てて深く呼吸を繰り返す。

アーサーはそんなことにはお構いなしに、早く話せと目だけでも急かしてくるから質《たち》が悪い。

「何にもねぇよ。………今は、な」

アーサーは表情を動かさない。恐ろしいほどの冷徹。だがその背に守られる者を思ってしまえば、むしろ頼もしく感じられる。

「ワシも人から聞いたんだがな。組合の奴らがおかしいらしい。どうにも、何かを企んでいるようなんだ」

予想外の言葉にアーサーは目を細めた。

この街では商売で生計を立てる者は組合に加入することも多い。決して加入が必須なわけではないのだが、組合に加入していない者への弾圧なども横行しており、そういった被害から身を守るために渋々加入する、といったことも少なくない。

組合は商人たちが独自に生み出した仕組みだが、これについてはその土地の領主もなかなか口出しすることはできない。もし一部を弾劾《だんがい》しようものなら、その他の組合が一斉に行動を起こす危険性があるからだ。――すなわち、流通の断絶が。それ故《ゆえ》に、悪用されない限りは、と苦し紛れの条件の上で、それぞれ自治体は黙認してきたのだ。

「役所に報告は？」

「してない。証拠がないからな。ただ、気の置けない何人かには伝えてある」

「そうか。情報感謝する」

「あっ、待った！　アーサー、ミズキたちにはこのこと…」

「わかっている。言うつもりはない」

ロバートの不安を聞くまでもなくすっぱりと切り捨てる。言われるまでもないことだ。

アーサーは出かける前の彼らの姿を思い浮かべた。

街の喧騒から離れたあの場所は、目に見えるものも見えないものも、すべて温かいものだけがある。それを壊すような真似を、アーサーがするはずはないのだ。

「礼は後日改めて。今は先を急いでいるから」

「ンなもんいらん。ミズキに世話になってるのはワシらも同じだからな」

恩人に礼を求めるほど落ちぶれてねぇよ、と主張されて、アーサーは表には出さないながらもその心意気を小気味良く感じた。無愛想ながらも人の好さを感じさせるのは彼の長所といえるだろう。

（子供たちの礼も兼ねて、今度何か押し付けるか）

単なる差し入れでは素直に受け取らないだろう。その時はミズキも誘おうと心に決めて、アーサーは手綱を引いた。

＊＊＊

アーサーが街へ出かけてしばらく、ミズキは子供たちとキッチンに並んでいた。

ライラもカイルも、母がキッチンに立つ後ろ姿は見たことがあるが、自分が立ったことはない。料理として完成される前の食材を前にして、二人は興味津々でそれを見つめていた。

「母さん母さん、これ、なあに？」

「それはキュウリ。ライラが見てるのはジャガイモっていうの」

「きゅーり……」

「じゃがいも……」

珍しくもないそれらにも初めて見たと言いたげな子供たち。言葉さえも初めて耳にしたかのような反応をされて、ミズキの顔に僅かな翳《かげ》りが差した。

「――さぁ、やることはたくさんあるわよ！　カイルとライラにも手伝ってほしいんだけど、いい？」

あくまでも決定権は彼らに委ねるが、彼らの、ここに来てからの反応を思い返せば返答は想像に難くない。

ミズキの予想通り、顔を輝かせて「やる！」と揃えた双子は、矢継ぎ早に「何するの？　何するの？」と待ちきれない様子だ。一方で、ルルは物言いたげな様子でミズキを見つめていた。

「今日は、一緒にお料理をします。お口に入れる物だから、まずは手を洗ってきれいにしてきてね」

ピッと洗面所の方を指差せば、二人は元気よく返事して、ぱたぱたと足音を響かせた。

「ミズキ……あの、大丈夫、なの？」

「え？　なにが？」

心底心配そうにするルルに、心当たりも浮かばず問い返す。ルルは迷いながら、だって、とその心を明かす。

「あの子たち、野菜も見たことがないのに、料理なんてさせて大丈夫なの？　怪我しちゃうんじゃない？」

せっかく怪我が治ってきたのだ。もうどんなに小さな怪我だってしてほしくない。

訴えるルルに、ミズキは優しい目を向けた。大丈夫よ、と安心させるように言い聞かせると、小さな家族がきょとりとする。

ルルの反応に、ミズキはさも心外だと大袈裟に振る舞った。

「ルルったら、私があの子たちを危ない目に遭わせると思ってるの？」

「えっ……あっ？　ち、違うの！　そんなつもりで言ったんじゃゃ……！」

ぶんぶんと手も首も振って慌てふためくルルに、冗談よ、とミズキは小さく噴き出した。そんなこと、言われなくともわかっているのだから。

「野菜も見たことがないってことは、食への関心が薄いってことよ。世の中には美味しいものがたくさんあるのに、それじゃもったいないでしょう？　だから、まずは興味を持ってもらうの」

そのための今よ、と胸を張るミズキに、ルルは何ともいえない顔をした。

言いたいことはわかるが、と言いたげなルルの反応に、それを予想していたミズキは、今度はいかにも真面目っぽく言った。

「でも、現実的な話、家事は早いうちから覚えてもらわないと。結婚してから困るのはあの子たちよ？」

親としてそんな憂き目は見させられないわ、と言うミズキに、ルルは信じられないものを見る目を向けた。

「けっ結婚⁉」

ミズキったら何言ってるの⁉　気が早すぎる！　と騒ぐルルに、ミズキは笑いを堪えきれなかった。

緩みきった口元を手で覆い隠していると、手を洗い終えた双子が帰ってきた。

「ママ？　どうかした？」

なんで笑ってるの？　と覗き込んでくる双子に、なんでもないと首を振る。

明らかに嘘だとわかるそれに、双子は揃ってぷっくりと頬を膨らませた。面白がって突いてやれば、ぷすっと空気の抜ける音がした。それがまた、どうしてか楽しくて仕方がなかった。

「さて。二人も来たし、さっそくお弁当作り、始めますか！」

切り替えるように、ぱん！　とひとつ手を打つ。すると子供たちは待ってましたと目を輝かせて、今か今かとお手伝いを待ちわびた。

期待に満ちた視線を助長させるように、ミズキは重大なことを言うかのように真剣な表情を作り、二人の仕事を発表した。

「二人に作ってもらいたいのは、ポテトサラダです」

「ぽてとさらだ？」

たどたどしくカイルが繰り返す。ミズキは二人の前にジャガイモを差し出した。

「ポテトっていうのは、このジャガイモのこと。これを使ってサラダを作るのよ」

一つずつ二人の手に持たせてみる。子供の手には余る大きさのそれは、すでに火を通し終えた物だ。ほこほこと温かいそれを大切そうに小さな手が包む。

「まずは、ジャガイモの皮を剥きます」

こんなふうに、と実演してやれば、子供たちも見様見真似《みようみまね》で手元のジャガイモの皮を剥く。なかなか上手くできずに苦戦する姿にルルは手を出したくて仕方がない様子だったが、先ほどの言葉が効いているのか、もどかしそうにしながらもなんとか堪えていた。

「剥いたらこっちのボウルに入れてね。全部剥き終わったら、次のことを説明するよ」

できそう？　と確認すると、できる！　と即座に力強い返事が飛んできた。

二人は目の前のジャガイモに夢中で、手元から目を離すこともしない。それを頼もしいと鼓舞して、ミズキは他の料理に取り掛かった。

下拵《したごしら》えしておいた鶏肉を並べてじっくりと焼いていく。

その間にミズキが切った食材を、ルルが魔法でパンに挟んでいった。それをさらに切り分けたら、サンドイッチの完成だ。

魔法でバスケットに詰めていく合間に、卵を割って溶きほぐし、熱したフライパンに注いでは菜《さい》箸《ばし》を動かした。

くるくると綺麗に巻かれていくそれに、ルルが不思議そうに声を上げる。

「スクランブルエッグじゃないの？」

「うん。これは玉子焼き」

スクランブルにしても良かったのだが、久しぶりに地球《あちら》を思い出したからか、懐かしくなってつい巻いてしまった。醤《しょう》油《ゆ》だとかがあれば味付けもこだわったのだが、洋食が基本のこちらにはないのだから仕方がない。

焼きあがった後も、ルルは物珍しそうに玉子焼きを気にしていた。

「摘み食いはしないでね？」

「わかってるわよっ！」

むっと噛み付くルルに、本当に？　とからかってみる。冗談だとわかっているだろうに、意地になって言い返してくるのが子供らしい。

堪え切れずくすりと零してしまったら、ルルはむっとして小さな手でミズキの頬を引っ張った。

「あたたっ。ごめん、ごめんなさいっ」

急に謝りだした母に、何事かと双子が手を止めて注視してくる。そうして頬の皮が不自然に引っ張られていることに気がついて、状況を何となく悟った。

ようやく離してもらえた時にはもう感覚が残ってしまっていて、引っ張られてもいないのにひりひりする頬を包み込むように手で押さえる。

それから、焼いたまま放置してしまっていた玉子焼きを切り分けて、その切れ端をルルの前に差し出す。

「味見してくれる？　ライラにもカイルにもしてもらうから」

ね？　と柔らかく促されれば、抗《あらが》うなんて選択肢はない。憮然《ぶぜん》としながらも控え目にかじりつくルルをミズキは微笑んで見守った。

ルルに続いてライラ、カイルにも玉子焼きを差し出すと、二人は小さな雛鳥《ひなどり》のように口を開けてそれを迎え入れた。はふはふ、とまだ熱かったようだが、二つの表情は驚きと喜びに満ちていた。

ミズキの焼いた玉子焼きは、かつての彼女が普段作っていたものよりも黄色が濃い。子供たちが好きそうだと砂糖を加えた、甘い味付けのものだからだ。

その予想は的中した。むしろ、期待に満ちた目で見てくる三対の目に甘やかしそうになって、自制にこそ苦労した。食欲旺盛《おうせい》なのは大歓迎だが、どうせならもっといろんな味覚を楽しんでほしい。何度も自分に言い聞かせた。

双子が頑張って剥いてくれたジャガイモに軽くコショウをふり、粗めに潰して、作っておいたマヨネーズと彩《いろど》りにニンジンも加えて手早く混ぜ合わせる。二人で一つのボウルに向かい合う姿は真剣そのものなのだが、側から見ていると微笑ましくて仕方がなかった。

完成させたそれはレタスを敷いた上に盛り付ける。わざと余らせた分は、また子供たちに味見と称して食べさせた。

「なんか、さっきの黄色いのと一緒に食べても美味しそうだね」

「あ、カイルよく気づいたね」

今回は入れなかったが、カイルが気づいた通りゆで卵を入れる人もいる。そちらももちろん美味しいよ、と言うと、カイルは興味をそそられたらしい。何か考える素振りを見せた。

「また今度、ゆで卵を入れて作ってみようか」

「…………いっしょ？」

躊躇いがちな声にもちろんと深く頷く。

「またみんなで。ああ、アーサーも誘ってあげないとね」

じゃないと、子供たちを独り占めしてるって、拗ねられちゃうから。

戯けると、カイルは想像できたのかおかしそうに笑った。

それからも、子供たちが興味を示した食材を使っていろんなものを作っては、弁当箱の空いたスペースを埋めていった。

一品作るたびに行った『味見』を、三人は次第に楽しみにするようになった。

食感や味付けの違いはもちろん、自分の手で何かを作ることやそれを見ることは、二人にとっては新鮮なことであり未知のことでもあったけれど、三段あった弁当箱をすべて埋めきった時にはそれを惜しむ声を上げていた。

「二人ともたくさん作ったねぇ」

ありがとう、お疲れ様、とそれぞれの頭を撫でてやると、カイルは照れ臭そうに、ライラは嬉しそうにはにかんだ。

　窓の外はすっかり暗くなっていた。

「パパ、もうすぐかなぁ？」

　そわそわとライラが外を覗く。お父さんっ子になった娘に、ミズキはちょっとだけ寂しくなった。しかしすぐに、随分と欲張りになってしまったと苦く笑った。

「もうすぐ帰ってくるわ。きっとすごく驚くわよ、二人がこんなにいっぱい作ってくれたから」

　感動して泣いちゃうかもね、なんて冗談めかしてみれば、「パパ泣いちゃうの？」とライラが泣きそうになった。

　まだ冗談を言い合うには早かったようだ。反省して「すごく嬉しい時にも泣くのよ」と言うと、ライラは納得いかなそうにしながらも涙を引っ込めた。


　バタンとドアの閉まる音がしたから、きっとアーサーが帰ってきたのだろうと思った。それは子供たちも同じようで、すぐにでも飛び出して行きたそうなのをうずうずしながら堪えていた。待てとじらされる仔犬のようだ。とても可愛らしい。

「いいわよ。後は私がやっておくから、アーサーのお出迎えをしてあげて」

「いいのっ？」

　聞き返すカイルに頷いて応える。

　確かに洗い物の量は少なくないが、こなせない量でもない。それにこの後は大荷物を抱えて歩くのだから、これ以上手伝わせるのは酷《こく》だろう。

カイルはライラの手を引いて、ぱたぱたと玄関の方へ走っていった。

「ルルは一緒に行かなくていいの？」

「あら、だってミズキ一人じゃ大変だもの。それに、アーサーにはアタシは見えないから、行っても行かなくても変わらないわ」

なんでもないように言い切って、ふわふわと食器と水を躍らせる。人の手に触れられることなく泡まみれになった食器が水を潜ってキラキラと輝く光景は何よりもファンタジックだ。

洗い物はルルに任せることにして、ミズキは一服しようと薬缶《やかん》を火にかけた。子供たちもいるからノンカフェインの茶葉を手に取ったところで、がしゃんと物が壊れる音がした。子供たちの悲鳴が壁越しに聞こえた。

「ライラ、カイル！」

ミズキはキッチンを飛び出した。

誰も怪我をしていないようにと、それだけが気がかりだった。特に子供たちなんてせっかく生傷が塞がったばかりなのだ、もう痛い思いなんてしてほしくない。

駆けつけた玄関には、花瓶だったものの破片と活けていた花が散乱していた。

子供たちは身を寄せ合って泣いている。怯え震えるライラを背に庇って、カイルが睨みつけていた。

「ああ、ミズキ！　会いたかった、久しぶりだね、私の愛しい人！」

満面の笑みを浮かべて親しげに声を掛けてくる男にミズキは顔を顰めた。ルルも、聞こえないのをいいことに「げっ」と心底嫌そうな声を漏らした。

「ヒューイットさん……どうしてここに？　これはどういうことですか」

「どうしてなんて、君に会うために決まっているじゃないか！　驚いたよ、君が素性の知れない男と一緒に暮らしてると聞いた時は、本当に心臓が止まるかと思ったよ」

芝居めいた口調と身振りでつらつらと言葉を重ねるこの男――マース＝ヒューイットは、店を持ってからは一度も顔を見ていなかったが、露店商時代には常連というほどではないがよく贔屓にしてくれていた客だ。そして、ミズキに執拗《しつよう》に言い寄って来る迷惑客の一人でもある。

あのドアの音はこの男によるものだったらしい。子供たちだけで行かせるのではなかったと、ミズキは自分の犯した失態にひどく歯噛みした。

「ママぁ……」

ぼろぼろと泣きながら手を伸ばすライラを慌てて抱きしめて背を撫でてあやす。カイルも気丈に振る舞っていたが小さな体は小刻みに震えていて、必死に涙を堪えている様子は痛々しくて堪らなかった。

理不尽な言葉の暴力に晒《さら》されて、どれだけ恐ろしい思いをしただろう。きっと不安で仕方なかっただろう部分を容赦なく抉られて。

「怖かったわね、よく頑張ったわね。もう大丈夫よ。私もルルも、ずっと一緒よ。家族だもの。大丈夫、離れたりしないわ」

大丈夫だと何度も繰り返して、恐怖に冷え切った手を包み込んだ。ひらりとルルが二人の間に降りてきて、ここにいるよと伝えるように二人の髪を動かしたり、頬に触れて撫でたりもした。

「ヒューイットさん、今すぐお引き取りください」

ミズキはきっとヒューイットを見据えた。

話すことなど何もない。

はっきりとした拒絶にヒューイットは今にも天を仰ぎそうな顔でミズキを見つめていた。

「なんてことを言うんだい、ミズキ！　せっかく、ようやく再会できたっていうのに！　ああ、その子供のせいなのかい？　どこの家の子供かは知らないが、まったく躾がなっていない。私のミズキは君たちの母親であるはずがないと何度言っても聞かないで」

親の顔が見てみたいよ、といかにも疲れたふうに嘆くヒューイットに、ミズキは頭に血が昇る感覚を初めて経験した。

ぐつぐつと何かが沸騰しそうになっているのに、頭は冷え切っている。息が荒くなって、溢れ出しそうになる激情を必死に堪えた。

「これが最後です。今すぐここから出て行きなさい。さもなくば、どうなっても知りませんよ」

子供たちを庇い、かつてないほどの敵意を込めて睨みつける。そうしたのはミズキだけではない。ルルもまた、大きな瞳を鋭く尖らせて睨みつけていた。

ミズキは生まれてこのかた暴力とはとんと縁がなかった。強《し》いてあげるなら大学時代に授業の一環で、スポーツとして護身術にもならないほど浅い武道経験をしたくらいだが、その程度の経験でもないよりはずっとマシだろう。味わわなくてもいい恐怖を子供たちに与えたこと、子供たちの傷を抉ったこと、到底許せるはずがなかった。

しかし、敵意を向けられたヒューイットはそれがどうしてか理解している様子もなく、驚いてミズキを見返した。

「ミズキ、本当にどうしたんだい。何を怒っているの？　そんな怖い顔、君には似合わないよ」

「どうして、ですって？　前から話を聞かない人だと思っていたけれど、ここまでひどいとは思っていなかったわ」

こうも低い声が出せたのかと、自分でも驚いてしまうほど低く冷淡な声だった。

頭の片隅で、自分が怒りに任せて爆発する性質ではなくてよかったと安堵する。

「私はあなたのものになった覚えはないし、これからもなるつもりはないわ。私がなるのはこの子たちの母親よ。この子たちは私の子なの」

腕の中で震える、今にも消えてしまいそうなほど怯えた大切な子供たちを強く抱きしめて、はっきりと言い放つ。

底冷えのする眼差しが、敵と認識した目の前の男を突き刺した。

「まだそんな聞き分けのないことを……馬鹿なことを言わないでおくれ。そんなに子供が欲しいなら、私と――」

言葉は最後まで続かなかった。

バン！　と大きな音を立てて玄関のドアが開け放たれる。突如として吹き込んだ強風がミズキや子供たちを一撫でしたかと思えば、それは明確な意志を持って乱入者を家から引きずり出した。

どさりと無様《ぶざま》に地面に尻餅《しりもち》をついたヒューイットは、何が起きたのかわからず目を白黒させている。

彼だけが、この場で真相を理解していなかった。

挙動不審なその姿を見下ろす小さな影が一つ。

ルルが、風魔法でヒューイットを吹き飛ばしたのだ。

熱さも冷たさも孕んだ瞳は涙で潤み、固く握り締めた手は小刻みに震えていた。

ルルは生まれて初めて誰かを嫌悪していた。

許さない。許せない。どうして、こんなやつが………！

「アンタみたいな張りぼて男に何がわかるっていうのよ！　自分勝手なことばっかり言って、人の話も聞かないで！」

人の話を聞く耳も、相手に言葉を伝える口も持っているのに。自分が欲しくて欲しくて堪らないものを持ってるくせに。

まろやかな頬に幾筋もの跡が残る。

こんなやつ、羨んだりしない。その幸福を自覚しない堕落者《だらくもの》なんて。

ルルの怒りが伝播《でんぱ》しているのか、事象にも影響が出始めていた。

ヒューイットを追い出した風はやむことはなく、今も彼をここから遠ざけようと吹き続けている。

それに伴い砂嵐が巻き上がり、視界を不明瞭にしていく。

「――――これは何事だ？」

砂煙の幕の向こうから声がした。僅かな戸惑いを滲ませた、独り言に近い呟き。

ルルはようやく風への干渉をやめた。

歩きやすくなったと粉塵《ふんじん》の向こうから近づいてくる彼は、足元に転がるヒューイットを一瞥《いちべつ》し、不思議そうにミズキたちに目を向けた。

「っパパぁ……！」

ミズキの後ろから飛び出したライラが勢いそのままに抱きついた。

それを揺らぎもせずに受け止めて、ぎゅうぎゅうと訴えてくる小さな子供をその腕に乗せて抱き上げた。ぽんぽんと、背を叩いて宥める。

パパ、とライラがもう一度彼を呼んだ。

「ライラ。どうした、そんなに泣いて」

聞きながら、アーサーは歩き続けた。

ミズキはカイルに寄り添っていたが、その顔には安堵と、少なくない疲労が見て取れた。

「な、なんなんだい、君は！」

ヒューイットが叫ぶように詰問《きつもん》する。

アーサーは奇妙なことを聞いたと片眉を上げた。徐《おもむろ》に彼を振り返り、逆に問い返す。

「お前こそ何だ？」

「わ、私はミズキの……！」

「お前なんかが母さんの名前を呼ぶな！」

ヒューイットの言葉を遮《さえぎ》るようにカイルが叫んだ。怒りで細い肩を上げて、涙ぐんだ目で彼を睨みつけている。

アーサーは腕の中で啜り泣く娘と息子とを見比べた。縋るようにパパ、パパ、と繰り返し胸元のシャツを握りしめる小さな手に擦り傷を見つけて、瞳が剣呑《けんのん》な色を帯びる。

「ライラ、この怪我はどうした？」

ライラは言われて初めて自分が怪我していることに気づいたようだった。血が固まっているそれを見て、またぽろぽろと大粒の涙を零す。押し殺すように小さく嗚咽《おえつ》を漏らしながら、痩せ細った指でただ一人を指し示した。

アーサーはもう一度ヒューイットを見た。その目には、先ほどまでの柔らかさはない。冷たく、棘《とげ》を孕んだ眼差しだった。

「お前のせいか」

地を這《は》う響きに、ヒューイットが戦《おのの》く。アーサーの気迫に飲まれて、はくはくと口を開閉させるが言葉にはならなかった。

アーサーは追及の手を緩めなかった。苛立ちまで滲ませて、「何とか言ったらどうなんだ」と詰め寄る。

彼の腰の剣がカチャリと音を立てるとヒューイットはさらに怯えて、ついには声さえ漏らさなくなった。見るも惨《みじ》めなほど震え、壊れた人形のように首を振るだけだった。

「アーサー」

そっと彼の腕に手を添える。ミズキ、と目で応える彼に、ミズキはゆるりと首を振った。

「ヒューイットさん、さあ、お引き取りを。そしてもう二度とこの子たちの前に現れないで」

言い捨てて、ミズキは踵を返した。

それから、一変して優しい、温かい目をアーサーに向ける。

「遅くなったけど。おかえりなさい、アーサー」

「…………ああ、ただいま。ミズキ」

仕方ないと肩の力を抜いて、アーサーも家の中へと入っていった。

＊＊＊

家に入り、リビングのソファーにそれぞれ座る。ライラはアーサーに、カイルはミズキに、ぎゅうぎゅう抱きついたままだ。時折甘えたがりの犬のようにぐいぐいと額で押されるのが少し痛くて苦しい。けれど、この子たちはそれだけの我慢をしたのだからとされるがまま受け入れた。細くて柔らかい髪を撫でては指先で弄ぶ。

センターテーブルにふわふわとマグカップが飛んできた。中身は、黒が二つと茶色が三つ。茶色は子供たちの前に、黒はミズキとアーサーの前に落ち着いた。

「お菓子もいる？」

自分用のカップを両手で持ったルルが、子供たちに聞いてみる。ミズキが仲介して聞くと、ルルはそれを寂しそうに見ていた。

今までにはなかったその様子に、不安が湧き起こる。

「ルルも、おいで」

腕を緩めて、小さな姉を誘う。ルルは狼狽えていたけれど、やがておずおずとミズキの腕の中に包まれた。

「ルルねえも、いたいの？」

もぞりと顔を上げたカイルが、へにょりと眉を八の字にする。

痛いとは。怪我は見た目よりひどいのかと焦りかけたその時、カイルはぎゅっと胸のあたりを握りしめた。ライラが目をそらすようにアーサーにしがみつく力を強める。

「母さんは、母さんじゃないって。そしたら、痛くなった。痛くないのに」

なんで、と、見上げられるより先に、強く強く抱きしめた。ルルも、小さな体で力の限り抱きしめる。

カイルはほわりと表情を緩めて、ルルに頬ずりするように手を添えた。いきなりのことにびっくりして、わたわたとパニックに陥っているのをミズキの目がとらえた。

「――変なことを言う奴だな。ミズキは、お前たちの母だというのに」

心底不思議そうにアーサーが言った。ライラがぱちくりと瞬きして、それから顔を綻ばせた。ぱぱ、と幸せそうな声が小さく呟く。アーサーは軽すぎる体をひょいと持ち上げて、自分の膝の上に乗せた。細く短い腕が首に回されて、アーサーは擽ったいと堪えきれず笑いを零した。

アーサーとライラのやり取りを羨ましそうに見ている息子を、仕方ないとミズキも抱き上げた。こちらは、ちょっと重い。それでもおくびにも出さず、慈愛だけを溢れさせた。

「だぁいじょうぶよ。あの変な人は、ルルとアーサーが懲《こ》らしめてくれたもの。もう意地悪しには来ないわ」

ゆらゆらと体を揺籠《ゆりかご》のようにして、背中をぽんぽんと叩いてやる。子供たちはこくりと頷いた。

「ルルがココアを淹れてくれたから、これを飲んだら、おじいちゃんたちに会いに行こうね」

それからみんなでお弁当食べて、たくさん遊んだり、お話ししたり。

ミズキが紡ぎ出す楽しそうな予定の数々は、子供たちにはいっそう魅力的に聞こえていた。

腕の中で、ああだろうか、こうだろうかと話し合う子供たち。

その上で、ミズキとアーサーは目線をかち合わせた。ふふ、とどちらからともなく笑い合う。

「あったかいわね」

くすり、ミズキは独りごちた。

「……今回のようなことが、今後もまた起こらないとは限らない。そうなる前に、正式にこの国の住民として届けを出して、親子である証書を出してもらった方がいいんじゃないか」

アーサーの提案はもっともなことだった。

ミズキが役所に提出しているのは、《フェアリー・ファーマシー》の営業届のみ。営業届は、店を構えるのであれば他国の住人も提出する書類で、この国の住民であることとは関わりなく提出するものだ。

この国では戸籍のように厳密に住民を管理しているわけではない。ただ、住民であることや家族関係を証明するための書類を国から発行してもらえば、多少お金はかかるものの正式な効力が認められる。これは他国へ行く際などには身分を証明するために必須の書類だが、当然ミズキにはこれまで縁がないものだった。

役所に行けばその場で手続きができるらしい。都の役所なら最短で数日程度で済むが、領内の役所を通しての申請だと数ヶ月はかかるだろうというのがアーサーの見通しだった。

「でも、そんなにすぐ作れるものでもないでしょう」

「俺が口利きする。これでも顔は広いから、多少の融通《ゆうずう》はきく」

そう言われてしまえば、ミズキには断る理由はない。

よろしくお願いしますと丁寧に頭を下げたミズキに、アーサーは少しだけ安心したような表情で頷いた。

「それなら、書類とかを取りに行かなきゃよね。あと……何か持っていく物ってある？」

「いや、何も。だが、せっかく街まで行くのだから、子供たちも連れて買い物もいいんじゃないか？」

アーサーの言葉に、顔を埋めたままだった子供たちがぴくんと反応を示した。心なしか輝いて見える目に、ミズキの選択は決まっていた。

「なら、明日にでも行きましょうか。こういうのは早い方がいいものね」

子供たちが途端にやったと声を上げた。

そういえば、引き取ってからしばらく経ったが街にはまだ出たことがない。ロバートの病院から家までの間も寄り道はしなかったから、子供たちにとっては初めての外出になる。

遊びたい盛りだろうし、乗合馬車もある。これからはもう少し街まで足を運ぼうと心の中で決めた。

「でもその前に、行かなきゃね」

窓の外ではもうすぐ日が沈みきろうとしていた。いくら近場とはいえ、これ以上暗くなってから家を出ると危ないだろう。

なんのことだろうとミズキを窺う子供たちに、アーサーがもう忘れたのかと少しからかう口ぶりで言う。ふわふわと浮かぶ小さなカップを指差せば、二人は揃って声を上げた。

「まずは妖精の集落に行ってご挨拶しなきゃね。せっかくお弁当まで作ったんだもの」

ふふ、と柔らかに笑うミズキに、元気いっぱいのいい返事が返ってくる。着替えておいで、という指示に従ってぱたぱたと軽い足音をさせて部屋を出て行く小さな後ろ姿を三人で見守った。

「アーサー、本当にありがとう」

「？　あの男のことなら、もう礼は受け取ったが」

「それもだけど、子供たちのこと」

届けを出そうという提案についてはもちろんのこと、黙り込んでいたあの子たちがもとの元気を取り戻したのは、彼の提案がきっかけだった。彼がいなければ、あの子たちはもっと長く落ち込んでいたことだろう。それを思うと感謝してもしきれない。

「アーサーがいてくれて良かった」

ありがとう、と目を細めて微笑むミズキに、アーサーは面食らった。

まったく敵《かな》わない。

苦笑いして、どういたしましてと決まり文句を返した。

第九話　月夜の晩に

Fairy Pharmacy

家を出て森に入ること、およそ十分。少し前までは足繁く通っていた道だというのに、もう懐かしい気分になる。

後ろを振り返ると、子供たちは慣れない獣道《けものみち》に苦闘していた。

アーサーは、さすがに長く旅をしてきただけのことはある。危なげない足取りで子供たちの手助けもこなしていた。

「頑張って、あとちょっとだからね」

そう声をかけるが、子供たちの耳には届いていない。転《こ》けないようにするので精一杯のようだ。

実は、森に入る前、ルルが魔法を使おうかと申し出た。いくら近いとはいえ、子供には辛いだろうからと。

ミズキも、そうかもしれないと頷きかけた。

だが、それを聞いたアーサーは頑なにそれは駄目だと主張したのだ。

「魔法は確かに便利だが、本来なら人間には縁のないものだ。ちゃんと子供たちに歩かせるべきだ」

「でも、整備とかがされてるわけじゃないのよ？　転んだりしたら……」

「危険だからと何でもかんでも遠ざけることの方がよっぽど危険だろう」

子供たちの足で、とアーサーは譲らなかった。言いたいことはわかるから反論もできず、不安を抱えたまま徒歩でここまでやってきたが、彼の主張は正しかった。

子供たちは最初こそ転んだり躓《つまず》いたりすることも多かったが、進むごとにそれも減った。

「ミズキ、悔しがってるでしょ」

「違う……って言ったら嘘になるけど。あんな顔見せられたら、そんなの吹っ飛んじゃうわ」

あんな顔、と言われて目が向かうのは当然双子だ。そっくりの顔はそれぞれ疲労の色も滲んでいるが、それ以上に楽しそうな表情をして、まっすぐ前を向いている。

特にカイルが顕著《けんちょ》だ。草木の邪魔がなければ今にも駆け出していただろう。

引っ込み思案で大人しいと思っていたライラも実は意外とお転婆だったようで、カイルの後を元気よく追いかけている。

「子育てって難しいわ。空回りしてばっかりな気がする」

ぷくりと頬を膨らませると、ルルがおかしそうにクスクス笑い声を上げた。そんなの当然じゃない、と大きな瞳が訴えてくる。

「子供でも、ちゃんと生きてるんだから。生き物と生き物が向き合うのに、簡単なわけないわよ」

そう言うルルは、自分より遥かに幼い見た目なのにひどく大人びていた。普段の無邪気さを拭い去り、理知的な表情と慈愛の目でミズキを見ている。

静かなそれに不覚にも狼狽えて、視線を逸らした。

ふふふ、とルルが笑う。

「時間なんてあっという間に過ぎていくのよ」

もっともだけれど、同意するのはなんだかシャクで。

生意気、なんて悪態を吐いて、小さな額を指で弾いた。

「いったあい！　何するのよっ！」

怒りを露《あら》わにしたルルは、いつもと同じように、子供を丸出しにしていた。

ようやく大樹の下に辿り着いたミズキたちを出迎えるように、妖精たちが辺りを舞い踊る。いらっしゃい、おかえり、と口々に歓迎されてミズキとルルは照れ臭そうにはにかんだ。

アーサーや子供たちには妖精は見えないが、集落に舞う花びらから歓迎されていることを感じ取った。

「わぁ、この子たちがミズキの子供?」

「双子なのね！　可愛い！」

「へえ、こいついい体してんなぁ」

人間が好きだというだけあって、妖精たちはアーサーや子供たちに友好的だった。囲うように飛び回る彼らを、三人も見えないながら何か感じてはいるようで、どうすればいいかと困った顔でミズキを仰いだ。

そっくりな表情の三人に、ミズキは堪らず苦笑を零す。それから、「長老は?」と尋ねれば、妖精たちは奥の泉にいると、思い出したように道をあけた。

すっかり暗くなった道のりを妖精たちが魔法で明かりを灯す。蛍のようなふわふわと暖かい光が漂う光景は幻想的で美しい。

ライラが、そっと光に手を伸ばした。指先に触れた途端、光は雪のように溶けて消えてしまった。肩を落とすライラを慰めるようにアーサーが頭を撫でる。

「行こう」

転けないようにと繋がれた手に、ライラはふにゃりと笑った。

さく、さく、と草を踏みしめて、灯りに導かれるまま泉を目指す。集落から少し離れたところにそれはあった。

泉というには小さなそれは、一面が鏡のようになって月を映し出している。

「来たか、待っておったよ」

ほっほっと、独特の笑い声と共に長老が五人を出迎えた。お久しぶりです、とミズキとルルが礼を取る。アーサーたちもそれに倣《なら》い頭を下げた。

長老はますます目尻の皺を深くした。しわくちゃの小さな手が、待ちきれないと彼らの頭を撫でる。

「さあ、指輪を。早く話がしたい」

うずうずと泉から指輪を浮かせて、それぞれの前に持ってくる。妖精たちからの信頼の証《あかし》だ。目の前に浮かぶ銀色は月光のためか柔らかく光を反射させた。それを恐る恐る受け取り、そっと指にはめる。ぶかぶかかと思いきや、さすがに魔法がかけられているだけあって、指輪は自ずからそれぞれの指にぴったりの形に変わった。

「見えるかね？」

長老が問う。三人は目を瞠った。

彼らにとっては唐突に目の前に現れた、小さな老人と、ミズキの肩に座る小さな女の子。驚きだけが満ちた目が、緩やかに別の色を宿していく。胸の奥が熱く震える。わななく唇を押し開き、彼らは意図せず声を揃えた。

「ありがとう！」

満面の笑みを浮かべながら、三人は小さな家族に手を伸ばした。

手のひらを受け皿のようにして、双子は小さな姉をじっと見つめた。二人が自分を見てくれていると、ルルは嬉しさのあまり涙ぐんでいた。

「泣かないで」

ライラがよしよしと頭を撫でる。触れることのできる喜びを噛み締めた。

「ずっと会いたかったんだ。これからもよろしくね、ルル姉」

「っもう！　大好きぃっ‼」

叫びながら、ルルは大粒の涙を零した。

アーサーの肩に乗り、長老が心底嬉しそうに子供たちを見守っていた。たっぷりとした白い髭を撫でつけて、何度も頷いている。

「長老殿、ありがとうございます」

アーサーの声は静かだったが、わずかに震えていた。緩みかける表情を引き締めようとしているが、目元の柔らかさは隠せない。

「なぁに、大切な家族のためじゃ。礼を言われることではない」

にっこりと笑って言い切る長老に、アーサーは小さく首を振った。そう言ってくれるからこそ、感謝したいのだ。

「本当に、ありがとうございます」

意地っ張りめと、長老はまた独特の笑い声を響かせた。

＊＊＊

宴もたけなわ。月が南の空へと傾いた頃、とうとう子供たちにも限界の時がやってきた。

双子の周りを飛び交っていたはずの幼い妖精たちはいつの間にか姿を消し、双子も互いに寄り添

いうつらうつらとしていた。

大人たちも似たようなものである。特にミズキは顕著で、こしこしと目を擦ってあくびをかみ殺していた。

「そろそろお開きにせんとな」

ふぉっ、ふぉっ、とたっぷりとした髭を撫でつける長老にアーサーが無言で同意を示す。その膝の上ではルルがくうくうと眠っていた。

「ミズキ、もう少し頑張れるか？」

「ん………ぅん、大丈夫……」

そうはいうものの、もう意識がしっかりしておらず、むにゃむにゃとした口調になっている。

徒歩で来たのは浅慮《せんりょ》だったかと頭を悩ませかけた時、また長老が独特の笑い声を響かせた。

「おねむの子供が愚図《ぐず》るのは世の常じゃな。どれ、ワシが同行しよう」

よっこいしょ、と言葉にそぐわない軽々とした飛行でアーサーの肩に乗る。それからひょいと小さな指が動くと、ついに寝入ってしまった双子の体がふわりと浮いた。

「ミズキは、任せてもよかろ？」

「もちろん」

間をおかずの返しに、長老が満足げに頷いた。

「だぃ、じょぶ……だいじょーぶよ」

「ああ、大丈夫だ。だからもう眠ってしまおう」

ぐずぐずと眉間に皺を寄せるミズキに言い聞かせるように囁《ささや》いた。甘やかす言葉はたいそう心地良いようで、ぽつぽつと繰り返すごとに込められた力が解けていく。

「………おやすみ」

良い夢を、と額近くで響かせた小さな音に、「まあ、良かろう」と長老が不遜《ふそん》に許容を示した。

「聡《さと》いくせに鈍いからの。このくらい、親愛程度にしか受け止めんじゃろう。………が、無理強《じ》いはしてくれるでないぞ」

小柄な体に似合わない威圧感で釘《くぎ》を刺され、耳が痛いと肩を竦めながら首肯する。

「傷つけるつもりはありません。そもそもそんなことをしたら、ミズキに軽蔑《けいべつ》されてしまう。ミズキを泣かせたら子供たちにも嫌われる。それは、望むことではないのです」

「余計なお節介のようじゃな。――お許しあれ」

唐突に切り替わった口調に、思わず体が強張った。しゃらりと涼やかな音を立てて揺れる耳飾りに眩しそうに長老が目を細める。美しい青の宝玉。その水底に眠る影。

「この意味を、ご存知で？」

「古いものほど調べやすいものじゃよ」

森を住処《すみか》とする妖精たちだが、時折、本当に気紛れに人間の街をふらりと訪れることがある。見える者がいないからこそ、彼らはどこにでも入り込める。

ミズキと出会ってからは、その機会も激増した。物のついで、興味本位、あるいは大切な友人の安全のために、いっそう人々の話に耳を向けるようになった。

人の世のことは、妖精たちもよく知っている。

「そなたが側近くにおれば大した問題も起こるまいが……どうか、守ってやっておくれ」

その代わりではないが、対価として情報を差し出すと言いだし、それには及ばないと断った。妖精は家族を守ることにさえ対価を求めるのかと問えば、なるほどと長老が大きく笑う。

「偽《いつわ》りはないと誓えるか？」

「もちろん。この耳飾りにかけて」

月明かりを受けて煌《きら》めく輝石《きせき》。その奥に眠る紋章を見つめて、頼むぞと誓いは締めくくられた。

第十話　石

Fairy Pharmacy

指輪をもらってから、ミズキたちは早速住民としての届け出の手続きをした。手続きとはいっても、ミズキがしたのは役所で受け取った書類に氏名や年齢などを書き込むだけだ。長く旅をしていたからかアーサーはそういうことには詳しくて、記入欄はあっという間に埋め尽くされた。その後はアーサーが、伝《つて》があるからと先に言っていたとおり引き受けてくれた。

一人窓口に向かうアーサーの背を見送っている途中、ふと気がついたミズキは不安そうに役人に問いかけた。

「あの、私お店を開いているんですけど、何か追加で手続きなどは必要でしょうか？」

「ああ、はい、存じてますよ。そちらは問題ありません。既に営業届をご提出いただいておりますし、お店の売上の一部も納めていただいているので、遡《さかのぼ》っての税の徴収もございません」

この街では、住民の税は主に各自の収入から何割かを納める形になるが、営業届を提出している者はその売上のいくらかを納税する形になり、二重での徴収はないらしい。住人として届けを出していない期間が長く、届けの提出があべこべになってしまったと心配していたミズキだったが、それを聞いて胸を撫でおろす。

手続きというと、日本の知識からもっと堅苦しいことを予想していたミズキは拍子抜けしてしまった。しかし念には念を入れて、もし何か起きた時のためにと証書を一筆お願いすれば、それにも慣れたように役人が紙にあれこれと認めてくれた。

それを受け取った時、ちょうどアーサーが戻ってきた。提出は済んだらしい。ミズキは対応してくれた役人に丁寧に頭を下げて、役所を後にした。

書類を片付けた後は子供たちとのんびり街を歩いて回った。大通りは相変わらず人で溢れていたが、手を繋いでいれば心配は少ない。加えて、街の人たちは双子を見ると通りやすいようにと道を譲ってくれたりなどしたので、はぐれることもなく無事買い物を終えられた。

それからも何度か街に買出しに行ったが、そのうちにちょっとした変化があった。

「カイルー、ライラー、ルルー」

ご飯だよー、と少し間延びした声で子供たちを呼ぶが、待ってみても返事はない。店や薬草畑を見に行っても小さな姿は見当たらず、またか、とミズキは困ったように肩を竦めた。

指輪を貰ってから、子供たちは三人でいろいろなことをするようになった。

例えば、朝の商品補充はもはや完全に子供たちの仕事だ。力仕事もあるだろうとアーサーも参加しようとするのだが子供たちに追い返されてしまうらしい。憂さ晴らしなのだろうが薪《まき》割りに精を出しすぎるものだから、そろそろ注意しなければならない。

薬草畑の水やりはルルが魔法でしてくれるし、動物たちの世話も小さい体を駆使してしっかりやってくれるので動物たちは子供たちによく懐いている。

ただ、それとは別に、何かをしているようだとミズキは推測していた。というのも、外に出ることが極端に増えたのだ。

せっかくの自然豊かな環境なのだから、遊びに行くことはもちろん良いことだ。怪我の心配はあるが、それも子供には付き物。楽しく元気にしていてくれればそれで良い。

それでも気になってしまうのは、必ず何か食べ物を持っていくからだ。朝ご飯を食べてすぐに出かける時でさえ、果物だったりパンだったりを持っていく。そして、お昼時にお腹をぺこぺこに空かせて帰ってくるのだ。

「アーサー、今いいかしら？」

馬の手入れをしている彼に声をかけると、返事こそないものの彼の目がミズキに向いた。

愛馬の鼻面をひと撫でしてやって小屋から出てきた彼に子供たちのことを知らないかと聞いてみると、彼はしばしば悩んだ後首を横に振った。

「森の中に入って行くのを見たきりだ」

「………それ、知らないとは言わないわよ……」

「何処に行ったのかは知らない」

だから知らない、と言い切るアーサーに言いたいことはあるが、今はやめておく。

とにかく、いつもお昼時には帰ってきていたのに、まだ帰ってこないというのは初めてのことだった。

ミズキとしては、子供たちは隠れて動物を世話しているのではないかと予想している。自分も子供の頃に家族に内緒で子猫を育てていたことがあったからだ。

「ちゃんとお世話できるなら、飼っても別にいいのだけど……」

「言い出しづらいのか、三人の秘密を楽しんでいるんじゃないか？」

悩ましげなミズキに、そう深く考えることはないとアーサーが肩を叩く。まったく彼の言う通りなのだが、話してほしい気持ちが強くて素直に聞き入れられなかった。

「もう昼時だ。迎えに行くついでに確認してみればいい」

「………それもそうね。ああそうだ、バスケットに詰めてそのままピクニックでもする？」

「いや、家にしよう。今は晴れているが空気が湿っている。一雨くるぞ」

くん、と鼻を鳴らすアーサーに彼こそ動物みたいだと思う。少し大きいが、猫科の何か。

ふふっと零れるように笑ったミズキに手を差し出して、アーサーはほんの少しだけ口元を緩めた。

「迎えついでに、デートでもどうだ？」

「あら、それは素敵なお誘いね」

ぜひひと答える口振りは軽やかで、芝居がかった様子で手を差し出せばいよいよ二人して笑いが止まらない。

そんな冗談のような掛け合いを繰り返しながら、二人はゆったりとした足取りで森の中へと入っていった。

＊＊＊

昼間とはいえ、鬱蒼《うっそう》と生い茂る森の中は陽の光も遮られ薄暗い。整えられたわけでもない獣道は、一歩進むたびにさくさくと音がした。

「たまには、こういうのもいいかもしれないな」

ミズキは首を傾げた。

「ちょっと前までは当たり前だったでしょう？」

確かに今回の滞在は長いけれど、懐かしむには早いだろう。そんな意味も込めての言葉に、アーサーはほのかに苦笑いを浮かべた。

「いつもは、子供たちと一緒で賑やかだったろう。それも嫌いではないが、二人で静かに過ごすのもいいと思ったんだ」

お前の傍は居心地がいい、とまで言われて、ミズキはぽっと頬が熱くなった。それから困ったように目線をうろつかせる。

「………………アーサーったら、罪な人だわ」

「？　どうして？」

いかにも思い当たる節《ふし》はないという表情をされて、ミズキは溜息を吐きたくなった。無自覚はかくも恐ろしい。

けれど、意図的にであればそちらの方が恐ろしいような気もして、何とも言えない気分になった。

「言動にもう少し注意した方がいいわ。勘違いしちゃうから」

「…………褒めた、つもりなのだが」

「悪い気はしてないわ。ただ、……そう、恥ずかしいのよ」

シチュエーションなのか言い方なのか、ないはずの色を付けて捉えそうになるのだ。

もしかしたら、特別な好意を向けられているのではないか、と。

自意識過剰だとはわかっているけれど、一度でもそう思ってしまうと意識しないではいられない。

「嫌な気はしていないいんだな？」

妙な気迫のこもった確認に、ミズキは躊躇いながらも素直に頷いた。すると、アーサーは「ならいい」と追及をやめた。

「俺は、思ってもいないことは言わない。ミズキが不快だというなら改めるが、そうではないならこれでいい」

「ええ？　私が良くても、周りに誤解されて困るのは貴方《あなた》なのよ？」

若く、見目《みめ》良く、頼もしい。彼に好意を寄せる女性は少なくないはずだ。この先良縁を、ということだってあるだろうに。

言い連ねるミズキに、「いいんだ」とアーサーは言い切った。

力強い黒の瞳がまっすぐにミズキを射抜く。

「誤解がないように言っておく。俺は、誰にでもこんなことを言うわけじゃない。ミズキだから、言ったんだ」

アーサーの手がミズキの頬に触れる。どうか間違えないでくれ、と掠れた声が請う。

そんなこと、そんなふうに言われたら、もう何も言えない。

俯いて押し黙るミズキを見下ろしたアーサーは、彼女の髪に手を伸ばし前に垂れているひと房を耳にかけるようにして梳《す》いた。栗色の髪の間から見える耳は赤く染まっている。

ふっと息を零すアーサーを、ミズキが恨めしげに睨みつけた。

「アーサーは卑怯《ひきょう》だわ……っ」

「今回は褒め言葉として受け取っておくよ」

「褒めてない！」

ミズキの叫びを、アーサーは柳に風とばかりに受け流した。

そんなやり取りの後もしばらく歩き続けていると、ようやく奥の方から何かの声が聞こえてきた。よく耳をすますと、子供たちの笑い声に、何か別のものが混じっている。

「こっそり動物でも飼ってるのかしら？」

「この辺りなら鳥か、犬、猫、……ウサギもあり得るな」

とりあえず危険な動物ではないだろうというアーサーに、それもそうだと胸を撫で下ろす。

そもそも、ルルが一緒にいて弟妹を危ない目に遭わせるはずもないのだ。

しかし、少しだけ、残念に思う気持ちもある。

「飼いたいならそういえばいいのに」

牛や馬だっているのだから、今さら小動物が増えたところで何ということはない。もしそうねだられたら快く承諾するつもりでいたのに。

拗ねたように呟くと、アーサーが困ったように笑った。彼は子供たち寄りらしい。

「それなら、直接そう言ってやればいい」

言われてもわからないことがある。言われなければ余計わからない。

反論のしようもなく、ミズキは肩をすくめた。

程なくして、人影が見え始めた。話している内容もよく聞こえる。

「モフモフ……」

「んー……毛玉枕だぁ……」

気持ちいい、と声だけでわかる。しかし草木が邪魔をして、何と戯《たわむ》れているかまでは見えない。

魔が差して、ミズキは足音を忍ばせた。しーっ、と指を唇に押し当てて合図すると、アーサーは苦笑いしながらも頷いた。

こっそり、こっそりと近づいていく。まだ、姿は見えない。やはり小動物のようだ。

覗けばなんとか見えそうなところまで近づいた。木に手をついて、背伸びして覗いてみる。その上からアーサーも覗いた。

小さな頭が二つ、白い何かに埋もれている。モフモフ。ふわふわ。毛玉枕。なるほど、確かにそうだ。

「〰〰〰〰〰っっ!!」

ミズキは声もなく悶絶した。ぎゅうっと力いっぱいアーサーの服を掴んで、そわそわと落ち着きなく子供たちとアーサーとを見比べている。

隠れるということが頭からすっかり抜け落ちて、ルルが目ざとく二人を見つけた。

「あら、アーサー？　それに、ミズキも」

何してるの？　と毛玉からぴょこりと起き上がり、二人の許へ飛んでくる。アーサーが手のひらを差し出すと、ルルはそこに着地した。

「ルルル、ルル……！　どうしよう、どうしようアーサー……！」

子供たちが……！　と半狂乱に陥ったミズキに、寝そべっていた毛玉がぴょっこりと長い耳を動かした。

ぱっちりとつぶらな目。触れずともわかる美しく柔らかな毛並み。もっちりとした体躯《たいく》の小型犬――くらいの大きさの、何か。

雪ウサギをそのまま生き物にしたような、ファンタジー系漫画の中に登場しそうな可愛らしくも不思議なフォルムの生き物。

「カイル、ライラ！　お迎えが来たわよー」

「ん……あ、母さん。父さんも」

毛玉枕から顔を上げたカイルがひらひらと手を振る。

くあり。子供たちに懐かれながら、その丸い生き物は呑気《のんき》に欠伸《あくび》した。

とたとたとライラとカイルがやって来て、ミズキやアーサーの腰にぎゅっと抱きつく。小さな頭を撫でてやると、子猫のようにすり寄ってきた。

そんな二人を見て自分も混ざりたいと思ったのだろうか、アーサーの手から再び飛び立ったルルを頭（かもしれないところ）に乗せた不思議な生き物が、もにゅもにゅとやって来た。

近くで見れば見るほどウサギっぽい。小さな鼻をふすふすと動かしているところがなおさらだ。

ミズキはそっと手を伸ばしてみた。

「………なんだか、クッションみたい……」

毛並みはふかふか、でも見た目通り（？）脂肪を蓄えているのかもっちりとしていた。ちょっと、クセになりそうだ。

「この子、なんていうの？」

そもそも本当に動物なのだろうか。

困ったようにアーサーを見上げると、彼もまた判断しかねるというような顔をしていた。

「いいんじゃないか、動物で。……動くし」

「………まあ、そうね」

とりあえず動物と認識された不思議な生き物は、まだ遊んでほしいとばかりに子供たちにすり寄ってじゃれついている。平和だ。

「えーっと……ルル？　この子、なぁに？」

「さぁ？　アタシたちはモチって呼んでるわ」

ぴったりな名前だ。思わずミズキは感心した。現実逃避である。

しかし逃避ばかりもしてはいられず、経緯を聞いてみると、モチが腹を空かせて弱っていたところを見つけて、三人でお世話していたらしい。

主食はレタスなどの植物、好物はりんご。……やっぱりウサギだ。

食べすぎて太ったのだろうか。

心の声を聞き取ったかのようにルルがそれを否定する。

「見つけた時からあの見た目よ」

「………そうか」

応えたアーサーの声は、どこか黄昏《たそが》れていた。

大人たちが話し合っている間も、子供たちはモチと戯れていた。いくら小型犬サイズとはいえ体の小さな子供たちに持ち上げることはできないが、二人でならと思ったのか頑張っていた。腹部（？）が少しだけ持ち上がると、短いが手足が覗いた。

気になったのか、アーサーが持ち上げる。

てろーんと伸びる胴体（らしき部位）。ぷらんと揺れる前足をとって見てみると、ふかふかの毛並みの裏側に、ぷにぷにとした肉球があった。………ウサギ、か？

ウサギに肉球はあっただろうかと思いながらもしばらく無心で肉球をぷにぷにしていると、双子が両側からそっと服を掴んできた。不安そうな目で、ミズキを見つめている。

言われることは容易に予想がついた。だからこそ、ミズキは思案を巡らせる。

ルルが何も言わなかったということは、子供たちに危険はないということ。主食が植物ということは草食。せいぜいが雑食か。

ちらりとアーサーに目を向けると、彼は無言で頷いた。思うところは同じらしい。

「母さん、あの……」

カイルが意を決したように口を開く。

ミズキは言葉を待った。自分たちから言い出すのは簡単だ。しかし子供たちに自己主張させなければ、子供たちのためにはならない。

「ちゃんと、お世話するから。ヤギとか、馬とかも。だから……っ」

「うん、だから？」

「モチとも、一緒に暮らしたい……っ」

カイルが言い切った瞬間、アーサーがその頭をくしゃくしゃと撫でた。

カイルがきょとんと見上げている。

ちょん、とライラがミズキの服を引っ張った。

「一緒、だめ？　一緒がいい……」

しゅん、と眉尻を下げるライラに、ミズキはにっこりと笑う。

「いいわよ。モチも連れて、みんなで一緒に帰りましょう」

よく言えたね、と優しく頭を撫でると、ライラはへにょりと笑った。

アーサーがモチを抱え、その肩にルルが座る。ミズキは子供たちと手を繋ぐ。モチを歩かせないのは、モチの歩く速度に合わせていては何時間もかかってしまうからだ。

初めは子供たちが抱っこすると主張したのだが、大きさの問題で却下《きゃっか》された。

それにしても、とミズキは隣を盗み見る。無愛想なアーサーと見るからにファンシーなモチの取り合わせはなかなかに笑いを誘われる。ルルが加わればなおさらだ。

そしてそれを自覚しているからこそアーサーはいっそう仏頂面をしていた。

「アーサー、交代しましょうか？」

精神的に疲れただろうと思って声をかけると、アーサーはふるりと首を横に振った。

責任感からか、それとも自暴自棄《じぼうじき》になっているのか。見定めるようにミズキがじぃっと見つめていると、アーサーはきょろきょろと居心地が悪そうに視線を逸らし、ついには顔を背けてしまった。

た。


「パパ、どうしたの?」

間に挟まれていたライラが無垢な瞳でアーサーを見上げる。ミズキは心配になって、更にアーサーの様子を窺うかのように見つめた。アーサーは何も答えない。相変わらず顔は背けられたままで、表情を窺い見ることはできなかった。

ひょっとして、気を悪くしてしまったのだろうか。まじまじと見すぎたのかもしれない。

「あの、ごめんなさい、アーサー。不躾に見てしまって……」

「いや、ミズキが悪いわけでは……これは、その……ああ、とにかくだな……」

大きな手が顔を覆う。指の間から見える肌の色は、いつもよりも赤らんでいるように見えた。

「なぁに、アーサーったら。照れてるの?」

くすくすとルルが悪戯っぽく笑う。指の隙間からアーサーが睨みつけても、顔が真っ赤だからか迫力は感じられなかった。

「毎日同じベッドで寝てるっていうのに、なぁに、いまさら。ねぇ、そう思わない?」

ルルはミズキに同意を求めたが、ミズキも改めて意識させられてしまって答えられず、熱を持った顔を隠すように俯いた。

「わぁ、母さんも顔真っ赤だ」

「言わないでよぉ……!」

ミズキは顔を隠そうとしたが、子供たちと手を繋いでいるからそうもいかない。俯いて隠そうにも子供たちからは見やすくなってしまうだけだ。

ミズキは救いを求めてアーサーを見た。

アーサーは驚いていたが、目が合うと首まで真っ赤にして、困ったようにミズキを見返した。

ルルとカイルが楽しそうに笑う。ライラだけはいまいちよくわかっていないようだったが、二人の様子を見て良いことと判断したらしく、嬉しそうにはにかんだ。

「こら、大人をからかうな」

一足先に落ち着いたらしいアーサーが窘める。こつんと小さく小突くと、「ごめんなさぁい」といかにも反省していない謝罪が返ってきて苦笑した。

「あんまり悪戯ばかりしていると、おやつがなしになるかもしれないぞ」

「ええっ⁉　やだやだっ、ごめんなさぁい！」

カイルが慌ててもう一度謝る。そのあまりの慌てように、今度はミズキも堪らず吹き出した。

「ありがとう、アーサー」

こっそりと耳打ちすると、アーサーは小さく首を振った。

「嫌な気はしていないからな」

ふ、と。ほんの一瞬にも満たない時間浮かんだ、淡すぎる微笑。

ミズキは思わず足を止めた。

「？　ママ？」

「母さん、どうかしたの？」

左右から子供たちに覗き込まれて、ミズキははっと我に返った。

何でもないよ、と歩き出すが、それは嘘だと自覚していた。

(…………びっくり、した……)

驚いたからだ。心臓が落ち着かないのは。彼が、アーサーが、あまりにも優しい目をしていたから。

美形の微笑は心臓に悪い。行き場のない感情を胸に抱えながら、ミズキはただ先を行くアーサーの背を見つめた。

＊＊＊

家に帰ってからすぐにミズキはキッチンに立ち、作っておいた昼食の温め直しに取り掛かった。

アーサーたちはモチを風呂場へ連れて行き、砂埃などの汚れを洗い落とした。ずっと外にいたにしては毛並みの良さを保っていたが、洗った後はいっそうもふもふ感が増した。

子供たちはとにかくモチに夢中で、昼食を食べ終わってからもずっとモチを構って戯れている。

それを微笑ましいと見守りながら、ミズキは使い終わった食器を片づけていた。

しかし、ミズキの小柄な体格ではどうしても思うようには捗《はかど》らない。ミズキは目の前の棚を睨み上げた。

何かを高いところにしまう時、いつもはルルに頼んで魔法でしまってもらっていた。しかし今、ルルは双子と楽しそうに遊んでいる。せっかくの時間を邪魔をするのは気が進まない。

(とりあえず、背伸びで挑戦してみよう)

片手は皿を持ち、もう片手で棚を支えにして上に伸び上がる。爪先立ちになってもみるが、後ちょっとが届かない。

不意に、持ち上げていた皿がふわりと消えた。

「何かあるなら呼んでくれ。見ていたこっちが肝を冷やしたぞ」

「あ、アーサー」

耳元で、アーサーの声がした。

アーサーはそのままミズキの後ろから腕を伸ばし、皿を目的の場所へと収納した。

「ありがとう、助かったわ」

くるりと振り向くとアーサーは思っていたよりも近くにいて、彼の胸にぶつかりそうになった。

驚いて後退ると、背中が棚にぶつかった。

「大丈夫か?」

「ええ。ちょっとびっくりしただけだから」

だから大丈夫、と答えると、アーサーは何を思ったのかじっとミズキを見下ろした。ミズキは不思議そうに見上げるが、沈黙の表情から意図は読み取れず、どうしたらいいのかわからない。

どうしたの、と声をかけようとするより先に、アーサーの手がミズキに触れた。

「あ、アーサー……?」

ミズキの目が戸惑いに揺れる。棚とアーサーとに挟まれた狭い空間で、所在なさげに体が揺れる。

何だろう。わからない。けれど、今すぐにでも逃げ出したい衝動に駆られていた。

アーサーはミズキをじっと見つめた後、徐に体を離した。

「他に、片付けるものはあるか?」

「ぁ……ううん。大丈夫、ありがとう」

ミズキが答えると、アーサーはすんなりと頷いて、何事もなかったかのように子供たちの所へと戻っていく。

ミズキはその背中を見送りながら、何だったのだろうかと胸が騒ぐのを感じていた。

「怖かった、のかな……」

口に出してはみたが、どうにも違う気がする。恐怖とは違う、何か。

正体がわからず頭を悩ませるミズキのもとに、ぱたぱたとルルが飛んできた。

「ミズキ、少しだけモチとお昼寝してもいい？」

「もちろんよ。タオルケットと……枕は必要？」

「モチが枕よ！」

楽しそうにルルが笑う。家族になっても毛玉枕は健在らしいと思わず笑ってしまった。

子供たちの方を見てみると、二人してモチに頭を預けてお昼寝準備は万端《ばんたん》のようだ。アーサーはさすがに入れないようで、クッションを枕代わりにしている。

「おやつは冷蔵庫にあるから、ちゃんと食べさせてね」

「もっちろん！」

任せなさいと胸を張って、ルルは双子の許へと帰っていく。

ルルにとってはモチは毛玉布団らしい。定位置とばかりにモチの背中に横たわった。

ふわふわの毛並みに埋もれるのはとても気持ちよさそうで羨ましいが、大人の枕役はかわいそうだろう。

けれど、今はまだ一緒に寝ているが、モチがいれば子供部屋が使われる日も近いかもしれないと、そんなことを思った。

＊＊＊

「おや……ミズキ、今日はあの子たちはいないのかい？」

「ええ。はしゃぎ疲れたようで、アーサーと一緒にお昼寝してます」

午後の営業を開始してすぐ、常連のお婆さんに問いかけられてミズキはほんのりと苦笑いを浮かべた。

子供たちがお店でお手伝いをするようになってからしばらく経ち、常連客としてはいるのが当たり前という認識になっていたらしい。

子供たちもだいぶ店に馴染んだのだと思うと嬉しいものだが、客側からしてみれば少し違うらしい。

会えなくて残念だと目に見えて肩を落とすものだから、心中は複雑だ。

「はしゃぐって、何かあったのかい？」

本人たちはいなくとも、話だけでも聞くつもりらしい。動物を飼うことになったことやその経緯を聞かせると、老婆は顔の皺をいっそう深くして「まあまあ」と楽しげに笑った。

「どこの子もやるもんだねぇ。うちのも昔同じことをやってたよ」

「そうなんですか。ちなみに、その時は何だったんですか？」

「イノシシさ」

あっけらかんと言われて、ミズキはぽかんと口を開けた。

ミズキの反応は予想の範囲内だったようで、老婆は「おかしいだろう」と自分でも笑っていた。

そのイノシシはどうしたのかと聞いてみると、さすがに飼えるようなものではないからと子供に何とか言い含めたらしい。その結果、老婆の目を盗んで世話をしていたというのだから、子供の行動力には恐れ入る。

「ミズキのところは何だい？」

「えっと……ウサギ、です」

「ああ、それなら大丈夫そうだね。ただでさえ可愛いあの子たちがそんな可愛いのと遊んでるなんて……」

次に来るときにはぜひとも拝みたいものだ、と熱望する老婆に、ミズキは頬が引きつるのを自覚した。

機会があれば、とは言ったが、彼女の心臓に負担をかけないかが心配である。

老婆は今までと同じく腰痛の薬を購入すると、最後まで名残惜しげにしながら店を後にした。

子供たちに会えず肩を落としたのは彼女だけではない。来る客来る客、誰も彼もが子供たちのことを聞いては残念そうにする。

まるでアイドルだとしみじみ思いながら、ミズキは閉店までの時間仕事に励みながらも何度も同じ説明を繰り返した。中には「アーサー？」と首を傾げる客もいたが、「お父さん」と言い換えればすぐに「家族仲が良い」と納得された。

家族と、周囲にも認識してもらえていることが、言いようもなく嬉しかった。

夕方近くなれば客足も途絶え出す。減った商品や薬を補充していると、今日はいつもより売れ行きが好調だったらしい。在庫が思っていたよりも少なくなっていた。

この減り具合だと、今日は寝るのが遅くなるかもしれない。

どうやら子供たちより先に、ミズキが別室で寝ることになるようだ。

第十一話 秘密

Fairy Pharmacy

子供たちを寝かしつけてから、こっそりとベッドを抜け出した。

ランプの明かりが照らす調剤室で、ミズキはごりごりと薬研《やげん》を動かしていた。こうして薬種を粉末化するのももう慣れた。

混ぜ合わせた薬粉を包紙の上に盛り、天秤で量を計っては封をする。息を止めていないとすぐに吹き飛んでしまうから、これが一番気を遣う作業かもしれない。

風邪薬の補充分を封し終えたところで、ミズキはぐっと大きく背伸びした。長い時間前屈みになっていたから、筋肉の強張りがひどい。

「あとは傷薬と……鎮痛剤と鼻炎薬ね。今日中に終わるかしら」

「――――なら、どうして言わなかった」

予想だにしなかった声に体が大きく跳ねる。手をぶつけた天秤がぐらぐらと揺れた。

振り返ると、アーサーが腕を組んでドアに凭《もた》れていた。じっとミズキを見つめる瞳はいつもと違って鋭さを孕んでいる。

射抜かれるように身を竦めると、アーサーの眉間に皺が寄った。

「ベッドを抜け出すから何かと思えば……どうして黙っていたんだ?」

そう問い詰める声は低い。怒っている。

アーサーはドアから上体を離すと、ゆっくりとミズキとの距離を詰めた。

そして見下ろした机上には、今しがた作り終えたばかりの風邪薬が小山をなしている。

「ミズキが全てやらずとも、何か手伝えることがあったはずだろう」

「でも、これは私の仕事だから……」

気にしないで、と言いかけると、アーサーの顔が苦しげに歪んだ。そんな言葉は聞きたくないと、眼差しひとつで封じられる。

アーサーの大きな手がミズキの頬を包んだ。気まずさに俯いていた顔を、自分を見ろと上向かせてくる。

「俺は、そんなに頼りないか?」

「えっ、ちが……そうじゃないのよ。アーサーにはいつも助けてもらってて、本当に有難いと思ってる」

「なら、頼ってくれ」

懇願するアーサーの瞳は熱を帯びていて、その笑みも苦しげに見える。

この顔をさせたのが自分なのかと思うとひどく胸が痛んだ。

「無理をさせたくて、ここに上がり込んだわけじゃない。本当にそう思ってくれるなら、俺を頼ってくれないか」

「………いい、の？」

薬研を動かすには力がいるし、薬を包むには神経を使う。慣れたミズキでさえそうなのだから、慣れないアーサーにはもっと負担がかかるだろう。

困ったように見上げるミズキに、アーサーはやさしく微笑んだ。

「俺は……ミズキに頼ってほしい」

低い声が、甘い響きで鼓膜を打つ。

アーサーのやさしい気持ちが伝わってきて、ミズキの顔もほころんでいた。

「アーサーは優しすぎるわ」

「誰にでも優しくするわけじゃないさ。ミズキだから、優しくしたいんだ」

アーサーが困ったように微笑む。

お世辞だとはわかっている。けれど、それでもとても嬉しかった。


ミズキには重い薬研も、アーサーの手にかかれば容易く動き、薬種を粉にする。そうして出来上がったものをミズキが慎重に計量し、封をしていく。

二人で薬を作り始めると、何となく時間がゆったりと流れている気がした。作業効率は上がったはずなのに、変なものだ。

「この調子なら、すぐに終わっちゃうわね。アーサーのおかげだわ」

ミズキの言葉に、アーサーは少しだけ照れたように目を細めた。大したことはしていないとアーサーは謙虚に言うが、ミズキには本当に有難いことだった。

外を見れば、月はまだ中天に差し掛かる前。いつもより少し夜更《よふ》かしをした程度の時間だ。これなら明日の朝にも響かないだろう。

「こんな時間まで起きているの、本当に久しぶりなのよ」

「露店商の頃以来か？」

「ううん、もっと前。私がこちらに来る前よ」

懐かしむような声音。不意に生まれた妙な沈黙を、アーサーが静かに破った。

「前に教鞭を取っていたと言っていたが、そんなに大変だったのか？」

「珍しいわね、アーサーが聞くなんて」

ちょっとびっくりした、とミズキが小さく笑う。そんなことを聞かれたのは初めてだった。

「ミズキのことだからな。………聞かない方が良かったか？」

気遣わしげになった眼差しに、ミズキは首を横に振った。すると、アーサーがほっと胸を撫で下ろす。

そのわかりやすい様子に、珍しいことが続くものだとミズキは笑いを誘われた。

「日本……私の国では、九年の義務教育があるの。子供はみんな学校に通って、いろんなことを学ぶのよ」

「九年も……費用はどう賄うんだ？」

「義務教育だから、国が負担するの。通っているとあっという間よ」

なんでもないふうにミズキはいうが、アーサーには衝撃的だった。

しかし、同時に納得もした。教育を受けるという環境が当たり前のように身近にあったからこそ、あの時ミズキは混乱したのだと。

「……………ミズキには、この国はどう見えている？」

高度な教育を受け、それを与える側にまでなったミズキには、この国はどう映っているのだろう。

ふと抱いた疑問に、ミズキは思いもよらぬことを聞かれたと目を丸くした。けれどすぐにそれは柔らかく細められる。

「アーサーはこの国が好きなのね」

ミズキの言葉にアーサーは躊躇わず頷いた。それにも、ミズキは目を細める。

「私も好きよ。行き着いたのがこの国でよかった」

妖精たちも、街の人たちも、何処の者ともしれないミズキを温かく受け入れてくれた。身一つで投げ出されたミズキにとって、それは何よりもの救いだった。

晴れやかに笑うミズキに、アーサーもゆるく口角を上げた。

そんなふうに話しながら仕事を続けていると、いつの間にか予定以上の量を作っていて、気づいた時には二人して笑ってしまった。

「アーサー、お腹はすいていない？　力仕事任せちゃったし、よかったら何か作るわ」

「あれくらい何ということでもないさ。…………ああ、せっかく二人なのだから、酒でも飲まないか？」

「お酒？」

思わず鸚鵡返ししたミズキにこくりと頷く。

話を聞くと、少し前に買ったものがあるらしい。珍しい果実を使った酒らしいと言われて、ミズキも興味をそそられた。

件の酒はアーサーの部屋にあるらしく、それを取りに行くと、子供たちが来てからは使っていないはずだというのに不思議と清潔さがあった。空気も、埃っぽさがない。

不思議がっているミズキに気づいたアーサーが「掃除くらいするさ」と冗談めかして笑った。そうして棚に置いてあった瓶を掴み、リビングでいいかと問う声に、ミズキは一つ提案してみた。

「ここじゃ、だめ？」

窺うように見上げたミズキに、アーサーは驚いたように目を見開き、動きを止めた。は、と開きかけた口から空気だけが溢れ出る。

固まったアーサーに、ミズキは恥ずかしそうに言葉を続ける。

「その……私、あまりお酒に強くはないから。階段、上がれなくなっちゃうかもしれなくて……」

「あ……ああ、そういうことか」

そう言われれば、確かにそうだったとアーサーも少し前のことを思い出した。

初めて妖精たちの集落に連れて行かれた日。祝宴だと盛り上がる雰囲気のせいもあったのだろうが、ミズキはワインを数口飲んだだけで酔っ払っていた。

果実酒だからそこまで強くはないだろうが、念には念を入れた方がいいだろう。アーサーは二つ返事で了承した。

「じゃあ、ここで飲もうか。グラスを持ってくるよ」

「あ、私持ってくるわ。スモークチーズがあったはずだから、それをおつまみにしましょう」

言うが早いか、ミズキがひらりと身を翻してリビングへと向かった。

ぱたぱたとスリッパが廊下を叩く音が階段を下りる音に変わる。その足音さえ聞こえなくなったところで、アーサーはゆっくりと息を吐き出した。

冷静さを欠いていた。失敗したかもしれないと、そう思ってももう遅い。

さっさと諦めた方が身のためだと自分に言い聞かせてゆっくりと部屋を見渡すと、アーサーは眉間に皺を寄せた。

この部屋には椅子もクッションも置いていない。自分一人なら床に座ってもよかったが、ミズキも一緒なら話は別だ。冷え性なのか自分より体温の低い彼女には、床の冷たさは厳しいだろう。深夜ならなおさらだ。

自分の部屋のついでに子供部屋も掃除していたが、ぬいぐるみは山のようにあってもクッションを見かけた覚えはない。代用するには形も悪いだろう。

ふむ。思案を巡らせたアーサーは一人頷いて、階下へと足を向けた。


クッションを敷いて、適当な木箱をテーブル代わりにすれば、晩酌には十分だった。

グラスに光る琥珀《こはく》色の液体は蜂蜜のようにとろみを帯びていて、口に含むと華やかな甘みが口いっぱいに広がった。

「甘いな……」

ぐっと顔を顰めたアーサーに、ミズキがころころと笑う。するとアーサーは憮然としたままスモークチーズにたっぷりと香辛料をつけて口に放るから、はてと今度は首を傾げた。

「甘いもの、好きじゃなかったの？」

「まあ、嫌いではないが……甘い酒は好かん」

困ったようにアーサーがグラスを傾けると、とぷんと酒の揺れる音がした。同じ大きさのグラスのはずなのに、アーサーのそれは少し小さく見える。大きな手が手持ち無沙汰にグラスを揺らすたび、琥珀色の液体も揺れるさまに、どうしてか目が惹きつけられる。

（なん、だろ……もう酔ったとか？）

しかしそれにしては眠気がやってこない。むしろ、目が冴《さ》えていっているような気さえする。

ぽっと熱を増した頬に手を当てると、ひんやりとした感触が心地よかった。こういう時だけは、冷え性も悪くないと思える。そのままゆっくりと首筋に滑らせると、指先が強い脈拍をとらえた。

まろやかで飲みやすい口当たりだが、ひょっとして結構強い酒だったのだろうか。

そっと薄く唇を開くと、入り込んだ空気はやはり冷たかった。

「…………ミズキ？」

躊躇いがちに呼ばれて、不思議そうに顔を上げる。

見上げたアーサーの顔は困惑の色を浮かべていて、ほんのりと赤く染まっていた。自分よりも強いはずの彼までこうなるなんて、とミズキはいよいよ苦く笑う。

「ここで飲むことにして正解だったわね」

「そ、れは」

ふふふと軽やかに笑うミズキに、アーサーはかえって挙動不審になる。グラスを持つ手には力がこもり、指先が白くなるほどだった。

アーサーの動揺に気づくことなく、ミズキはまた一口酒を含む。その一挙一動をアーサーの目は捉えていた。

「ミズキ、もうそろそろ寝た方がいい」

「ええ？　まだ大丈夫よ。もう少しだけ」

グラスを取り上げようとする手から逃れるように身を捩《よじ》ると、アーサーの息を飲む音が聞こえた。

（なに？　なんだか、様子がおかしい）

飲むペースが早いから、その分アルコールも早く回ったのだろうか。

頬にあてがおうと伸ばした手が、触れるより先に大きな手に囚《とら》われる。自分の手よりもずっと大きな手が、ミズキの手を包み込んで離さない。

「アーサー？」

どうしたの、と問おうとする言葉は最後まで紡げなかった。

ミズキの息が止まる。

アーサーの瞳がまっすぐに射抜く。

ごとりとグラスの落ちる音がした。

アーサーがゆっくりと腕を引く。力など入っていないというのに、それだけでミズキの体は容易くアーサーの胸に倒れこんだ。小柄な体はすっぽりと彼の腕の中に収まってしまう。

（あ、れ……？　え…………？）

なに？　なんで？　頭が答えを求めて必死に回転するが、実際にはぱちぱちと瞬きを繰り返しているだけだ。

離れなければ、とようやく頭が弾き出しても、体はちっとも動かない。拘束されているわけでもないのに動けないのだ。

「――ミズキ………」

低い声が耳元で呼ぶ。掠めるように耳に吐息がかかって、ミズキの顔はますます熱くなった。わけもわからず、逃げるようにぎゅうっと目を固く瞑る。するりと、頬と頬を重ねるように擦り合わされて、アーサーの香りがいっそう強くなる。

体の芯《しん》で火が灯ったような熱さを感じた。得体《えたい》の知れない、全身が脈打つような感覚に、自分自身が怖くなる。

なんだこれは。自分の体なのに、自分のものじゃないみたいだ。こんなこと、今までなかったのに。

「あ、……アーサー……？」

唇を震わせながら絞り出すように呼ぶと、抱きしめる腕の力がさらに強くなった。あまりの強さに驚くが、緩める気配はない。逃すものかと言われている気がした。

「すまない。でも、許してくれ」

押し殺した低い声は掠れていた。

緊張と混乱が支配する中で、けれど、何かが変わろうとしていることを、ミズキは本能で感じていた。

こんなアーサーを、ミズキは知らなかった。バクバクと、強すぎる心音が耳元で鳴り響くような錯覚。ミズキを抱きしめる腕は焦がれるほど甘やかな熱を宿していて、呼吸することさえままならなくさせる。

心臓が壊れたように早鐘を打って、ミズキの胸を切なく締め付ける。

ミズキは恥ずかしさから泣きそうになった。助けて、と誰にでもなく縋りたかった。

アーサーが男らしい指でミズキの髪を梳く。びくりとミズキが大きく震えてしまっても、アーサーは手を動かすのをやめなかった。ゆっくりと、宥めるように、傷つけることを恐れるように――まるでミズキが受け入れるのを待っているかのように。

だからだろうか、体の力が抜けていく。ふわふわと浮いてしまいそうな心地がして、ゆっくりと暗闇に馴染んでいく。

アーサーに身を任せたまま、ミズキはそっと目を閉じた。

耳元で、アーサーが何かを言っている。

「――――――」

甘く、優しい声が何かを紡いだのに、何を言っているのかは聞き取れなかった。

「…………眠ったか」

少し、箍《たが》が外れかけた。

危ないところだった。あと少し、何かがあればきっと理性を失っていただろう。

きっと、本人は全く自覚していないのだろう。

ほんのりと紅潮した頬。うっすらと膜の張った目。いつもより舌足らずな口調で自分を呼ぶ声。

どれもがアーサーを強く揺さぶった。

けれど弁明が許されるなら、本当はこんなつもりではなかった。急かすつもりも、急ぐつもりもなかったのだ。

酔っていなかったと言えば嘘になるが、酔っていたから手を出したわけでもない。長期戦は覚悟の上だったし、現状に不満があるわけでもなかったのだ。

「覚えて、いるだろうか」

覚えていてほしい。忘れてしまってほしい。相反する気持ちがアーサーの胸中で鬩《せめ》ぎあう。

気を失うように意識を飛ばしたミズキは、酒の赤みを残したまま健やかな寝息を立てている。

アーサーは起こさないようにと細心の注意を払いながらミズキを抱き上げた。

さすがに、この部屋で寝かせるわけにはいかない。抱き上げた小さな身体はやはり軽く、抱えながらドアを開けることも難しくなかった。

子供部屋のベッドに横たえると、髪が流れてふっくらとした頬が露わになる。するりと撫でるように触れると、くすぐったいのか愚図るように顔を背けられた。

顔にかかる髪を除けてやり、月明かりの中で眠るミズキを静かに見つめていると、無理やり抑え込んだ熱がぶり返しそうで、後ろ髪を引かれながら自室に戻った。

身を投げ出したベッドはいつもよりも広く、冷たい。だいぶ毒されているなと拭えない違和感に苦笑が浮かんだ。

月明かりさえ遮って腕を顔に押し付けるが、まぶたの裏には垣間見た艶《なま》めかしい姿がすっかり焼き付いてしまっている。

こんな調子で、顔を合わせられるのだろうか。

全ては明日の朝にわかる。もし覚えていれば、何かしらの反応があるはずだ。そして、どう振舞うのかが決まる。

今のままを望むなら、忘れられていた方がいいのだろう。ぬるま湯に浸かるようなこの関係はアーサーに安らぎを与えてくれる。失うには惜しいものだ。

けれど、その一方で胸の奥に暗い蟠《わだかま》りが生まれる。何もなかったふりはできそうにない。

坂を転がる石と同じだ。もう、自分一人では止まれそうになかった。

＊＊＊

翌日、ミズキはいつもと変わらない様子で朝食の席でアーサーや子供たちと顔を合わせた。

「おはよう」

ミズキがにっこりと声をかければ、寝ぼけていたカイルもようやく頭が動き出す。

アーサーはしばらくミズキの様子を観察していたが、いつも通り忙しなく動き回る姿に思考を切り替え、子供たちを引き連れて手伝いに加わった。

テーブルの上にはこんがりと焼いたトーストとグリーンサラダ、そしていま出したばかりのコーンクリームスープが並んでいる。モチにはサラダの他に果物も用意した。そしてミズキが席に着けば、朝食の始まりだ。

子供たちにやりたいことやその日の予定を聞いたりするのが毎朝の日課だ。今日からはモチが加わったことで話題に事欠くことはない。

子供たちの予定としては、午前はお店のお手伝い、午後はモチと遊ぶつもりらしい。

その後に、今度は珍しくアーサーが口を開いた。

「今日は街に行ってくる。何かいる物があれば言ってくれ」

アーサーが自分から街に行くのは久しぶりのことだった。子供たちが自分も行きたい、と目を輝かせて見上げるのを「仕事だから」と困り顔で首を振った。

仕事と聞いたからには、子供たちが駄々《だだ》をこねることはない。けれど見るからに落ち込んでしまうから、アーサーは葛藤に苦しむことになった。

言葉も表情の変化も少ないのに、実に感情豊かなものだとミズキとルルが感心している。

「お昼はどうする？」

「………いや、何時になるかわからないから」

不自然な間をあけて答えたアーサーに、わかったと頷きを返す。その後も思い悩むような顔をするから不思議に思っていると、コーヒーが空になっていることに気がついた。

ちょっと待っててね、とミズキが立ち上がりキッチンに向かった後で、ちょこりとルルがアーサーの肩に乗る。

「………どうかしたの？」

こっそりと小さな声。気遣わしげな顔に、アーサーは少しだけ表情を和らげた。

「少し、話がしたかっただけだ。帰ってきてからするさ」

「喧嘩《けんか》したわけじゃないのね？」

「ああ。……聞かないんだな」

「当たり前でしょ。アタシ、そんな野暮《やぼ》じゃないもの」

見くびらないでよね、といかにも不愉快そうにルルが顔を顰めた。

ミズキとアーサーがベッドを抜け出していたことを、ルルは知っている。昨夜何があったのか、なんて聞くつもりはないけれど、何かがあったということは察していた。

だからこそ、ルルは何も言わない。自分が口を出していい領分ではないと理解しているから。

アーサーはじっとルルを見つめた。

この小さな妖精は、まだ幼いはずなのに時々はっとするようなことを言う。いや、幼いからこそなのか。

「ルルはすごいな」

素直に賞賛すると、ルルは当然だと胸を張る。

コーヒーを手に戻ってきたミズキが、不思議そうにそれを見ていた。


朝食の後は、子供たちと共にアーサーの見送りだ。

小屋から出るのは久しぶりだからか、馬が嬉しそうにアーサーに擦り寄っている。アーサーの馬は賢く、ミズキや子供たちに対しても大人しく振る舞うのだが、やはり主人は別格らしい。

アーサーは何度か鼻面を撫でてから、ひらりと身軽に馬に跨《また》がった。

すると、わあっとカイルの目が輝いた。戦隊モノのヒーローを見るような眼差しに、男の子なのねとミズキが小さく笑う。

アーサーはきらきらとした目を向けられて気恥ずかしい様子だったが、どこか自慢げでもあった。

「今度、教えようか」

「ほんとにっ⁉」

やりたい！　と頬を紅潮させたカイルに、アーサーは間を置かずに頷いた。

親バカ、と肩に乗ったルルのぼやきに、ミズキは全力で素知らぬふりをする。

「気をつけてね」

「行ってらっしゃい」

アーサーはああと短く返して、馬を走らせた。

馬を駆るその姿が見えなくなると、名残惜しいながらもミズキは仕事だと切り替えて店に出る。

ここしばらくはずっとアーサーに頼りきっていたから、いつも以上に気合を入れなければならないのだ。

まずは開店前の準備。昨夜作った薬を補充して、その間にルルに床を掃除してもらう。

ひゅるりと風がやんだのを確認してからサービスティーを定位置に置いて、ついでにプレートをひっくり返す。開店時間より少し早いが、馬車が来る時間は決まっているから問題ない。

ぱたぱたと四人で動き回っていると、馬の嘶《いなな》く声がして、馬車の来訪が告げられた。

ミズキはカウンターに立って会計の準備、双子は来た客にサービスティーを渡していく。

ほとんどの客が常連なので、何がどこにあるか把握されているのだが、彼らは時に双子に欲しい物の場所を尋ねることがある。すると、二人はぎこちないながらも可愛らしい笑みを浮かべて、目的の場所へと案内する。

「そう、これこれ。ありがとうね」

にっこりと礼を言われて、緊張で強張っていた表情がふにゃりと嬉しそうにほころんだ。双子はすっかり《フェアリー・ファーマシー》のアイドルになっていた。

普通の人には見えないながらも、ルルとて陰ながらのサポートはお手の物だ。

双子もお手伝いには慣れてきたが、大柄な男性客には萎縮《いしゅく》してしまう。そんな時にはルルが傍へと飛んでいくのだ。

「大丈夫よ、一緒に頑張ろう！」

自分より小さいながらも姉として認識しているルルの存在は、双子に大きな安心感を与えてくれる。

多少びくびくしながらも頑張って対応する幼子たちに、客はほっこりと目尻を下げたし、ルルも全力で双子を褒めた。すると双子は嬉しそうにはにかむので、周囲も微笑ましいと心が温かくなるのだった。

次の馬車が店の前に来ると、待ち合いの長椅子に座って談笑していた客もゆっくりと腰を上げる。入れ替わり立ち替わりの客の間を縫うようにして、子供たちがあちらこちらへと動き回った。

品数の少なくなった棚に商品を補充したり、サービスティーを用意したりと仕事はたくさんあるのだ。

薬は言うまでもないが、ハンドクリームを始めとしたケア用品や、ハーブティーなどの嗜好品《しこうひん》も扱っているからか日々の売り上げは上々だ。

「大丈夫？　休んでもいいのよ？」

心配そうにするミズキに、子供たちは揃って首を振った。

「大丈夫、まだ疲れてないよ！」

「本当に？」

「ん……大丈夫」

みんな優しいから、と言ってカイルと仲良く笑いあうライラに、居合わせた客たちは堪らず口元に手を当てた。客には見えないのをいいことにルルが身悶えしているが、ふにゃりと笑いあう双子は気づいていない。

「じゃあ、せめて小まめにお茶飲んでね？　あと、疲れたら無理しないで休むこと」

約束できる？　とミズキが問えば、子供たちは揃って笑顔で頷いた。

時計を見上げれば、昼休みまでまだ時間がある。午後の営業は一人だから、なかなか大変そうだとミズキは少しだけ怖くなった。

ふと、昨夜のことを思い出した。

もっと頼れとアーサーに言われた。けれどやっぱり、頼りすぎているくらいだとミズキは思う。

それを言えば、また怒られてしまいそうだが。

そして、引《ひ》き摺《ず》られるように思い出したのは、その後のこと。

ぽうっと頬に熱が宿った。

アルコールによるものだとわかっている。だからこそアーサーも、何も言ってこなかった。

今朝はいつも通りに振る舞えたから良かったものの、ふとした拍子に思い出しては胸が疼《うず》いた。

勘違いしてはいけないと言い聞かせながらも、もしかしたらと期待してしまう。

(今さら、何を馬鹿なことを……)

「ママ?」

表情を翳らせたミズキに、どうかしたのかとライラが見上げる。それに何でもないのよ、と頭を振ってミズキは膝を叩いて気合を入れた。

「さあ、お昼までもう少し、頑張らなきゃね。あ、でも、無理はしないこと!」

これ鉄則! と付け加えると、わかってると子供たちが笑いながら答えた。

子供たちが小柄な体で人波を縫って行く。ミズキも、やってきた会計の客を笑顔で迎えた。支払いの合間に袋詰めして、処方箋があればそれの説明もしていく。右も左もわからなかったけれど、働いているうちに知識も増えた。

「いつもありがとうね」

「こちらこそ、ありがとうございます」

そう声をかけてもらうたびに、ミズキも笑顔になって礼を言った。

＊＊＊

「おお、アーサーじゃないか！」

街を歩くアーサーにかかる声があった。振り返ると、少し離れたところからロバートが手を振っている。

ロバートは太めの体を動かしながら、アーサーの許に駆け寄った。

「……また、丸くなったか？」

双子の検診以来だとアーサーが目を細めると、ロバートもまったくだと苦く笑った。ロバートの太腹は相変わらずで、ベルトが段を作っている。ちらりと見たベルトの穴はひとつずれていて、また腹が出たのだと見て取れた。

「検診ついでに食べていけと、ミズキがいつも言ってるだろう」

偏《かたよ》った食事ばかりしているからだとアーサーが苦言を呈《てい》する。非難ばかりできない自覚はあるが、バランスの取れたミズキの食事は彼にとっての良薬に他ならないということはわかっているのだ。

しかしロバートは耳ダコだとぼやきながら首を振った。

「せっかくの家族の団欒《だんらん》を邪魔する野暮などせんよ」

「医者の不養生」

叱責《しっせき》するような言葉も、ロバートは頑として受け入れない。彼には彼の信念があるとは理解していながらも、アーサーにはどうしても納得できなかった。

気を落ち着けようとひとつ息を吐くと、大きな鞄《かばん》が目に入った。開いた隙間から聴診器が見えている。

「往診の帰りか？」

「ああ。ディックのところのお袋さんがな。処方箋持って行くだろうから、頼むぞ」

何の気なしにかけられた言葉に、アーサーは聞き覚えのある名前に記憶を辿り、やや渋面を作った。

ディックといえば、何かにつけてミズキに言い寄る男の一人だ。父親の代わりにお店に来るたび、誰の面前だろうと気にせずミズキを口説くらしく、双子に悪影響だとルルが憤慨《ふんがい》していた。

「今日の往診なら、きっともう向かってるだろう。俺は少し用があるから伝えられない」

「そうなのか？　お前さんが何処かに行くのは久しぶりだな」

確かに、とアーサーも思っていた。

あの家は、ひどく居心地が良すぎた。子供たちと出会って、寄せられる健気で無垢な親愛に情が湧いた。妖精がいようと何がいようと、何も変わらない。ありふれた、理想的な家族。

なにより、ミズキの傍は心が安らぐ。失いたくないと心から思える拠り所なのだ。

「……………お前さんは、やっぱりあいつらといる時が一番いい顔をするな」

ロバートが笑う。それはミズキが子供たちに向けるような、優しげな笑みだった。

そんな目で見られたことのないアーサーが、居心地悪そうに戸惑う。

何か言い返そうかと思っても、嫌ではないからか言葉は浮かばなかった。

「おっと、引き止めて悪かったな。あんまり遅くならんうちに帰ってやってくれよ」

「元からそのつもりだ」

照れ隠しに憮然として頷くと、ロバートは豪快に笑って、ばしんとアーサーの肩を叩いた。

「気ぃつけるんだぞ！」

じゃあな！　と手を振って別れて、ロバートは自宅とは違う方向へと足を向けた。どうやら別の往診先に向かうらしい。

　子供たちが世話になっている恩もある。何か滋養のあるものを土産にしようと決めて、アーサーは先を急いだ。

第十二話　嵐

Fairy Pharmacy

「い、いらっしゃいませ」

　店に入った途端足元から声がして、ディックは思わず後ずさった。少し離れて見てみれば、違いはあれどよく似た子供が二人。そのうちの一人は、両手で懸命に見慣れたサービスティーを差し出してきていた。

「えーと、お手伝い？」

　話しかけてみると、二人は同時にこっくり頷いた。なんとなく頭を撫でてみると、ふにゃんと幸せそうにはにかまれて、何とも言えない気分にディックは胸元を押さえる。

「あら。二人とも、撫でてもらったの？」

　よかったわね、と商品の補充に通りがかったミズキが声をかけた。ディックがハッと我に返る。

「ミズキ、この子たちは？」

「私の子供たちですよ。可愛いでしょう」

「たしかに。……でも、そうやって自慢げなミズキもとっても可愛いよ」

言い返してきたディックに、ころころとミズキが笑う。純真な瞳でじいっと見上げてくる双子に、ディックはうっすらと目元を赤らめた。

ふと、ルルは扉に目を向けた。次の馬車にはまだ早いのに、複数の人間の気配を感じた気がしたのだ。

ひらりと翅を動かして、少しだけ扉を開けてみる。そして覗いた外の光景に、ルルは声をなくした。

「失礼する！」

乱暴に扉が開け放たれ、現れたのは厳《いか》つい顔の巨漢だった。その向こうには、巨漢と同じ意匠《いしょう》の服を纏った男たちが群れをなしていた。

「領兵が何でここに……？」

しんとした店内で誰かが呟いた。

警察のようなものだろうか、と様子を見守るミズキにカイルとライラが走り寄る。小さな体は恐怖で震えていた。

強面、巨体、大きな音。二人の苦手な物が揃い踏みだった。

巨漢は店中の注目を集めながら、物ともしない様子で大声を出す。

「ここで不法に営業している者がいると通報があった。よって、直《ただ》ちに連行する！」

弁明の余地などないと言わんばかりの、威丈高《いたけだか》な口調だった。

巨漢が一歩大きく踏み出す。

「ちょっと待ちなよ、領兵さん。それは、何かの間違いじゃないの？」

今しがたまでミズキを口説いていたディックが、いかにも信じられんという顔で待ったをかける。声にこそしないものの、他の客も疑わしいと言わんばかりの顔をしていた。

しかし、巨漢の態度は揺るがない。嘲《あざけ》るような目で人々を見下していた。

「むろん、何の根拠もなしに踏み入ったわけではない。信頼できる筋からの通報と、調査した上での出動だ」

巨漢が口角を吊り上げミズキを見据える。

ミズキの顔は真っ青だった。子供たちを庇うようにしながらも、その身を震わせている。

まさか、と客が驚愕《きょうがく》に目を剥いた。

「おいおい、それこそ何の冗談だ？　ミズキが薬売りを始めてどれくらい経つと思ってるんだ」

「それだけの期間不法に営業していたということだろう。現に、その女はこの国の住民として届出が出ていなかったのだから」

それこそが証拠だとばかりに言い捨てられて、店内に今度こそ動揺が走った。半信半疑の面持ちでミズキと巨漢とを見比べている。

ミズキは声を張り上げた。

「っいいえ！　役所での手続きも、納税もしてあります！　届けが前後することも、担当の方に報告してあります！」

「ふん。口先だけなら何とでも言えるな」

あくまでミズキを罪人と決め付けるような口ぶりに、証拠ならあるとミズキが否定する。

ミズキは子供たちの頭をそれぞれ一撫でしてからカウンターに向かい、引き出しから紙を引っ張り出した。手続きの時、担当してくれた役人に頼んで認めてもらった証書だ。それを証拠として手渡すと、巨漢が尊大な態度で奪い取った。

つまらないものを見る目が紙面を滑る。

これで大丈夫だとミズキが胸を撫で下ろしたのも束の間、巨漢はそれを千々《ちぢ》に引き裂いた。ひらひらと、破かれたそれが床に落ちる。

「こんなものが証拠になるか」

嘲るように巨漢が口元を歪ませる。

ミズキは呆然と紙くずの山を見ていた。

「ま、ママぁ……」

ライラがとうとう泣き出した。カイルとルルが泣きやませようとするが、本人たちもパニックに陥っていて空回りするばかり。

ミズキでさえ混乱は凄まじく、とにかく巨漢から子供たちを庇うことに精一杯だった。

「わかったらそこを退け。抵抗するならば武力行使も厭《いと》わんぞ」

威圧的な口調で、今度こそ巨漢が踏み切った。怯む客たちを押し退《の》けて、真っ直ぐにミズキへと突き進む。

「ママっ、ママぁ！」

「やめろ！　母さんを離せ！」

「ミズキっ‼」

腕を掴まれ力ずくで引き剥がされたミズキに子供たちが追い縋ろうとする。

巨漢はそれを乱暴に振り払って、あまりの強さに双子が床に叩きつけられた。

「カイル！　ライラ！」

ミズキとルルの声が重なる。

「おいっ！　こんなチビたちにまで何するんだ！」

傍にいたディックが怒鳴《どな》る。

混乱と痛みとでわんわんと声を上げて泣く二人に、今すぐにでも駆け寄りたいのに、巨漢がそれを許さない。ミズキがどれだけ腕を伸ばしても、また強い力で引き摺られ、ついに店の外まで連れ出された。

（どうしようっ、アーサー、アーサー……！）

子供たちが泣いている。どうにかしなくてはと思うのに、何の案も浮かばない。引き摺られるまま領兵の一団に囲まれ、手枷《てかせ》まで嵌められて、ミズキはいっそうパニックを起こした。泣いている場合ではないのに、視界がじわりとぼやけてくる。

「泣き落としでもするつもりか？」

巨漢が下卑《げび》た笑みで言った。

カッとミズキの頭に血が上る。こんな男の前で泣いてやるものかと、きつく歯を食いしばった。

冷静になれ、と自分に言い聞かせる。意図的にゆっくりと息を吸うと、空気に頭を冷やされる気がした。

今は不当な扱いを受けても、手続き済みという事実は変わらない。やるべきことはやっている。ならば、怯む必要はどこにもない。

「私は、こういったことをされるような行いは、何もしていないわ」

ミズキは一文字に唇を引き結んだ。情けない姿など見せるものかと背筋を正す。涙を零してなるものかと顔を上げた。

へえ、と男が表情を変える。

「いつまで気丈でいられるかね」

大して続くまいと決めつけ鼻で笑う巨漢を、ミズキは冷ややかに睨みつける。

――――教師は芝居者《しばいもの》であれ。

教育実習の時、幾度となく言い聞かされた言葉だ。

教師が揺らいではいけない。教師の動揺は生徒の動揺に繋がる。非常時こそ生徒を安心させるために仮面をかぶり、一問一答、一挙手一投足に至るまで意図を持たせろ。

それは今この場でも変わらない。

何年もの間教壇に立ってきたミズキが、容易く仮面を外すはずがない。

ぴんと背を伸ばし堂々と胸を張るミズキに、何人かの領兵がたじろいだ。本当にそうなのかと、彼らの心に疑惑の念が浮かぶのを見た。

それはミズキだけでなく、一団の長らしい巨漢も同じだった。

「行くぞ！」

喝《かつ》を入れるような大声に、揺らいでいた領兵が反射的に列を整える。

そして動き出そうという時に、ブオンと空気の揺れる音が遠くから響いてきた。

「？　何だ、風か？」

ミズキは視線だけでルルを探した。

店の中から遠巻きに成り行きを見守っている客たちの向こうで、飛び出そうとする双子は常連客に抱き込まれている。その前で、ルルが小さな体を必死に動かして双子を落ち着かせようとしているのが見えた。

ルルではない、けれど空気を揺らす音は次第に近づいてきている。

（誰か別の妖精……？）

そう思った時、領兵があっ！　と声を上げた。

ブオン！　と一際大きな音が響く。近づいてくる速度が増す。

人垣の合間から、何かが坂を登って来るのが見えた。

ミズキからはよく見えないそれも、領兵たちにはよく見える。なんで、嘘だろ、と呆然と呟く声がいくつも上がった。

それは取り残された客にも伝播して、店の方からもどよめく声が聞こえた。

近づいてくる音が、聞いたことのあるものだと記憶を辿る。一瞬脳裏を過った物をすぐにまさかと打ち消したが、音を聞けば聞くほど、それにしか思えなくなった。

キキィッ！　という音と共に空気を揺らす音がやんだ。

地球《あちら》でも聞き慣れた音にミズキの心臓が早鐘を打って、人垣を掻き分けたくなるのを懸命に堪えた。

「おや？　これはいったい何事かね？」

ほけほけとした、呑気そうな老人の声が場違いに響く。

巨漢の男は、さっきはあれほど高圧的に邪魔する相手を押しやったというのに、今は動く素振りはない。呆然と、老人がいるのだろうところを凝視していた。

「りょ……領主、様……」

零された声は震えていた。

老人が応えるように、領兵たちを睥睨する。

騒《ざわ》めく中で、誰かが息を呑む音を聞いた。

「何事だ、と聞いている」

ひやりと底冷えする声音に、ミズキは僅かに目を見張った。

「あーさー……？」

唇を無理やり動かして震えた声で呼ぶと、騒めく人垣が左右に割れて、思った通りの人が姿を現した。

アーサーはミズキの両腕に嵌められた手枷を認めるとひどく不快そうに顔を顰め、傍に棒立ちする領兵を睨みつける。

「何故、彼女を拘束している」

突き刺すようなアーサーの怒りに、屈強な男が青ざめて身震いした。男の恐怖に呼応するかのように、腰に佩《は》かれた剣ががちゃがちゃと音を立てる。

それさえも癪《しゃく》に障ると、アーサーは眉間のしわをより深く刻んだ。

「アーサー、お願い、落ち着いて」

ミズキが恐る恐る声を掛けると、アーサーはゆっくりと目線を戻した。男に向けた者ほど恐ろしくはないが、それでも強張った面持ちをしている。

「お願い、子供たちが泣いてるの。突き飛ばされて……怪我をしてるかもしれない。傍に行ってあげて」

ミズキの懇願に、アーサーは鬼のような形相で領兵を睨んだ。それを受けた男が完全に怯えきって無様に腰を抜かしたが、誰も声を掛けようとしない。誰も彼もが、自身の正気を保つので精一杯だった。

アーサー、ともう一度呼びかける。

「お前も一緒だ。お前がいなければ、安心するわけないだろう」

そっとミズキの腰を抱いてアーサーが促す。傍に感じた彼の温もりに、ようやく血の気が戻る心地がした。

領兵の群れはアーサーの前で左右に割れ、行く先を阻むことはない。

アーサーに支えられながら店内に戻ると、大人の腕を振り切った双子が必死に走って二人に抱きついた。

わんわんと全身で泣く子供たちを、よく頑張ったなとアーサーが抱きしめながら何度も頭を撫でる。ミズキも、抱きしめてあげたいと強く思うのに両手にかかる枷が邪魔で、せめてと体を擦り寄せた。

「つぅ、ぁあ……っ！」

「大丈夫、もう大丈夫よ。怖かったわね」

同じ言葉しか浮かばないけれど、それを何度も繰り返した。少しでも安心してほしかった。

困惑していた周囲もゆるゆると我に返りだし、ようやく肩の力が抜けるとミズキたちの周りに集まってきた。

無事でよかった、動けなくて悪かったと四方から謝られ、ミズキは目を丸く瞠る。

ふるりと体の震えが蘇《よみがえ》る。喉が引き攣ってうまく声が出せない。

アーサーはその胸に力強くミズキを抱きしめた。

（本物だ……本当に、アーサーがいてくれてるんだ……）

厚く逞しい胸も、伝わる温もりも、何もかもがミズキの胸に言い表しようのない物を湧かせる。

「よく頑張ったな」

ミズキは声も上げられず、ただ涙を滲ませた。

掛けられた言葉が、何よりも胸に沁みた。

＊＊＊

「ふむ。ご本人はおられないが、この状況では仕方なかろうな」

老人が若干の呆れを含んだ、突き放したような口調で呟く。つい先ほどまでの好々爺然とした雰囲気は微塵もなく、領兵たちは震え上がった。

話に聞いたことしかない蒸気自動車と、それに乗って現れた、矍鑠《かくしゃく》とした老人。その胸には黄金の徽章《きしょう》が燦然《さんぜん》と輝いている。

名乗られずとも、彼の身分を知ることは容易だった。だからこそ、明確な敵意を向けられたことに体を硬直させている。

「わ、我々は職務を全うしようとしたのです！」

「うら若くか弱い女性を取り囲み拘束することが、領兵の職務か？」

冷たい声が響く。声だけではない。叫んだ巨漢に向ける眼差しも冷たかった。

巨漢は滝のように冷や汗を流した。

それを一瞥して、老人は徐に口を開く。

「ならば問おう。それを職務としたは何ゆえか」

巨漢はごくりと固唾《かたず》を呑んだ。

「あ、あの店が不法に営業していると通報があったのです」

老人が訝しげに眉を動かす。

巨漢は必死で言葉を繋げた。

「信頼できる筋からの情報です。調査したところ、あの女は確かにこの国の住民ではなく……」

「不法営業と断定した、と？」

「は、はっ。その通りでございます！」

だから自分たちに非はないと主張する巨漢に老人がゆっくりと目を閉じる。

そして開いたとき、そこにあったのは底知れぬ闇の瞳だった。

「図体《ずうたい》ばかりの木偶《でく》どもが」

老人が低く吐き捨てる。続けざまに、言葉を失った巨漢に見せつけるように懐から紙を取り出した。

「汝《うぬ》らが拘束せし女人《にょにん》の身元を証明する書類はここにある。領を越え、王都にまで直接申請が出されていた。——これがどういうことか、よもやわからぬとは申すまいな」

巨漢の顔が驚愕に彩られる。次の瞬間にはその意味を理解して蒼白《そうはく》になり凍りついた。

巨漢だけではない。屈強な領兵の誰しもが、己《おのれ》らが仕出かしたことの重大さを悟って彫像のように固まっていた。

通常、住民の申請は領の役所に届けられ、厳正な審査を通過した上で王都へと渡る。そこで再度審査され、受理されれば領を通じて証書が発行される。

王都へ直接届け出されたということは、それだけの影響力を持つ何者かに伝があるということだ。

そんな人物に、自分たちは何をした？　証拠だと示された念書を——!!

屈強に見えた体躯が、がたがたとみっともなく震え上がる。巨漢は口角泡を飛ばしながら言い募った。

「し、知らなかったのです！　あのおん……女性が、そのような方だとヒューイットは……他の奴らだって誰も言ってなかった！」

「ヒューイット……確か近頃成り上がった家だったか。だが些事《さじ》に過ぎぬ。いや、公正であるべき領兵が有力者に阿《おもね》り、暴挙に出たのだから、実に赦《ゆる》し難い」

老人の一団を見る目は厳しく、慈悲の欠片《かけら》もありはしない。

知らぬ存ぜぬでは済まされない。

「事の次第は全て報告し、厳正な調査を行った上で、沙汰《さた》を言い渡す」

もう終わりだ……と誰かが呻《うめ》くように呟いた。

巨漢の腰から手枷の鍵《かぎ》を取り上げた老人は、もはや何を言う価値もないと踵を返し、ゆっくりとした足取りで店の入り口を潜った。

＊＊＊

老人が店に足を踏み入れるも、店内の誰もそれに気づく様子はなかった。それでも老人は、目的の人物目指して歩いて行く。

途中、アーサーが気づいて目線だけを投げかけると、老人は恭《うやうや》しく頭《こうべ》を垂れ、二枚の紙と鍵を差し出した。

それらをアーサーがしかと受け取ったのを確認すると、彼は何も言わず礼をとったまま後退していく。

やがて店を辞したのを見送って、ショック状態にあるミズキの代わりにアーサーが臨時休業を宣言した。

事情が事情なだけに、客たちは気遣わしげにしながらも店を後にしていく。

こうして、多少の爪痕《つめあと》を残しながらも、騒動は無事、幕を閉じたのだった。

＊＊＊

あれから、泣き疲れて眠ってしまった子供たちをベッドに寝かせた。子供たちの間に挟まって、モチがふすふすと鼻を動かす。甘えなのか心配なのか、すりすりと体を寄せるモチを謝罪代わりに撫でてやると、ふすんと少し大きな鼻音がした。

きっと今日起きたことは、もう街で噂になっているだろう。明日が仕事になるとも思えない。街の人には、後日誠心誠意詫びることにしようと決めた。

縮こまったままの体を楽にさせて、顔にかかる髪を除けてやる。いつもと変わらない寝顔に強い安心感を覚えた。

不意に、アーサーの指先がミズキの前髪に触れる。

「どうかしたの？」

「……お前も、今日は疲れただろう。よく休んでくれ」

アーサーの物静かな声に、そうねとミズキが力なく笑う。本当に、今日は疲れた。

伸ばされた指先を取って下ろすと、子供たちを抱き込むような形になった。

「お願い、今日だけでいいの……。こうしていてもいい……？」

「当たり前だ。今日だけじゃない、明日も、明後日も……ずっと、いつだってこうしてやる」

繋ぐ手に少しだけ力を込める。

ミズキは僅かに目元を和らげた。

「………ありがとう」

ミズキの瞼がゆっくりと落ちる。

「おやすみ……どうか、良い夢を………」

優しい、祈りにも似た願いを込めて、アーサーもまた、目を閉じた。

＊＊＊

翌朝、ミズキは手早く張り紙を出して、子供たちの傍にいた。

ミズキの予想通り、昨日の事件は街に知れ渡っているらしく、馬車が来ることもなかった。

ミズキは改めて、アーサーに渡された二枚の紙を見つめた。

一枚はミズキの申請を認める証明書、もう一枚は双子との家族関係を承認する証明書だ。

昨日、アーサーと共にやってきた老人が持ってきてくれた。アーサーの用事とはこのことだったのだ。

「昨日、すごく懐かしい音がしたの。地球《あちら》で毎日聞いていた、車の音」

「ああ、ダグラス老……昨日のご老体が、待たせた詫びにと出してくれたんだ」

こちらにはないものだと思い込んでいたと言うミズキに、希少なものだから普及率は低いとアーサーが答えた。

地球のものとは違い蒸気力で動く、蒸気自動車というらしい。価格も維持費も莫大《ばくだい》にかかるため、所有者は少ないのだという。つまり、あのダグラス氏はそれを保持できるだけの財産を所有しているということだ。

「そんな貴重な物をわざわざ動かしてくれるなんて、随分とすごい人なのねぇ」

いたく感心した口振りに、アーサーは苦笑いして明言を控えた。世の中には、知らない方がいいこともあるのだ。

不意に、ミズキは疑念を抱いた。資産家、そして領兵が零していた「領主」という言葉。ミズキには見えなかったが、二つの言葉が示す相手が同一人物だとは想像できた。

——そんな人物と知り合いのアーサーは、いったい何者なのだろうか。

聞こうとして、けれどすぐに口を閉ざした。言いたくないなら言わなくて良い、そう言ったのはミズキなのだ。それを変えるつもりはない。

一夜が明けると子供たちは多少落ち着いたようで、良かったと二人で安堵の息を吐いた。

けれど、所詮は多少、でしかない。

ミズキとアーサーが話し合っている今も、子供たちは少し離れたところでモチと戯れながら、何度も二人の姿を確認している。傷の深さが窺えた。

不意に。玄関から、カンカンと来客を報《しら》せる音がした。馬車すら来ていないのにとアーサーが訝しむ。

アーサーとミズキは頷き合って、子供たちを呼んだ。しっかりと手を繋いで、ぞろぞろとアーサーの後をついていく。

「誰だ?」

「アーサー！　ミズキは⁉　みんな無事なのか⁉」

ドア越しの問いかけに答えたのは、よく聞き知った声だった。

ドアを開ければやはりロバートがいて、ミズキたちの姿を認めると良かったと諸手を挙げて喜んだ。

「ああ、よかった。話を聞いて、肝が冷えたぞ。まったく、あいつらは碌《ろく》なことをせん！」

喜んだり怒ったりと忙しない様子のロバートに、立ち話もなんだからと中へ誘う。

ロバートはミズキにひっつく子供たちを見ると、膝をついて目線を合わせた。

「いきなり騒ぎ立ててすまんかったな。びっくりしただろう」

穏やかな声音のロバートに、子供たちはふるふると首を振った。

「……いらっしゃい」

ぽそりと、本当に小さな声だった。それでもロバートは嬉しそうに相好を崩し、「お邪魔します」と丁寧に返した。

＊＊＊

「昨日の領兵どもだがな、ヒューイットの若造と、薬売りの組合連中が手を組んで起こしたらしい。ヒューイットの狙いは、アーサーだったようだがな」

ロバートの話にミズキはただただ驚いていた。一方で、アーサーは不穏な動きがあると前もって耳にしていたから、やはりそうかと思っていた。

今回騒動に関わったのは、街でも評判の悪い薬売りたちだったらしい。値段のわりに効果は薄く、取り扱う薬も偏りが激しかった。また、老舗《しにせ》という立場に胡坐《あぐら》をかいて態度も横柄《おうへい》なため、顧客離れが著しかったようだ。

その点《フェアリー・ファーマシー》は、多少行き来に時間はかかるものの薬の効き目はすこぶる良く、ハーブティーをはじめとした目新しい健康促進商品を取り扱うなどバリエーションも豊かだった。加えて接客も丁寧だという評判を聞いた顧客がどんどんと《フェアリー・ファーマシー》のリピーターとなり、流れていった客に彼らは焦燥《しょうそう》や鬱憤《うっぷん》を溜め込んでいたらしい。

そこに、アーサーに返り討ちにされ不満を抱えたマース＝ヒューイットが現れた。ヒューイットは金に物を言わせて領兵の下《した》っ端《ぱ》を抱え込み、アーサーに一泡吹かせてやろうと薬売りたちと結託した。

その結果、昨日の騒動にまで至ったらしい。

あまりにも身勝手なヒューイットに激怒した父親は息子に厳罰をと領主に願い出、領主には平身低頭で謝罪したそうだ。

そしてミズキたちにはこれ以上怖がらせないようにと謝罪文を認め、知己であると聞いたロバートの許をわざわざ訪ね、深く頭を下げて手紙を託したらしい。事の重大さをよく理解した上での行動なのだろう、受け取った手紙には謝罪と悔恨の言葉が連綿と綴《つづ》られていた。

すでに事の次第を知っていた領主はすぐさまヒューイットを含めた煽動者《せんどうしゃ》や領兵らを投獄し、現在は審問が行われているそうだ。

ミズキは驚きすぎて、ぽかんと惚《ほう》けてしまった。怒濤の如く、とはこういうことを言うのだろうか。

「今後は領主様が自ら差配するらしい。気休めにもならんだろうが、知っといた方がいいと思ってな」

「わざわざ悪かったな」

呆然とするミズキの代わりにアーサーが礼を言う。ロバートは何のこれしきと軽く笑った。

ロバートがじっとアーサーを見る。アーサーは立ち上がり、ミズキに子供たちを任せて玄関に向かった。

リビングから少し離れたところで、ロバートが神妙な面持ちで口を開く。

「アーサー、わかっとるとは思うがな……」

「ああ。今夜にでも、ゆっくり話をする」

皆まで言い切る前にアーサーが言うと、ロバートは渋面を作りながらも頷いた。

ロバートには双子こそが心配の種だったが、考えが浅かったと反省していた。

今回の事件でミズキが憔悴《しょうすい》していることは明らかだった。

無自覚ということは、とかくタチが悪い。言葉通り、自分が極限状態にあるということを知らないのだ。

やれやれと溜息を吐いたロバートに、世話をかけるとアーサーが肩を叩いた。

「お前さんがいてくれてよかったよ」

よろしく頼む、と頭を下げたロバートに、アーサーは確かに頷いた。

＊＊＊

「………ミズキ、少し、話がしたい」

子供たちが寝静まった後、アーサーが感情の読めない顔で静かに言った。

ミズキは不安そうにアーサーを見上げたが、ややあってゆっくりと頷いた。

ここでは子供たちを起こしてしまうからと、寄り添われてリビングに降りる。

椅子に腰掛けながら、ミズキはぼんやりと手元を見つめていた。

「……口に合うかは、わからないが」

ミズキの前にマグカップが差し出された。湯気とともに漂うココアの甘い香りに、ゆるりと視線が動く。促されるまま口をつけると、香り通りの甘い味が口一杯に広がった。

「おいしい……」

「それならよかった」

アーサーがほっとしたような顔をした。一口、また一口とココアがミズキの胃の中に消えていく。

けれど、ミズキの憂いは消えてくれない。何の言葉も交わされない沈黙がひどく息苦しい。

「ごめん、なさい……」

ぽつり、ミズキが呟いた。

視界の端でアーサーが身動ぎしたのを捉えたが、顔を上げることはできなかった。

「私、何もできなかった。あの子たちに怖い思いさせて……」

子供たちを引き取ると決めた時、後悔しないと決めたのに。その決意さえ、今は揺らいでしまっていた。

じわりと涙の滲んだ目尻を、アーサーの指がそっと撫でる。

「ミズキ、ありがとう」

もう十分だと、震える細い肩に手を添えた。

ぴくりと体が揺れて、ミズキの頬を涙が一雫《しずく》滑り落ちた。ひとつ、またひとつと涙が弧を描いていく。

あ、と小さな声がした。自分が泣いているのだと遅れて気づいたらしい。

それは、騒動後に初めて流せた涙だった。

泣いているのだと自覚した途端込み上げてきた嗚咽に、零すまいとミズキが口元を覆う。

素直に泣いてしまえば良いのに、あくまで気丈に振る舞おうとする姿がアーサーにはいじらしく見えた。

「怖かっただろう。なのに、よく頑張ってくれた。子供たちを守ってくれて、本当にありがとう」

どれだけ感謝しても足りない心の内が、少しでも伝わるようにと言葉を尽くして打ち明けた。

この華奢な体で、どれほどの重荷を背負っていたのかと、思うだけで胸が痛む。

怖い思いをしたのはミズキも同じなのだ。鍛えた男に引き摺られては、女の身、しかもとりわけ小柄なミズキでは、どう足掻いても敵うまい。その恐怖の中でミズキがとった行動は、間違いなく子供たちの被害が最小限で済む選択だった。

「子どもたちの前ではずっと強くあろうとしていたからな。もう、泣いていいんだ」

ミズキの目元を優しく拭い、労《いたわ》りをこめて背中を叩く。促されるまま、ミズキはとめどなく涙を流した。

「ほん、とうは……」

引きつり震える喉でミズキが言葉を搾り出す。途切れ途切れに零される本音に、アーサーは静かに耳を傾けた。

「本当は……どうしていいか、わからなかったの。ずっと、貴方に助けを求めてばかりだったの」

子供たちを守ろうとした心には偽りはない。けれど、自分一人では立ち向かえなかった。

ごめんなさい。ミズキが涙声で謝ってくる。謝らないでくれと、そう声をかけなければと頭では考えていたのに、アーサーの口を突いて出たのは違う言葉だった。

「頼って、くれたんだな……」

呆然と呟いた声には、隠しきれない歓喜の色が滲んでいた。

聞いてしまえば、居ても立ってもいられなくなった。

熱い衝動に突き動かされるまま、アーサーはミズキの手を握った。

突然のことにミズキはびくりと体を震えさせる。

怖気《おじけ》付くように体を後ろに引いたその足元に、アーサーは跪《ひざまず》いた。逃さないと言わんばかりにもう片方の手も取ってしかと握り、真っ直ぐにミズキを見上げる。

「ミズキ、ありがとう。頼ってくれて、ありがとう」

ミズキはまた体を震えさせた。だが、アーサーの声はとても優しい。

目も碌に合わせられないミズキの心を読んだかのように、アーサーはミズキの手を握る力を強めた。

慣れないことも、知らないことも星の数ほどある。だからこそ、その空白を子供たちと埋めていかなければならない。

二人を引き取った日、そう言ったミズキの表情を、アーサーは今でも忘れられないでいる。あの時から、アーサーは心を決めていた。

「俺はミズキの力になりたい。そう言ったのを覚えているか？」

問われ、ミズキは恐る恐る首を動かした。忘れるはずがない。あの時のことも、――その後のことも。

「ずっと、言いたかったことがある。いつか、ミズキが自分から頼ってくれたら言おうと決めていた」

やっと言える。アーサーは微笑んだ。

「好きだ。俺は、ミズキのことが好きなんだ」

ミズキの時間が一瞬止まった。体が石のように固くなり、自由な目線は逃げ惑うように動く。

身動ぎしても手を掴まれては逃げられず、かといって俯くこともできない。

アーサーは退かなかった。退いてはいけないと、何かが告げていた。

アーサーの瞳に火が灯る。あの夜と同じ、奥底にミズキへの想いを滾《たぎ》らせている。

「………世の中には、もっと……若くて素敵な子がいるわよ」

「そんなこと知らない。興味もない」

「私は身寄りもないし、何かに秀《ひい》でてるわけでもないし」

「だから何だ。それなら俺は、好きな相手に素性も何も言えない男だ。それに、ミズキの良いところは山ほどある」

穏やかな性格、真面目、向上心。偽善とは違う、芯の通った優しさ。大人らしい態度と、時折見せる少しだけ子供っぽいところ。——挙げだしたらきりがない。

ミズキは自分を過小評価しがちだが、そんなことはないとアーサーは知っている。

俯いたミズキの顎を、アーサーが軽く持ち上げた。薄《う》っすらと涙の滲んだ目が見上げてくる。

一度は堪えたが、今はもう堪えられなかった。

「愛しいという言葉も、心も、ミズキ以外には向けたくない」

「あ、アーサー……っ」

その先は、口にできなかった。それでもアーサーにはきっと伝わっているはずなのに、聞き入れられることはなかった。

震えるミズキの唇に、アーサーの唇が重なる。

強引、けれど、優しい。触れるだけのキス。

それでも、触れてしまえばもう駄目だった。

アーサーの激しい感情が、触れ合った唇から流れ込む。こんな想いをぶつけられては、心を揺さずにはいられない。

「年とか、身の上とか、そんなことを言い訳にしないでくれ。そんな理由では、俺は引かない」

ミズキの涙に、アーサーが切々と訴える。

そうじゃないと首を振ると、はらはらと溢れた涙が頬に幾筋もの線を描いた。焦《こ》がれる胸の苦しさを、どうしたら伝えられるのだろう。抑えきれなくなった心が唇から零れ出る。

「…………好きよ……好き……。好きなの…………」

譫言《うわごと》のように繰り返すミズキが、アーサーは堪らなく愛しいと思った。

「ああ。俺も、お前が好きだ」

にわかに震えた声が耳朶《じだ》を打つ。

その瞬間、ミズキは心臓が止まるかと思った。

甘く蕩《とろ》けるような笑み。子供のような無邪気さを滲ませて、頬を染めたアーサーの表情をミズキは一生忘れないだろう。

アーサーが、もう一度顔を近づける。

ミズキは頬を火照《ほて》らせながらも、そっと目を閉じた。

もう一度、二人の唇が重なる。

長い騒動の幕は、これでようやく、本当に閉じられたのだった。

エピローグ　新しい朝

Fairy Pharmacy

「みんなー、朝よーっ」

清々《すがすが》しい朝を迎えて、ミズキの声が響いた。

キッチンからは出来立ての朝食がいい匂いを漂わせ、次々と皿に盛り付けられていく。

とん、とん、と軽い足音が階段を降りてきた。

「おはよう、ミズキ」

「ママ、おはよー」

「んん……お、はょ……」

仲良く三人揃ってきた子供たちに微笑んでおはようと返し、顔を洗っておいでと促した。朝が弱いカイルは、ルルとライラに手を引かれて船を漕ぎながら歩いていく。

ふすりと足元で音がして、ひょこんとモチが飛び跳ねた。

「モチもおはよう」

そう言うと、モチは満足そうに丸い体を跳ねさせて子供たちの後を追う。

クロワッサンとマカロニサラダ、じっくりと煮込んだカボチャのポタージュと、カリカリのベーコンと半熟卵のベーコンエッグ。モチには水菜とハーブの特製サラダだ。

テーブルに並べ終えたら、今度は二人分のコーヒーを淹れる。

「…………いい匂いだな」

不意に耳元で呟かれて、ミズキは驚いて息を呑んだ。

慌てて後ろを振り向くと、ぶつかりそうなくらい近くにアーサーが立っていた。

予想外の至近距離に、頬が急速に火照りだす。

「アーサー！　もう、急に現れないでって言ってるでしょう？」

ミズキが顔を赤くして怒っても、アーサーは飄々として動じない。

「おはよう、ミズキ」

まるで何事もなかったかのような態度に、ミズキは悔しさと恥ずかしさとで何も言えなかった。

そこに、ぱたぱたと小さな足音が二人分聞こえてくる。

「お腹減ったー！」

元気いっぱいで主張する子供たちに、アーサーとミズキは顔を見合わせて小さく笑った。

「さあ、ご飯にしましょう」

にっこりと笑って、全員で席に着いた。

騒動からしばらく。心に平穏を取り戻してからようやく再開した店には、話を聞き知って心配した客が思い思いの見舞い品を抱え、大群をなしてやってきた。

子供たちは怯えて体を震わせたが、口々に温かい言葉をかけられて、少しずつ前のように打ち解けていった。父と母と、小さな姉を頼りにしながら、二人は一歩、また一歩と人の輪の中へ入っていく。人の温かさをちゃんと知っているから。

笑顔溢れる食卓に幸せを噛み締めながら、ミズキは今日も笑った。

番外編　ありふれた幸せ

カイルとライラを引き取って、初めての検診の日。ミズキはルルと双子と連れ立って町医者ロバートの診療所にやってきていた。アーサーだけは、何か用があるらしく別行動しているらしい。

仲良く手を繋いできた三人に、ロバートは上々のようだと笑みを浮かべていた。

「おお、どうだ、元気にしとるか」

心地よく和らげた声で話しかけるロバートに、双子は養母の陰に隠れるようにしながらも顔を覗かせていた。

子供相手にはとにかく柔らかくなるロバートの声に、ルルとミズキは未だ慣れない。しかし双子にとっては初対面から変わらない声音のようで、何の違和感も抱いていないようである。

がりがりに痩せこけていた二人の体はたかだか一週間やそこらで改善の兆《きざ》しが見えることはなかったが、だからこそ用心しなければならない。栄養が足りない状態だからこそ、軽い病気ですら重症化しやすいからだ。ロバートはそれを危惧《きぐ》しているからこそ、穏やかな微笑の裏で神経を研ぎ澄まし診察をしていた。

「ミズキたちとの暮らしはどうだ？」

「んっとね、おいしーよ」

答えたのはライラだった。ふにゃりとはにかむ表情に、はっはっ、とロバートが大きく笑った。

ついで、「美味しいご飯は大事だな」とぐしゃぐしゃ頭を掻き撫ぜる。大きな手に動かされて、ライラの頭がつられて動いた。

「ライラはどんなのが美味しいと思ったんだ？」

「えっとね、赤いの。その前の白っぽいのも甘かったよ」

ミックスベリーとさくらんぼのジュースだったか。甘いジュースがお気に召したらしいライラの嬉しそうな様子に、それなら花の蜜もきっと好きだろうとルルがさっそく頭の中で採りに行く算段を立てていた。

細すぎる手首からはなかなか脈が取れず、頬を撫でるようにしながら指を首筋に当てる。くすぐったそうにライラが首をすくめると、ロバートはもう一度大きく笑った。

ライラの次に診察を受けるのはカイルである。じいっと見つめてくる大きな目がロバートと向き合う。それは何かを期待しているようにも見えた。

ふむ、と大きな手が顎に触れる。それから、にんまりと口角を吊り上げて、ぐしゃぐしゃとカイルの頭も掻き撫ぜた。

「っわ、ちょ、なにすんだよ！」

口調は荒っぽく嫌がっているようだが、その声音はとても楽しそうで。見ていたミズキたちも堪らず口元を押さえた。手の隙間から零れ出る笑い声に、カイルがぷっくりと拗ねてそっぽ向く。すまんすまんと軽い謝辞を口にしながら、ロバートの指がぷすりと丸い頬を突いた。

「カイルは何が美味しかった？」

「僕は……ライラが言ったのも美味しかったけど、黄色っぽいやつのが飲みやすかった」

それはミックスシトラスか、それともにんじんとオレンジのミックスか。思い返してみれば、どちらも他より若干飲むペースが速かったかもしれない。どちらにしろ帰りに買って帰ろうと、ミズキは頭の中のメモ帳にオレンジを付け足した。

さて、話を聞くロバートは色で答えられても何のことかわからないだろうに、二人の話を聞いて楽しそうに相槌《あいづち》を打っていた。にこにこと笑顔を向けられて、つられたようにライラがふわふわの笑顔を浮かべる。からかわれたカイルは、目を逸らしながらも口元がむずむずと動いているのが見て取れた。

「アーサーとはどうだ？」

細まっていた目を少しだけ戻してロバートが聞く。

どうだ……って？　意味を図りかねた双子は顔を見合わせて首を傾げた。打ち合わせしたのでもないのに揃った所作に、さすが双子とミズキとルルが内心声を揃える。

ロバートは何と言っていいやらと言葉を模索していた。

「アーサーは不器用なところがあるからなぁ」

上手くやれとるならいいんだが、という隠された言葉をミズキは正確に汲み取った。

「パパとはどんなことしたの？」

「パパと？　んー……あ、ぎゅーって。パパ、おっきくて力持ちさんなんだよ」

「僕は一緒にお風呂入るよ。それで、旅のお話とか聞かせてもらうの」

「えっ、カイルばっかりずるいっ」

ぷくんとライラの頬が丸く膨らむ。カイルは自慢げに胸をそらした。

きゃあきゃあと子供特有の高い声で言い合う二人にミズキたちはころころ笑いあう。一週間でよくぞここまでとロバートは感嘆の息を吐いた。

ミズキはともかくとして、アーサーとも上手くやれるのか、少しだけ心配していたのだ。悪い男ではないと知っているが、それなりに親しくなってからも寡黙かつ不器用な性格は変わらずで、子供受けするものではないと思っていたから。

しかし、それも杞憂に終わったらしい。ロバートは胸を撫で下ろした。

「楽しくやっとるなら何よりだ。一応聞いとくが、どこか痛いとかはあるか？」

脈良し、精神状態も良好そうだが、本人しか気づいていない症状がないとも限らない。それを確認するための質問だったのだが、返ってきたのは大人が予想しなかったものだった。

「？　父さんも母さんも優しいよ？」

「ねー」

変なこと聞かれたというような二対の目に、歳頃が近いだろうルルは疑問符を飛ばしていた。笑いあう双子は本当に嬉しそうで、幸せそうで。でも、やっぱり意味はわからない。

首を傾げるルルに悟らせまいと、息を詰めそうになるのをミズキは必死に堪えていた。伏せがちになった瞳はその心を表すように揺れている。

優しいから、痛くない。それは、つまり――。

それでもロバートは、決して笑みを絶やさなかった。瞳を揺らがせもしなかった。よかったなぁ、と慈愛に満ちた声と目を向け、その手で二人の頭を優しく撫でる。くすぐったそうに笑うのを、これでいいと自分に言い聞かせた。

不意に、コン、とドアを叩く音がした。応えれば、どうだとアーサーが顔を出す。

双子は躊躇いもなく養父に飛びついた。

「？　どうした、ロバートが怖かったのか？」

とんだ言いがかりに、対子供たち用の表情ががらりと様変わりした。冗談だと彼は言ったが、その本心はどうなのやら。

「検診は終わったのか？」

「ああ、良好も良好。問題なしだ。油断はならんが、何事もなきゃまた来週だな」

やれやれと息を吐くその表情に僅かな苦渋を見て取って、言及すべきかとアーサーが思案する。

ロバートの後ろでミズキはそっと首を横に振った。

感情の薄い目が双子を見下ろす。それからカイルを肩車して、ライラは腕に座らせた。躊躇いのない行動にロバートがぎょっと目を剥いた。

「お前さん……」

「なんだ、何か言いたいことでもあるのか」

続けられそうになった言葉は声になる前に止められた。怯んだのではない。ほんのりと、アーサーの目元が赤らんでいるのを見たからだ。

ロバートは眩しそうに目を細め、四人を診療所から追い出した。たんと美味い物食えよ、と言葉を投げて。

ミズキと双子、そして、アーサー。仲良く手を繋いで道を行く家族に、ロバートは感慨深い面持ちで見送った。

もう、どれくらいになるだろうか。初めて彼らと会った日が脳裏を過る。

「薬売りとはここか?」

「あ、はい。何かお探しですか?」

むっつりと不機嫌そうな顔を、彼女はにっこりと受け入れた。ロバートは、自分が強面に分類されることを自覚していた。それを笑顔で迎えられることはめったになく、少しだけ、気分が良くなったのは無理もない話だろう。

「鼻炎薬はあるか?」

「はい、ございますよ。どこかで診察は受けられましたか?」

「診察?」

「鼻炎にも種類がありますから、お薬も配合を調整して分けてるんです。どれを使ってもそれなりの効力はありますけど、せっかくならよく効いた方がいいでしょう?」

「………通年、鼻炎だ」

絞り出すように答えると、彼女はすぐにご用意しますねとまた笑って、奥のテントに入っていった。

その姿が見えなくなったところで、そっと詰まった息を吐く。正直を言えば、意外だった。所詮は露店と、ほとんど期待していなかったからだ。しかし彼女は見るからに幼いのに、少なからず心得があるらしい。もしかして、と期待が湧きかけるのを、薄暗い部分がどうせまたと押さえつける。

五分もしないうちに、彼女は戻ってきた。

「お待たせしてすみません。こちらがお薬です」

出されたのは薄紙で個包装された丸薬だった。今まで試してきた物と見た目は変わらない。

「もし丸薬で効果が薄ければ、点鼻薬もあるのでまたいらしてください」

なら最初からそっちをくれればいいのに。そんな心境を察してか、「長期の使用ならこちらの方が安全だから」と宥められた。なるほど、と胸のつかえもなくなり支払いに移ると、今度はその値段にロバートは顔を歪めた。

「五百十デイルです」

今までの薬より百デイル以上安い。やはり、所詮は露店なのか。落胆を禁じ得ず、さっさと代金を渡して立ち去った。せめて一時しのぎ程度には効いてくれることを願って。

しかしその淡い期待は、遠からず裏切られることになる。


「薬売り！　薬売りはいるか！」

興奮しきった様子で露店市場に駆け込んだロバートに、誰しもが目を剥いて身構える。その形相はあまりに必死で、巻き込まれては堪らないと遠巻きにする中で、慌てて駆け寄る小さな影がひとつ。言わずもがな、ミズキである。

何事かと困惑しながら走ってきたその姿を認めるとロバートはその手をがしりと力強く掴み握りしめた。

「ありがとう‼」

「は、……はぁ？」

え？　なに？　困惑の色をいっそう濃くするミズキに、ロバートは何度でも礼を言う。あれだけ辛かったのに、まともに息が吸える、その他あれこれと口走る彼は、自分でも言葉の整理ができていないのだろう。真っ赤な顔で涙ぐんで語り続けている。

すっかり周りが見えていないロバートの腕を別の手が掴んだ。

「離せ。今、すぐに」

低く、唸るような声だった。不機嫌、不愉快。悪感情の滲み出る剣幕に、誰もが肝を冷やす。

ただ一人、ミズキだけが平然と乱入者を見上げていた。

「アーサー」

血の気の失せた顔をして震え上がるロバートの手を力ずくで引き剥がし、小柄な体をアーサーが背後に庇う。一分の隙もない。手を触れてもいないのに、腰に佩いた剣が鳴った。寄らば斬ると、持ち主の心を示すかのように。

「無事か？」

「え？　ええ、お礼を言われてただけだから」

あんまり熱烈だからびっくりしちゃったわ、と暢気に宣うミズキに、とてもそうは見えなかったとアーサーが眉を寄せる。鋭い目をロバートに向けると、首降り人形のようにがくがくと首を振られた。

「す、すまん……つい、興奮して……」

体も声も震わせるロバートに、事の真偽《しんぎ》を見定めて、アーサーがひとつ息を吐く。構えが解かれると同時にロバートを襲っていた威圧感も霧散して、ようやく生きた心地がした。よろめいた体が図らずも後ずさる。

必然的に空いた距離に、ミズキだけが不思議そうにしていた。

互いに思いもしていなかった交流はミズキを介したからか思いのほか好転していったが、積極的に関わろうとはしなかった。一度植え付けられた恐怖は容易く払拭できるものではない。

しかし、あの日からまだ一年も経っていないはずなのに、人とは変わるものらしい。自分も、誰しも。

なんだかおかしくなって、ロバートは笑った。今日は特に気分が良い。

ピィ。よく晴れた空の中で鳥が鳴いた。

番外編　春を待つ

季節は、春を迎えるよりまだ前のこと。アーサーは一人、領主邸を訪ねていた。預けたままにしていた馬を引き取りに来たのだ。

「ダグラス老」

アーサーの呼び声に、老人は柔らかく目を細める。ゆるりと向かいの席を指し示され、アーサーは促されるままに腰を下ろした。

ダグラス老が目配せすれば控えていた給仕が動き、とぽとぽと紅茶を注ぐ音だけが二人の間に響く。

その静かな空間を打ち破ったのはダグラス老だった。

「随分と、目をかけておられるようですな」

皮肉にも聞こえる言葉だが、ダグラス老の声音には懐かしむような優しさがあった。

それが何故だか妙に気恥ずかしく思えて、アーサーは回答を避けるようにティーカップに口をつける。

しかしそれすらも愉快とばかりに、彼はホッホッと満足そうに笑い声を上げた。

まったく食えない御仁《ごじん》だと、アーサーは内心で毒づいた。

「その後は如何《いかが》ですかな？」

「問題はない。三人とも今はもうだいぶ落ち着いている。人に好かれる質もあって、周囲の気配りも厚かった」

「それなら良かった」

安堵に胸を撫で下ろす彼に、そういえばとアーサーが紙袋を差し出した。しげしげと紙袋を見つめるダグラス老に手土産だと言えば、彼はますます驚いた顔になった。

「三人からだ。世話になった礼にと預かってきた」

袋を開ければ、甘いながらもスパイシーな香りが鼻孔を擽る。中身はクッキーだった。綺麗な形をしている物もあるが、少し歪《いびつ》な形の物は子供たちの手によるものだろうか。微笑ましいそれらにダグラス老の表情が緩む。

「ジンジャークッキーだそうだ。風邪や冷えの予防にいいらしい」

「なんと、それは有難い。たかが風邪といえど、老体には堪《こた》えてならない」

早速、と一枚頬張ってみると、バターの香りとともに生姜《しょうが》の風味が口一杯に広がった。さくさくと軽い食感と控えめな甘さは労《いたわ》られているようで、少しこそばゆい心地がする。ぽかぽかと胸の内が温かく感じるのは、生姜だけによるものではないだろう。

ダグラス老がこぼした、美味いという率直な感想に、アーサーはそうかとだけ返した。

「お持たせで失礼ですが、皿にあけましょうか」

「いや、それはダグラス老の物だ。俺の分は別にあると言っていた」

どこか自慢げな様子のアーサーに、嬉しくなってダグラス老はまたホッホッと笑った。

アーサーとダグラス老は、浅からぬ付き合いがある。そしてダグラス老の知るアーサーは、何事にも熱を感じさせない冷めた人間だった。

けれどしばらく見ない間に、彼から人の温かみをちゃんと感じられるようになった。きっと彼が慈しむ者たちのおかげなのだろう。

それだけで、ダグラス老は彼女たちに礼を言いたくなった。そして、いっそうの興味が湧く。

「会ってみたいものですな」

思わず零れたダグラス老の言葉に、アーサーは虚を衝《つ》かれたような顔をした。ぱちぱちと目を瞬いて、やがて淡い微笑を浮かべる。自分に向けられたものではないとわかっていながら、ダグラス老はほうと感嘆の息を吐いた。

愛しいのだと、慈しむようなアーサーの目と表情が何よりも強く物語っている。彼をこうも変えたのは、どんな人物たちなのだろうか。

「…………いつか」

ぽつりと、アーサーが呟く。ややあってそれが返答だと理解すると、ダグラス老は喜色に相好を崩した。

ダグラス老は、己の立場をよくよく理解している。そして、今対面する彼も同じくそうであることを知っていた。

そんな彼が、『いつか』と答えたのだ。これほど喜ばしいことはない。

「ではそのいつかを迎えるまで、なんとしても永らえねばなりませんな」

「当たり前だろう。隠居にもまだ早いのに、何を縁起でもない」

「言葉の綾《あや》というものですよ」

途端にしかめっ面になったアーサーに、ダグラス老はほけほけと笑う。本当だろうかと疑うような目を向けられて、胸の温もりはまた熱を増した。

「私が毎年フェスティバルを心待ちにしているのはご存じでしょう。『蕾』も見ぬうちに、誰がぽっくり逝《い》くものですか」

きっぱりと胸を張って言い切られて、アーサーは何とも言えない顔をした。

フェスティバルとは、ミズキたちと暮らす街で催される春の行事だ。いくつもの露店が立ち並び、観光客も大勢押し寄せることからも大きな経済効果を有する国内屈指のイベントである。

ダグラス老がこれを熱愛しているのは有名な話だが、まさか生き甲斐のように語るまでとは思いもよらず、呆れとも疲れともつかない溜息を吐いて、アーサーはもう一口紅茶を含んだ。

（そういえば、《フェアリー・ファーマシー》でも何かやるんだろうか？）

薬屋とはいえ自営店なのだ、ありえない話ではない。

帰ったら聞いてみるかと移ろいかけたアーサーの意識を、ダグラス老の声が引き戻した。

「口頭とはいえ約束は約束。ゆめゆめ違《たが》えなさいますな」

「そちらこそ」

お互い様だと端的に返すアーサーに、ダグラス老は満足そうに頷き、ゆっくりとティーカップを傾けた。

妖精印の薬屋さん

Fairy Pharmacy

冒険者の服、作ります！

～異世界ではじめるデザイナー生活～

著：甘《あま》沢《さわ》林《りん》檎《ご》　イラスト：ゆき哉《かな》

　デザイナーを目指しながらアパレルでアルバイトに励む糸井美奈は、ついに憧れのデザイナー職への就職が決まった矢先、異世界に転移してしまう。転移先で困っているところを助けてくれた新人冒険者マリウスにお礼として服を作ってあげることにすると、美奈の作った服に魔法効果が付与されることがわかり、たちまち冒険者から注文が殺到し大変！

「私は普段着やドレスが作りたいのに！！」

　一方、美奈の評判が高まると色々な人からアドバイスを得られて楽しい異世界生活に♪

　読むと元気が出るファッションデザイナー美奈の、服作り異世界ファンタジー、OPEN！

ArianRose
アリアンローズ

詳しくはアリアンローズ公式サイト http://arianrose.jp

アリアンローズ　検索

妖精印の薬屋さん　1

*本作は「小説家になろう」（https://syosetu.com/）に掲載されていた作品を、大幅に加筆修正したものとなります。
*この作品はフィクションです。実在の人物・団体・事件・地名・名称等とは一切関係ありません。

2019年2月20日　第一刷発行

著者 …… 藤野

イラスト …… ヤミーゴ
発行者 …… 辻 政英
発行所 …… 株式会社フロンティアワークス
〒170-0013　東京都豊島区東池袋 3-22-17
東池袋セントラルプレイス 5F
営業　TEL 03-5957-1030　FAX 03-5957-1533
アリアンローズ編集部公式サイト　http://arianrose.jp
編集 …… 河口紘美
フォーマットデザイン …… ウエダデザイン室
装丁デザイン …… AFTERGLOW
印刷所 …… シナノ書籍印刷株式会社